Allitera Verlag
Krimi

Für Tanja –

Music was my
first love ...
HipHop aber nicht. ☺

Alles Liebe
Billie

Billie Rubin ist das Krimipseudonym der Münchner Autorin Ute Hacker (Jg. 1958), die bereits sechs Kriminalromane verfasst hat. Sie schreibt deutsch und englisch und hat zahlreiche Kurzgeschichten in den unterschiedlichsten Anthologien veröffentlicht; die besten sind in dem Band »High Noon in München« versammelt. Bisher sind drei Krimis rund um ihre Heldin Charlotte »Charly« Braun erschienen, die in Nürnberg, der Geburtsstadt der Autorin, als Bodyguard arbeitet. Mehr Infos auf www.billierubin.eu

Billie Rubin

Böse Barden

Ein Nürnberger Festival-Krimi

Allitera Verlag
Krimi

Weitere Informationen über den Verlag und sein Programm unter:
www.allitera.de

Lyrics by Achim »Waseem« Seger

Juni 2018
Allitera Verlag
Ein Verlag der Buch&media GmbH, München

Umschlaggestaltung: Alexander Strathern, München
Printed in the EU
ISBN print 978-3-96233-030-9
ISBN epub 978-3-96233-031-6
ISBN PDF 978-3-96233-032-3

»Wo man singt, lass dich ruhig nieder,
Böse Menschen haben keine Lieder.«
Volksweise (Johann Gottfried Seume)

»Musik machen kannst du ja auch einfach so als Frau. Aber wenn du zur Hiphop-Szene dazugehören willst, dann ist das, als ob du KFZ-Mechanikerin werden willst – da musst du schon ein bestimmter Schlag Frau sein, die keine Angst haben darf, sich einen Nagel abzubrechen. Das ist nicht so harten Mädchen gegenüber natürlich gemein, aber daran kannst du eh nichts ändern, nur machen, machen, machen.«
(Die deutsche Produzentin Melbeatz 2016 bei Broadly)

Für Eleonore
Koryphäe in Sachen Krimi und wunderbare Freundin aus Wien

Prolog

Macho-Bruder
(Lyrics: LeyLa)

Du schmückst dich mit uns, Frauen sind dein Palast
Träume vom Harem – Tausend und eine Nacht
Du Frauenheld profitierst von orientalischer Schönheit
Ich frage die Ladys: »Wie kann man so blöd sein?!«
Er verbringt jede Nacht mit einer anderen Frau
Er verspricht euch die Welt und alles andere auch
Was es halt braucht dazu, um kalt eure Gefühle zu lenken
Denn direkt am nächsten Morgen ist die Beziehung beendet
Aber ist deine Schwester keine Jungfrau, nennst du sie »Schlampe, Luder«
Ja, so ist mein Leben mit einem Macho-Bruder
Macho Macho Macho Bruder
Macho Macho Macho Bruder
Macho Macho Macho Bruder
Du machst auf Macho, denn du bist ein Loser
Macho Macho Macho Bruder
Macho Macho Macho Bruder
Macho Macho Macho Bruder
Du machst auf Macho, du bist ein Loser

Freitag, 21. Juli

1

Charlotte Braun traute ihren Ohren nicht. War ihr Boss völlig übergeschnappt?

»Das ist nicht dein Ernst!«, rief sie.

»Natürlich ist es mein Ernst«, erwiderte Miller. »Habe ich jemals gescherzt, wenn es um einen Auftrag ging?«

Charlotte musste zugeben, dass dem nicht so war. Sie streckte ihrem Chef – oder vielmehr dem Hörer – die Zunge raus.

»Was soll ich denn mit so einer Hupfdohle anfangen? Das ist absolut nicht meine Welt«, probierte sie erneut, den Auftrag abzuwenden. »Es gibt sicher jüngere Kollegen, die das gerne übernehmen würden.«

Zu ihrem Erstaunen begann Miller laut zu lachen. »Hupfdohle! Der war gut.« Er keuchte und beruhigte sich nur schwer. »Du hast keine Ahnung, wer sie ist, oder?«, fragte er schließlich.

»Nein. Musik ist gut als Hintergrundkulisse, mehr nicht.«

»Warst du nie auf einem Konzert?« Ihr Boss schien überrascht zu sein. »Ich hätte viel darauf gewettet, dass du zumindest in jungen Jahren einigen Bands hinterhergereist bist.«

»Gut, dass du es nicht getan hast«, sagte Charlotte, fügte aber hinzu: »Natürlich war ich früher auf Konzerten, aber das ist lange her. Irgendwie interessiert mich nichts mehr. Und die Karten sind sündhaft teuer. Zahl mir ein besseres Gehalt, dann kann ich mir das auch wieder leisten.«

»Haha«, gab Miller zurück. Auf dem Ohr war er seit Jahren taub.

Charlotte nahm sich vor, ihn nach dem erfolgreichen Abschluss des nächsten Auftrags unter Druck zu setzen. Sie war zwar immer noch die einzige Frau im Team der Bodyguards, aber sicher nicht das schlechteste Mitglied. Im Gegensatz zu manchem ihrer männlichen Kollegen setzte sie nicht nur ihre Muskeln, sondern auch ihren Verstand ein.

»Okay«, knurrte sie. »Gib mir die verdammten Details. Ich schau mir die Göre mal an.«

»Braves Mädchen«, sagte ihr Chef, wissend, dass er sie damit zur Weißglut brachte.

Charlotte biss die Zähne zusammen, notierte sich die Daten und legte grußlos auf. In Momenten wie diesen dachte sie darüber nach, sich selbstständig zu machen. Doch als Frau im Security-Gewerbe hatte man es mehr als doppelt so schwer. Außerdem fehlten ihr die nötigen Skrupel, sich manchmal über bestimmte Grenzen hinwegzusetzen.

»Dann schauen wir doch mal«, brummte sie und startete ihren Laptop, gab

YouTube in die Suchmaske ein und klickte auf den Link, der sie zu dem Videoportal führte.

Charlotte tippte den Namen *Leyla* in die Suchzeile rechts oben und erhielt über zwei Millionen Ergebnisse.

»Du lieber Himmel«, entfuhr es ihr. Wie sollte sie da die richtige Musikerin finden? Miller hatte etwas von Rap erwähnt, also fügte sie den Begriff *Rapperin* hinzu. Die Suchergebnisse reduzierten sich auf etwas über siebzigtausend. Ganz oben tauchte das Bild einer jungen Frau auf, rechts daneben stand *LeyLa Macho-Bruder*. Sie klickte auf das Foto und strahlte vor Stolz, als das Video startete.

Es dauerte eine Weile, bis sie es schaffte, den Ton einzuschalten, deshalb bekam sie nur noch die letzten Zeilen des Lieds mit.

Er verspricht euch die Welt und alles andere auch
Was es halt braucht dazu, um kalt eure Gefühle zu lenken
Denn direkt am nächsten Morgen ist die Beziehung beendet
Aber ist deine Schwester keine Jungfrau, nennst du sie »Schlampe, Luder«
Ja, so ist mein Leben mit einem Macho-Bruder

Na, die hat ja Mut, dachte Charlotte. Unter dem Video stand

202.378 Aufrufe 👍 97.458 👎 13.428

Sie hatte keine Vorstellung davon, ob die Zahlen positiv oder negativ zu deuten waren. Sie scrollte nach unten, um ein paar der fünfhundertdreiundneunzig Kommentare zu lesen.

Ey, Schwesta, was hast du gegen muslimische Männer?

Geiler Song! 👍

Die braucht nen Macho, damit er sie mal ordentlich rannimmt.

Soll sie doch zurück nach Lybien gehen!
  Sie kommt aus dem Libanon, du Spast.
  Außerdem heißt es Libyen.
    Wer bist du denn? Hast wol die Weisheit mit der Muttermilch getrunken, was?

Orientalische Schönheit? Spricht die von sich? Gröööhl! Die is so potthässlich, die müsste man mit nem Tuch abdecken.

Ich mag den Song. Weiter so, LeyLa! ♥♥♥

Alles dreht sich um LeyLa! Zum Kotzen!
Was denkst du den? Es geht ja auch um ihrn Song, ey!

LeyLa hier, LeyLa da, LeyLa Superstar! Lächerlich!

Du singst über mich, LeyLa! Wie krass is dass denn? 👍

Der Text ist sowas von öde! LeyLa ist eine Lusche. Die traut sich nie, die Dinge beim Namen zu nennen.
Aber du, oder was? Und wer bist du? Trausd dich nichmal, dein Namen zu shreiben, was?
Ihr werdet bald von mir hören!

»Ach du lieber Himmel«, entfuhr es Charlotte. Was ging denn da ab?

Sie spielte das Video erneut ab. Beim dritten Mal gelang es ihr, das Video im Fullscreen-Modus abzuspielen. Da sie vom Text wenig verstand, stellte sie den Ton wieder ab und konzentrierte sich auf die Frau.

Was ihr vor allem auffiel, war die offene Aggressivität der Sängerin. Aber konnte man jemanden, der rappte, überhaupt Sängerin nennen? Vermutlich, immerhin bedeutete Rap Sprechgesang.

Egal. LeyLa provozierte nicht nur mit Worten, sondern auch mit Mimik und Gestik. Mehr als einmal tauchte der nach oben gereckte Mittelfinger auf, von all den typischen Handbewegungen, die offensichtlich zum Rappen gehörten, ganz zu schweigen. Ob ihr Gesicht hübsch war, wagte Charlotte nicht zu beurteilen, es war die meiste Zeit von einer Kapuze bedeckt.

Alles an der jungen Frau war dunkel: die langen Haare, die mit Kajal umrandeten Augen, die schwarze Kleidung. Selbst der rote Lippenstift sah düster aus.

Charlotte stoppte das Video und schaute auf die Notizen, die sie sich während des Telefonats mit Miller gemacht hatte. LeyLa war eine deutsche Musikerin mit libanesischen Wurzeln. Sie war vor siebenundzwanzig Jahren in der Nähe von Oberhausen zur Welt gekommen und aufgewachsen. Die Familie lebte immer noch dort; LeyLa, deren richtiger Name Luja Nasrani lautete, war vor einigen Monaten nach Berlin gezogen. Vor vier Jahren hatte sie das Studium der Germanistik und Orientalistik mit einem Master abgeschlossen.

Charly schaute sich noch andere Videos der Künstlerin an. Die Texte wurden so schnell gesprochen, dass sie wenig verstand. Aber die kurzen, gesungenen Passagen ließen eine außergewöhnliche Stimme erkennen.

Wieso rappt jemand, wenn er eine so schöne Stimme hat?, fragte sich Charlotte. *Bin ich zu alt, um das zu verstehen?*

Die Zahlen der Likes oder Dislikes waren weit niedriger, die Kommentare harmloser. Mit *Macho-Bruder* schien die Musikerin einen Nerv getroffen zu haben.

Sie hatte genug gehört und gesehen, schloss das Portal und tippte den Namen der Rapperin in die Suchmaschine ein. Wieder erhielt sie weit über zwei Millionen Resultate. Überfordert und entnervt starrte sie auf den Bildschirm, bis ihre Augen zu flimmern begannen. Einer Eingebung folgend griff sie zu ihrem Handy und drückte die Kurzwahltaste für Patrick. Ihr Sohn war vermutlich gerade dabei, einen großen Stein in Form zu bringen, und würde das Klingeln nicht hören, aber einen Versuch war es wert.

»Mama?«, meldete er sich außer Atem, als Charlotte gerade im Begriff war aufzulegen.

»Hallo Patrick, wie geht's dir?«

»Ist was passiert?«

»Nein, was sollte passiert sein?«

»Du rufst nie um diese Zeit an, außer es ist was vorgefallen.«

»Tut mir leid, ich wollte dich nicht erschrecken. Hast du einen Moment Zeit?«

»Eigentlich nicht«, erwiderte Patrick. »Ich muss einen Auftrag fertigstellen, der Kunde kommt in einer Stunde. Was gibt's?«

»Lass uns doch heute Abend essen gehen, wir alle vier, was meinst du?«, schlug Charlotte vor.

Patrick stöhnte. »Das ist wieder typisch meine Mutter. Erst neugierig machen und dann nichts sagen. Was ist los?«

Charlotte lachte. »Okay, okay, du hast gewonnen. Kennst du eine LeyLa? Sie ist Rapperin.«

»Klar, ich hab ihren *YouTube*-Kanal abonniert. Sie ist ziemlich cool. Was ist mit ihr?« Er schwieg eine Sekunde lang, fragte: »Ihr ist doch nichts passiert, oder?«

»Nein, wie kommst du darauf?«

»Wie ich schon sagte: Immer wenn du zu solchen Zeiten anrufst, ist was passiert.«

»Das ist nicht fair«, versuchte Charlotte sich zu verteidigen, aber insgeheim wusste sie, dass ihr Sohn recht hatte. »Sie ist wohlauf«, beruhigte sie ihn. »Und das wird sie auch bleiben; ich soll nämlich auf sie aufpassen. Sie kommt zum Bardentreffen nach Nürnberg und hat vorher ein paar Auftritte in der Gegend.«

»Woah! Krass!« Patrick schien den Auftrag des Kunden vergessen zu haben. »Du musst sie mir unbedingt vorstellen. Ich bin ein Riesenfan. Du musst mal ihre Texte anhören, die sind der Hammer.«

Charlotte konnte sich ein Schmunzeln nicht verkneifen. Dass LeyLas Texte der Hammer waren, darin stimmte sie mit Patrick überein. Aber vermutlich interpretierte sie das Wort *Hammer* vollkommen anders als er.

»Hast du sie schon getroffen? Wie ist sie? Du musst mir alles erzählen, hörst du?«

»Ist ja gut«, beschwichtigte sie ihn. »Sie kommen erst heute Abend in Nürnberg an, ich treffe sie morgen Mittag. Und du erfährst alles aus erster Hand, versprochen. Solltest du nicht allmählich wieder an die Arbeit?«

»Ja, natürlich. Können wir uns morgen Abend treffen? Machst du Fotos von ihr? Nein, ich brauche unbedingt ein Selfie mit ihr.«

»Du klingst wie eine hysterische Vierzehnjährige, die gerade ihren Schlagerschwarm trifft.«

Patrick lachte. »Offen gestanden fühle ich mich auch ein bisschen so. – Versprich mir, dass du gut auf sie aufpasst.«

»Natürlich, das mache ich doch immer.« *Fast immer,* fügte Charlotte in Gedanken hinzu. »Gib Lara einen Kuss von mir, ja? Wegen morgen melde ich mich noch mal, wenn ich weiß, wie meine Einsätze sind.«

»Ist gut, Kevin«, erwiderte Patrick lachend.

»Na, ich hoffe, ich muss LeyLa nicht von der Bühne tragen«, gab Charlotte zurück. Der Hinweis auf den Film *Bodyguard* hatte inzwischen eine lange Tradition. »Bis morgen, Kuss.«

Eigentlich hoffte sie, den Auftrag immer noch abwenden zu können, auch wenn sie ihren Sohn damit sehr enttäuschen würde. Zum Trost würde sie versuchen, beim Treffen am nächsten Tag ein Autogramm für ihn zu ergattern.

II

Den Nachmittag verbrachte Charlotte in ihrem neuen Kampfsportstudio zum Trainieren. Ahmet war zu ihrem großen Bedauern von einem Mitglied der Herrscherfamilie in Dubai engagiert worden und hatte seinen Laden in Nürnberg geschlossen. Eine Zeit lang hatte sie es ohne Studio versucht, doch nachdem sie beim letzten Einsatz mal wieder ordentlich vermöbelt worden war, hatte sie sich ein neues gesucht und war in der Frankenstraße fündig geworden.

Sie stand unter der Dusche, als Andi nach Hause kam.

»Hallo. So früh? Nichts los auf Nürnbergs Straßen?« Sie gab ihm einen Kuss.

»Nein, alle brav. Die Menschen genießen die Sonne.« Er streckte ihr eine Plastiktüte entgegen. »Ich habe uns was vom Thai mitgebracht.«

»Super, ich bin gleich fertig.« Sie rubbelte sich trocken und cremte sich ein. Meist vermied sie den Blick in den Spiegel, obwohl es keinen Grund dafür gab. Dank des regelmäßigen Trainings war ihre Figur immer noch vorzeigbar. Charlotte fuhr sich mit der Hand durch die kurzen, feuchten Locken und ignorierte die ersten grauen Haare und die Fältchen um die Augen.

»Passt schon«, murmelte sie und schlüpfte in leichte Kleidung. Der Juli zeigte sich in diesem Jahr von einer angenehmen Seite: Es war warm, aber nicht schwül, nachts kühlte es so weit ab, dass man einigermaßen gut schlafen konnte.

Charlotte ging in die Küche, wo Andi den Tisch gedeckt hatte. Sie küsste ihn erneut und sagte: »Thai war eine gute Idee. Ich war drei Stunden im Studio, ich bin am Verhungern.«

»Drei Stunden? Das kann nur bedeuten, dass du einen neuen Auftrag hast.«

»Verdammt, du hast mich durchschaut.« Charlotte grinste ihn an und lud sich eine große Portion Reis auf den Teller, die sie mit Thai Curry ertränkte. »Mmm, gut«, murmelte sie nach den ersten Bissen.

»Und, wer ist es diesmal?«

»Eine Rapperin namens LeyLa.« Sie schaute ihn aufmerksam an. »Schon mal gehört?«

»Nicht, dass ich wüsste«, sagte Andi. »Rap ist nicht meine Musikrichtung.«

»Ich fürchte, wir werden alt.«

»Schätzchen, wir *sind* alt.«

Sie lachten und aßen eine Zeit lang schweigend. Schließlich schob Charlotte ihren Teller von sich und sagte: »Puh, ich bin voll. Da passt kein bisschen mehr rein.«

»Du hast geschaufelt wie ein Bauarbeiter.«

»Ich habe auch gearbeitet wie ein Bauarbeiter«, empörte sie sich. »Danke fürs Mitbringen.« Sie stand auf und stellte das Geschirr in die Spülmaschine.

Als sie mit einem Glas Bier im Wohnzimmer saßen und auf die Nachrichten warteten, wollte Andi wissen, wann ihr neuer Auftrag beginnen würde.

»Ich treffe sie morgen. Danach weiß ich hoffentlich mehr. Patrick ist übrigens ganz hin und weg. Er hat ihren *YouTube*-Kanal abonniert. Bis heute Mittag wusste ich nicht mal, dass es so etwas gibt.«

Andi gab ihr einen Kuss auf die Nasenspitze. »Was das angeht, lebst du auch ziemlich hinterm Mond«, sagte er sanft.

»Pfff«, machte Charlotte, wurde aber von den Nachrichten abgehalten, mehr zu sagen.

Samstag, 22. Juli

1

Charlotte wusste nicht, was sie erwartet hatte, aber ganz sicher kein stilvolles Hotel nahe der Altstadt.

Sie betrat das Foyer, ging zur Rezeption und sagte einem jungen Mann namens Pierre, dass sie zu Bodo Härrlich wollte.

»Ich weiß Bescheid. Fahren Sie bitte mit dem Lift nach oben in die fünfte Etage.« Er reichte ihr eine Karte. »Die brauchen Sie für den Lift.« Pierre zeigte nach links und erklärte: »Die Aufzüge befinden sich dort hinten.«

Charlotte dankte ihm und fuhr in den fünften Stock. Da sich im Bereich der Aufzüge nur ein Zimmer befand, ging sie durch die Glastür, blieb abrupt stehen und schnappte nach Luft. Welch grandiose Aussicht!

Auf der Etage befanden sich insgesamt nur zwei Apartments sowie zwei Konferenzräume. Am Ende des Flurs gab es eine Dachterrasse. Charlotte lugte hinaus und genoss für einen Moment den Blick auf die Altstadt.

»Hallo?«

Sie drehte sich um. In der Tür eines der beiden Konferenzräume stand ein bulliger Mann mit Glatze.

»Herr Härrlich?«

Er nickte und schaute sie irritiert an.

Sie ging auf ihn zu, streckte die Hand aus und sagte: »Guten Tag, Herr Härrlich. Ich bin Charlotte Braun, der Bodyguard für LeyLa.«

Das Lächeln auf Bodo Härrlichs Lippen erstarb plötzlich.

Nicht schon wieder!, dachte Charlotte und war sauer auf Miller. Warum ließ er die Kunden nie wissen, dass sie eine Frau gebucht hatten?

Härrlich hatte sich inzwischen von dem Schock erholt und lächelte wieder.

»Entschuldigen Sie bitte, Frau Braun. Ich hatte nicht …«

»… mit einer Frau gerechnet«, ergänzte Charlotte. Sie reichte ihm ihre Visitenkarte. »Passiert häufiger, ich bin es gewohnt. Ich kann Ihnen versichern, dass ich nicht schlechter bin als meine männlichen Kollegen.«

»Davon gehe ich aus«, erwiderte er. »Sie sind allerdings nicht besonders groß.«

Charlotte lächelte. »Das muss ich auch nicht sein. Manchmal ist es besser, kleiner zu sein. Die Überraschung beim Gegner ist umso größer.«

Sie war erstaunt, dass er das nicht wusste. Mit seinem durchtrainierten Körper sah er eher aus wie der Manager eines Boxers. Sein Händedruck war entsprechend kräftig gewesen. Sie fragte sich, ob er eine Kampfsportart betrieb und wenn ja, welche. Dazu passte nicht, dass seine Fingerkuppen nikotingelb verfärbt waren. Ein Mann, der so offensichtlich Wert auf sein äußeres Erscheinungsbild legte und regelmäßig Sport trieb, würde nicht rauchen. Vielleicht handelte es sich um Altlasten.

Er trat zurück und bat sie in den Konferenzraum. Neugierig schaute sie sich um, aber außer einem langen Tisch, der passenden Anzahl Stühle darum herum, einem langgezogenen Buffet und einer Sitzecke mit Sofa und zwei Sesseln gab es nichts zu sehen.

»Stuhl oder Sofa?«, fragte er.

»Was Ihnen lieber ist«, sagte Charlotte und war gespannt, was er wählen würde. Er entschied sich für den Tisch und zog einen Stuhl für sie heraus.

»Danke. Wo ist LeyLa?«

»Sie ist sehr müde, sie hat die ganze Nacht gearbeitet. Wir beide können alles regeln.«

Charlotte unterdrückte einen genervten Seufzer. »Verstehen Sie mich nicht falsch, Herr Härrlich, aber ich …«

»Sagen Sie bitte Harry zu mir, alle nennen mich so.«

Charlotte wollte das Angebot ablehnen, aber irgendetwas an seiner Art hielt sie davon ab.

»Ich werde meist Charly genannt«, sagte sie stattdessen. »Ich lege sehr großen Wert darauf, mit der Person, die ich schützen soll, persönlich zu reden. Ich bin überzeugt, dass Sie als Manager einen hervorragenden Job machen. Ich mache meinen als Bodyguard ebenfalls ziemlich gut. Dazu muss ich aber auch die Möglichkeit bekommen, die wichtigsten Fakten zu kennen. Und dazu wiederum gehört, dass ich mit dem Schützling persönlich spreche.«

»Da haben Sie mich offensichtlich falsch verstanden«, antwortete Harry. »Natürlich werden Sie mit LeyLa persönlich sprechen, nur eben nicht jetzt.«

Charlotte hörte deutlich den harten Grundton heraus, auch wenn Harrys Gesicht freundlich blieb. Diesmal ließ sie den Seufzer andeutungsweise raus und erhob sich.

»Ich fürchte, dann gibt es keine Basis für eine Zusammenarbeit«, sagte sie, ebenfalls eine vernehmliche Spur härter.

Der Manager schüttelte den Kopf, als könne er es nicht fassen. »Ich schirme LeyLa so gut wie möglich ab. Es gefällt ihr nicht sonderlich, aber sie wird während des Aufenthalts in Nürnberg vor allem im Hotel bleiben. Normalerweise steigen wir nicht so nobel ab.« Er lächelte schmal. »Außerdem wollte ich LeyLa etwas gönnen. Sie hat in den letzten Monaten sehr hart gearbeitet und etwas Luxus verdient.«

»Das ist schön«, sagte Charlotte und fragte sich, wo dieser Monolog hinführen sollte.

»Hier im Hotel sollte sie sicher sein«, fuhr der Manager fort. »Wir teilen uns ein Apartment, ich kann daher gut auf sie aufpassen. Eigentlich brauche ich nur jemanden für die öffentlichen Termine. Da bin ich oft abgelenkt, deshalb muss jemand anderes die Augen offen halten. Alles, was Sie benötigen, sind die Daten, zu denen Sie anwesend sein müssen, außerdem die Orte, wo wir uns aufhalten.«

Na klar, du kannst den Job sowieso am besten, dachte Charlotte. Laut sagte sie: »Das sehe ich vollkommen anders. Ich benötige vor allem einen Überblick über die tägliche Routine. Mein Chef, Herr Miller, sagte mir, dass LeyLa seit einigen Monaten Drohbriefe erhält. In der Regel schlagen Drohbriefschreiber nicht an Orten zu, die sie nicht kennen. Sie studieren über Wochen das Objekt ihrer Begierde, das heißt, sie kennen die täglichen Abläufe und Rituale sehr genau. Sobald sie sich sicher genug sind, schlagen sie zu.«

Für einen Moment war Harry sprachlos, was Charlotte ein kurzes Gefühl der Genugtuung gab.

»Ich habe die Drohbriefe bisher nicht allzu ernst genommen«, sagte er. »Und auch die Polizei sagte, dass solchen Schreiben normalerweise keine Taten folgen. Es gehört leider zum Business dazu.« Er hob die Schultern.

»Die Betonung muss hier auf normalerweise liegen«, sagte Charlotte. »Es ist richtig, dass Drohbriefschreiber meistens harmlose Spinner sind. Aber eben nur meistens. Und glauben Sie mir, ich weiß, wovon ich spreche. Ich hatte schon einmal so einen Fall.« Dass es ausgerechnet ihr erster Auftrag als Bodyguard war, der noch dazu tödlich für die zu beschützende Person endete, verschwieg sie. Dieser aufgeblasene Typ musste nicht alles wissen.

Wieder schwieg er einige Sekunden, schob schließlich energisch seinen Stuhl zurück, sprang auf und sagte: »Na gut, Sie haben mich überzeugt. Ich hole LeyLa.« Er verließ den Raum.

II

Charlotte schob den Stuhl, hinter dem sie gestanden hatte, unter den Tisch und ging auf die andere Seite, um die Tür im Blickfeld zu haben. Sie wollte LeyLa beobachten können, sobald diese das Zimmer betrat.

Sie war vor allem viel zierlicher, als Charlotte vermutet hatte. Von einem früheren Auftrag kannte sie das Phänomen, dass Menschen in Wirklichkeit kleiner waren, als sie über den Bildschirm wirkten. Dennoch war Charlotte überrascht. Wahrscheinlich lag es an der Kleidung, die LeyLa trug. Statt in der schwarzen Pluderhose und dem überweiten Hoodie steckte sie in engen Bluejeans und einem cremefarbenen T-Shirt. Sie war kaum geschminkt und sah jünger aus als siebenundzwanzig.

»Hi, ich bin LeyLa«, sagte sie und reichte Charlotte die Hand. »Freut mich.«

Auch ihre Stimme unterschied sich deutlich von der in den Videos. Sie war zwar genauso kraftvoll, wirkte aber keineswegs aggressiv.

»Hallo, ich bin Charlotte Braun, freut mich auch.« Sie war versucht, Patrick zu erwähnen, ließ es aber bleiben. Es hätte anbiedernd und unprofessionell gewirkt.

»Wollen wir uns nicht setzen?«, schlug sie vor, als sei sie die Gastgeberin.

LeyLa zog den Stuhl, auf dem Charlotte vorher gesessen hatte, heraus, ihr Manager nahm daneben Platz. Charlotte ließ sich gegenüber nieder.

»Wie ich Ihrem Manager Harry bereits sagte, möchte ich Sie ein bisschen kennenlernen. Immerhin werden wir einige Zeit miteinander verbringen, da sollte man sich vorher etwas beschnuppern.«

»Kein Problem«, sagte LeyLa, was aber kaum zu hören war, weil Harry sofort dazwischenrief: »Sie werden nur für die Dauer unseres Aufenthalts hier in Nürnberg engagiert. Wir haben einen Bodyguard, der sich dummerweise letzte Woche den Arm verletzt hat und deshalb ausfällt.«

»Das ist mir durchaus klar«, entgegnete Charlotte dem Manager freundlich, aber bestimmt. »Ich habe auch kein Interesse daran, meinem Kollegen Konkurrenz zu machen. Dennoch muss ich darauf bestehen, dass ich mich mit LeyLa ausführlich unterhalte.«

Sie war versucht, ungeduldig mit den Fingern auf dem Tisch zu trommeln, unterließ es, zupfte stattdessen unter dem Tisch an ihrem T-Shirt. Sie hätte diesen Typen erwürgen können! Warum mussten manche Männer immer beweisen, dass sie das Sagen hatten?

»Was möchten Sie wissen?«, fragte Harry.

»Erzählen Sie mir einfach den Ablauf eines normalen Tages«, sagte Charlotte zu LeyLa. Sie deutete Gänsefüßchen in der Luft an, um anzudeuten, dass sie durchaus wusste, dass der Alltag einer Künstlerin alles andere als normal war.

»Ich …«, begann die junge Frau, aber Harry ging wieder dazwischen.

»Wie ich schon sagte, steigen wir diesmal im *Adina* ab, weil es anonymer ist und leichter fällt, LeyLa abzuschirmen. Wir essen diesmal nicht in Restaurants, sondern lassen uns etwas kommen. Wir …«

»Könnten Sie LeyLa bitte selbst erzählen lassen?«, bat Charlotte ihn, mit ihrer Geduld fast am Ende.

Um LeyLas Mund war ein sehr kurzes Lächeln zu sehen. Sie wandte sich Harry zu und fragte: »Darf ich?«

Er zuckte mit den Schultern, sagte aber nichts.

Sie wandte sich wieder Charlotte zu.

»Ich fürchte, ich bin eine Langschläferin. Das kommt aber davon, dass ich oft nachts arbeite, da habe ich häufig die besten Ideen. Meistens fallen bei mir Frühstück und Mittagessen zusammen. Ich bin …«

»Das ist doch nun wirklich uninteressant«, ließ Harry sich wieder vernehmen. »Wozu muss sie wissen, wann du frühstückst und wann du zu Mittag isst?«, monierte er, als sei Charlotte nicht anwesend.

Mich interessiert's, dachte sie. Sie war kurz davor, aufzuspringen und ihm erneut zu sagen, dass es so keinen Sinn machte. Aber wegen LeyLa wollte sie ihm noch eine Chance geben. Nur wegen LeyLa …

Ihr war sofort aufgefallen, dass LeyLa ein astreines Hochdeutsch sprach, bei dem ein leichter Hauch Ruhrpott mitschwang. Von dem Slang, den sie beim Rappen benutzte, keine Spur. Charlotte fand die junge Frau sehr sympathisch und war ehrlich neugierig, wie jemand, der so freundlich und zurückhaltend auftrat, in einem Musikvideo so aggressiv und kämpferisch wirken konnte.

»Sie schreiben die Texte selbst?«, fragte sie.

LeyLa nickte. »Ja, die Texte stammen fast alle von mir.«

Was Charlotte sich verkniffen hatte, machte nun der Manager: Er trommelte ungeduldig mit den Fingern auf dem Tisch herum.

»Ich muss gestehen, dass ich noch nicht sehr viel von Ihnen gehört habe, aber das Wenige fand ich gut«, schwindelte Charlotte.

Diesmal huschte ein deutliches Lächeln über LeyLas Gesicht. »Das freut mich. Wobei meine Texte eher nicht dazu geeignet sind zu gefallen«, sagte sie.

Harry reichte es. »Können wir jetzt über Ihren Einsatz reden?«

Charlotte hatte ebenfalls genug. »Wäre es möglich, dass ich allein mit LeyLa spreche?«

Harry schaute sie verblüfft an.

»Warum sollten Sie?«

»Weil Sie sich dauernd einmischen und ich nicht die Informationen bekomme, die ich brauche, um meinen Job zu machen.«

LeyLa wollte etwas sagen, aber Harry bügelte sie mit einer Handbewegung ab.

»Kommt nicht in Frage. Ich führe die Verhandlungen.«

Charlotte schlug die Hände auf den Tisch und stand auf. »Ich sehe absolut keine Basis für eine Zusammenarbeit. Personenschutz beruht vor allem auf gegenseitigem Vertrauen, auch wenn er nur für kurze Zeit notwendig ist. Sie lassen es nicht zu, dass ich LeyLa kennenlerne und sie mich, wir können also kein Vertrauen aufbauen.«

Sie ging um den Tisch herum und blieb vor LeyLa stehen. »Es tut mir wirklich leid. Ich hätte gerne mehr von Ihnen erfahren. Aber so ist es nicht möglich. Ich wünsche Ihnen alles Gute.«

Sie reichte der Rapperin die Hand, nickte Harry zu und verließ den Konferenzraum.

Vor den Aufzügen stand eine junge Frau in engen – in Charlottes Augen zu engen – Hotpants und einem weit ausgeschnittenen, ärmellosen Top. Allerdings musste sie zugeben, dass die braungebrannten Beine mit den bunten Tattoos auf den Waden der Frau zum Neidischwerden wohlgeformt waren. Dennoch – war es wirklich nötig, dass der halbe Hintern aus der Hose hing? Die Füße steckten in mit Strass beklebten Sandalen, die Zehennägel waren grell pink lackiert. Um das rechte Fußgelenk hing ein silbernes Kettchen.

Als Charlotte neben sie trat, wandte sich die Frau um. Sie war stark geschminkt, trug Piercings an Augenbraue und Unterlippe und kaute mit offenem Mund auf einem Kaugummi herum. An ihren Ohren baumelten riesige Kreolen, auf den kurzen, blonden Haaren saß eine überdimensionale Sonnenbrille.

»Hallo«, sagte Charlotte und lächelte.

»Hi.« Die Reibeisenstimme passte gut zur gesamten Erscheinung. Ebenso das aufdringliche Parfüm, das den Rauchgeruch dennoch nicht ganz überdecken konnte.

Ungeduldig drückte sie mit einem perfekt manikürten, grellrot lackiertem Fingernagel auf den Knopf. An jedem Finger inklusive Daumen steckte mindestens ein Ring.

»Nun komm schon.« Die junge Frau ließ eine Kaugummiblase zerplatzen.

Während sie auf den Lift warteten, rechnete Charlotte damit, dass Harry sie zurückrufen würde, aber nichts dergleichen geschah.

Auch recht, dachte Charlotte und fuhr ins Erdgeschoss. Unten fiel ihr ein, dass sie das Autogramm für Patrick vergessen hatte. Warum hatte sie nicht doch sofort etwas gesagt? Ihr Sohn würde ihr das so schnell nicht verzeihen.

Hatte Miller nicht das Bardentreffen erwähnt? Charlotte beschloss, im Programm nachzuschauen, wann und wo LeyLa auftrat. Vielleicht engagierten sie ja einen Bodyguard, den sie kannte, dann könnte sie bei dieser Gelegenheit um ein Autogramm bitten. Oder noch besser: Patrick sollte sich selbst darum kümmern. Wenn er tatsächlich so ein großer Fan war, würde er ein Konzert vor Ort nicht verpassen.

Zufrieden mit dieser Lösung ging Charlotte zum Empfang, um die Liftkarte zurückzugeben. Die Rezeptionistin, laut Namensschild eine Sandra, telefonierte gerade und hob den Zeigefinger, um ihr zu signalisieren, dass sie sofort für sie da sei.

Charlotte wollte nicht unhöflich sein und wartete geduldig, obwohl sie die Karte auch einfach hätte hinlegen können.

Sandra sagte: »Natürlich, das mache ich gerne«, und legte auf.

»Ich wollte nur die Karte zurückgeben«, sagte Charlotte und schob sie ihr zu.

Die Rezeptionistin lächelte schief und erwiderte: »Sie möchten bitte noch mal nach oben kommen.«

Charlotte runzelte die Stirn. »Wieso?«

Sandra hob die Schultern. »Das hat man mir nicht gesagt. Herr Härrlich bat mich nur, Ihnen zu sagen, Sie mögen noch einmal kommen.«

»Okay«, sagte Charlotte. »Die nehme ich wohl besser wieder an mich«, und deutete auf die Karte.

»Das wäre gut, ja«, bestätigte Sandra und lächelte.

Charlotte ging zum Lift zurück, fuhr in den fünften Stock und betrat erneut den Konferenzraum.

LeyLa saß nach wie vor auf ihrem Stuhl, während ihr Manager mit hochrotem Kopf auf und ab tigerte.

»Kommen Sie rein«, knurrte er. »Ich will Ihnen was zeigen.«

Charlotte schloss die Tür hinter sich und ging zum Tisch. Erst da entdeckte sie die Briefe.

»Ist es das, was ich vermute?«, fragte sie.

»Das sind einige der Drohbriefe, die in den letzten Wochen kamen.«

Charlotte nahm Platz und zog die Briefe zu sich.

»Wie haben Sie die Briefe erhalten?« Sie hielt einen hoch. »Sie kommen offensichtlich nicht per Post.«

»Meist landen sie im Briefkasten«, sagte Harry.

»Entschuldigung, wenn ich so dumm nachfrage, aber in welchem Briefkasten?«

»In dem meiner Wohnung in Berlin«, antwortete LeyLa. »Ich bin vor ein paar Monaten dorthin gezogen.«

»Ich verstehe«, sagte Charlotte und zog den ersten Brief aus dem Umschlag.

Er war mit Schreibmaschine geschrieben, es gab keine Anrede und natürlich auch keine Unterschrift.

Der Text wies die üblichen Sätze auf, die in einem Drohbrief zu finden waren: Ich mach dich kalt, ich bring dich um, ich hasse dich. Darüber hinaus tauchten in diesem und in allen anderen Briefen, die Charlotte überflog, immer wieder die Wörter Bitch, Schlampe, Hure, Ausländernutte und ähnliches auf. Alles in allem stand in den Briefen das, was sie erwartet hatte.

»Sie hatten vorhin erwähnt, dass die Polizei Bescheid weiß. Haben sie ermittelt?«

»Sie tun es noch, bisher ohne Erfolg.«

Charly nickte. »Es ist leider sehr schwierig, die Absender solcher Briefe dingfest zu machen.« Sie hielt eines der Schreiben hoch. »Der Vorteil ist: Hat man erst einmal einen Verdächtigen, geht es sehr schnell. Jede Schreibmaschine hat ihr eigenes Profil, quasi einen Fingerabdruck. Und wer nutzt heutzutage überhaupt noch eine Schreibmaschine?«

»Ja, ja, ja, das wissen wir alles, das hat uns die Polizei bereits mehrmals mitgeteilt«, erklärte Harry. »Können wir jetzt endlich die Details Ihres Einsatzes besprechen? Wir haben nicht den ganzen Tag Zeit.«

Charlotte warf einen Blick zu LeyLa, die ganz offensichtlich nicht mit dem Verhalten ihres Managers einverstanden war. Dennoch sagte sie nichts.

»Ich wiederhole mich ungern, aber ich sage es noch einmal: Ich lege Wert darauf, gut vorbereitet zu sein. Es gibt für einen Personenschützer nichts Schlimmeres, als auf eine unvorhergesehene Situation zu treffen. Wenn Sie nicht bereit sind, mir die nötigen Informationen zu geben, sehe ich nach wie vor keine Basis für eine Zusammenarbeit.«

»Du musst nicht dabeibleiben«, mischte LeyLa sich ein. »Ich sehe kein Problem darin, mich mit Frau Braun zusammenzusetzen. Was soll denn schon passieren?«

Zu Charlottes Überraschung zögerte der Manager einen Moment lang, aber letztendlich gewann sein Kontrollzwang die Oberhand. »Das kommt nicht in Frage. Ich kann ihr alle Fragen beantworten. Du hast Besseres zu tun.«

Charlotte fragte sich, was das sein könnte. Aber sie hatte die Nase voll von dem selbstherrlichen Kontrollfreak. Sie stand auf und sagte: »Tut mir leid, aber das hat keinen Sinn. Offensichtlich ist Ihnen LeyLas Schutz nicht wirklich wichtig, sonst würden Sie besser kooperieren.« Sie ging zur Tür, drehte sich noch einmal um. »Ein drittes Mal komme ich nicht herauf. Ich wünsche Ihnen alles Gute. Auf Wiedersehen.«

»So ein aufgeblasener Wichtigtuer«, schimpfte sie leise vor sich hin, als sie das *Adina* Hotel verließ.

Es war kühler als die Tage zuvor, deshalb beschloss sie, nach Hause zu laufen.

Dort angekommen, rief sie ihren Chef an, um ihm von dem geplatzten Deal zu berichten.

Miller war alles andere als erfreut.

»Warum musst du dich immer gleich mit allen Leuten anlegen?«, knurrte er.

»Ich?«, rief Charlotte empört. »Wieso ich? Dieser aufgeblasene Heini denkt, er kann alles besser. Soll er sein Goldstück doch selbst beschützen. Ich werde es jedenfalls nicht tun.«

»Ach, Charlotte, was soll ich nur mit dir machen?«

»Mir anständige Aufträge vermitteln, nicht immer irgendwelche Machotypen.«

Miller seufzte laut und vernehmlich. »Ich ruf ihn an, vielleicht lässt er sich ja besänftigen.«

Wieso eigentlich er?, fragte sich Charlotte. Aber ihr war klar, dass Miller immer auf der Seite des Mannes stehen würde. Zumindest meistens.

»Biete ihm lieber einen Kollegen an, vielleicht klappt das ja«, erwiderte sie. »Und mir gib zur Abwechslung mal einen Job ohne Kontrollfreak.«

»Haha«, machte Miller und legte auf.

III

Und? Wie ist sie?«, überfiel Patrick sie anstelle einer Begrüßung, als sie sich vor ihrem Lieblingsitaliener *Dario* trafen.

»Ich wünsche dir auch einen schönen Abend«, gab Charlotte spöttisch zurück und wandte sich Lara zu. »Schön, dich zu sehen.« Sie umarmte die Freundin ihres Sohnes und gab ihm einen freundschaftlichen Schlag auf den Arm.

»Aua.«

»Das war dafür, dass dir eine Rapperin wichtiger ist als deine alte Mutter«, sagte sie und lachte.

Er grinste und umarmte sie. »Komm her, alte Mutter.«

»Kommt Andi nicht?«, wollte Lara wissen.

»Doch, es wird nur etwas später. Wir sollen schon mal bestellen.«

Sie betraten das Lokal und wurden von Giovane herzlich begrüßt.

»Ah, Carlotta, willkommen, willkommen. Du warst lange nicht da. Und die Kinder, wie schön.« Er brachte sie zu ihrem Stammtisch und reichte ihnen die Menükarten.

»Wo ist dein Mann, Carlotta?«

»Er kommt noch, keine Bange, Giovane«, sagte Charlotte lachend. »Er würde mich nie mit dir allein lassen.«

»Ah, du brichst mir das Herz.« Der Italiener griff sich dramatisch an die Brust und verzog das Gesicht. Dann wurde er wieder professionell und fragte nach den Getränkewünschen.

»Nun erzähl schon«, drängte Patrick, als Giovane weg war.

Lara verdrehte die Augen. »Seit du angerufen hast, gibt es nur ein Thema: LeyLa. Ich könnte fast eifersüchtig werden.«

»Musst du nicht«, sagte Patrick und gab ihr einen Kuss, nur um im nächsten Moment erneut seine Mutter zu bedrängen.

»Sie ist kleiner und zierlicher als in den Videos«, sagte Charlotte. »Und sie ist viel netter, also nicht so aggressiv.«

»Schön, da hast du zur Abwechslung mal einen angenehmen Job«, meinte Patrick.

»Nein, leider nicht«, erwiderte Charlotte und erzählte von ihren Zusammenstößen mit dem Manager.

»Oh nein, das ist doch nicht möglich!« Patrick war entsetzt.

»Es tut mir leid, aber es ging nicht anders«, sagte Charlotte. »Leider habe ich verpasst, nach einem Autogramm zu fragen.«

»Na super«, brummte Patrick und schmollte wie ein Dreijähriger.

»Nun stell dich mal nicht so an«, mahnte Lara. »Charly hat ganz recht. Von euch Typen darf man sich nicht herumkommandieren lassen.«

Patrick stieß verächtlich die Luft aus, sagte aber nichts.

»Warum gehst du nicht zu einem ihrer Konzerte?«, fragte Charlotte.

»Weil die längst ausverkauft sind«, brummte Patrick. »Wenn ich mal Zeit habe, online zu gehen, sind die Karten längst weg.«

»Glaub ihm kein Wort«, mischte Lara sich ein. »So bekannt ist LeyLa nicht, dass ihre Konzerte sofort ausverkauft wären. Der Herr ist nur zu faul. Er kann sich stundenlang auf *YouTube* tummeln, aber er hat nicht die Zeit, sich eine Konzertkarte zu kaufen.« Ihr Gesichtsausdruck sagte deutlich, was sie davon hielt.

»Petze«, maulte Patrick liebevoll.

»Sie tritt am Wochenende beim Bardentreffen auf«, sagte Charlotte. »Soweit ich weiß, braucht man da keine Tickets, oder?« Sie schaute Lara fragend an, die bestätigend nickte. »Warum gehst du nicht da hin? Du musst nur rechtzeitig da sein, damit du einen guten Platz bekommst.«

»Jaaa«, sagte Patrick gedehnt.

»Na, sehr wichtig kann es dir ja nicht sein«, gab Charlotte zurück.

»Worüber redet ihr?«, wollte Andi wissen, der in diesem Moment zu ihnen stieß. »Sorry für die Verspätung.«

Er gab Charlotte einen Begrüßungskuss und reichte Lara und Patrick die Hand.

»Wir haben gerade von Patricks Schwarm LeyLa gesprochen.«

»Du hast sicher das Interview mit ihr gehört«, sagte Andi zu Patrick.

»Welches Interview?«

»Heute Nachmittag. Es war ein Privatsender, ich glaube *Radio F*.«

Patricks Augen weiteten sich. »Nein, das habe ich verpasst.«

»Ich habe es nur zufällig mitbekommen«, sagte Andi. »Eine meiner Kolleginnen hört den Sender und ich war gerade bei ihr im Büro, als das Interview begann. Man kann es vermutlich im Internet anhören, oder?«

»Ja, klar, aber live ist doch viel besser«, erwiderte Patrick.

Lara verdrehte die Augen.

»Alles, was ich noch weiß, ist, dass sie zwei Konzerte gibt und auf dem Bardentreffen auftritt«, erklärte Andi. »Früher war ich dort immer auf mindestens einem Konzert.« Er schaute Charlotte an. »Du warst noch nie, oder?«

»Nein, ich sollte wirklich mal hingehen, man hört so viel Gutes darüber.«

»Wenn das Wetter passt, ist es eine tolle Atmosphäre«, schwärmte Andi. »Besonders im Kreuzigungshof im Heilig-Geist-Spital. Lass uns später schauen, wer dort spielt.«

Patrick zog sein Handy heraus. »Wir können das gleich checken.«

Charlotte schob seine Hand mit dem Telefon energisch weg. »Keine Handys beim Essen«, sagte sie streng.

»Menno, du bist ja schlimmer als …« Er stockte.

»Meine Mutter, wollte er sagen«, ergänzte Lara. »Das sagt er immer zu mir.«

»Blöd nur, dass ich seine Mutter bin. Schlimmer geht's also nicht mehr.«

Sie lachten.

Giovane brachte die Getränke und nahm die Essensbestellung auf.

»Nun erzähl endlich weiter von deinem Treffen«, bat Patrick.

»Es gibt nicht viel mehr zu berichten. Ich habe versucht, mit LeyLa ins Gespräch zu kommen, aber ihr Manager hat sich immer wieder eingemischt. Ich konnte ihm nicht klarmachen, dass ich LeyLa kennenlernen muss, um sie beschützen zu können.«

Während des Essens diskutierten sie über Musikrichtungen. Während Patrick auf Rap und HipHop stand, bevorzugte Lara eher klassische Musik.

»Damit könntet ihr mich jagen«, sagte Andi. »Wenn Musik, dann Heavy Metal. Das ist die einzige Musik, bei der ich meinen Stress abbauen kann.«

»Und du?«

Charlotte spürte die fragenden Blicke der anderen. Sie zuckte mit den Schultern.

»Keine Ahnung, ich mache mir keine Gedanken darüber. Wenn ich Musik hören will, schalte ich das Radio ein. Leider quatschen die da immer so viel.«

»Aber du musst doch eine Lieblingsrichtung haben«, sagte Lara erstaunt.

Charlotte dachte kurz nach, schüttelte den Kopf. »Nö.« Sie lachte und sagte: »Man könnte auch sagen: Ich bin offen für alles.«

Sonntag, 23. Juli

I

Charlotte wälzte sich unruhig im Bett herum. Das Tiramisu, dem sie am Ende nicht hatte widerstehen können, lag ihr schwer im Magen. Oder lag es an der Mischung aus zu viel Rotwein und dem Espresso, den Giovane ihr noch aufgeschwatzt hatte?

Es war halb eins. Wenigstens konnte sie am nächsten Morgen ausschlafen. Ihr wäre es lieber gewesen, der Job mit der Rapperin hätte geklappt. Für Millers Geschmack platzten Aufträge, die er ihr gab, zu oft. Das Getuschel der Kollegen war ihr egal, aber irgendwann würde Miller ihr kündigen. Und dann?

Sie wandte den Kopf zu Andi, der neben ihr lag und tief und fest schlief. Sie beneidete ihn um die Fähigkeit, überall und auf der Stelle einschlafen zu können.

Charlotte drehte sich auf den Rücken, versuchte zu entspannen und ruhig zu atmen. Vielleicht klappte es ja und sie schlief ein – und wenn es vor Langeweile war. Die Vorstellung brachte sie zum Kichern, doch sie ermahnte sich, jetzt ernsthaft abzuschalten.

Gerade, als sie in den ersehnten Dämmerzustand hinüberglitt, vibrierte ihr Telefon. Charlotte schoss hoch. Verdammt, sie hatte vergessen, es auszuschalten! Sie schnappte sich das Handy und schaute auf die Nummer. *Unbekannt.* Wer rief um Himmels willen nachts um eins an?

Sie zögerte kurz, schwang die Beine aus dem Bett, lief ins Wohnzimmer und wischte nach links, um den Anruf anzunehmen.

»Ja bitte?«

»Frau Braun?«

»Wer spricht da? Ich höre Sie kaum.«

»LeyLa.«

Charlotte setzte sich aufs Sofa, zog die Decke zu sich heran und steckte die nackten Füße darunter.

»Können Sie etwas lauter sprechen? Ich verstehe Sie nur sehr schlecht.«

Sie presste das Handy an ihr Ohr, hörte Rascheln.

»LeyLa? Sind Sie noch dran?«

»Ja. Können Sie bitte kommen? Der Mann ist weg.«

»Welcher Mann?«

»Ein Mann stand unten auf der Straße, aber jetzt ist er nicht mehr da. Was, wenn er mir etwas antun will?«

Charlotte war alarmiert. War der Drohbriefschreiber ihnen nach Nürnberg gefolgt? »Wo sind Sie? Sind Sie im Hotel?«

»Ich«, begann LeyLa, stockte. »Ich habe mich im Bad eingeschlossen.«

»Gut, Ihnen kann nichts passieren.« Charlotte versuchte, so viel Ruhe wie möglich in ihre Stimme zu legen. »Erzählen Sie mir bitte, um welchen Mann es geht?«

»Ich traf ihn am Nachmittag. Er lauerte mir auf.«

»Hat er Ihnen etwas getan, sind Sie verletzt?«

»Nein, er jagte mir nur einen Schrecken ein.« LeyLa zögerte, fügte dann leise hinzu: »Ich habe Angst.«

Charlotte fiel auf, wie geschliffen LeyLas Sprache war – trotz der Umstände.

»Wo ist Ihr Manager?«

»Er ist nicht da. Er hat das andere Schlafzimmer, aber er ist nicht da.«

»Okay, ich komme. Ich brauche circa fünfzehn Minuten. Wenn Sie wollen, können wir die ganze Zeit telefonieren.«

Charlotte stand auf, holte das Headset von ihrem Schreibtisch, schlich ins Schlafzimmer und nahm die Kleidung vom Vortag an sich. Manchmal war es von Vorteil, wenn man nicht allzu ordentlich war. Sie grinste und warf dem schlafenden Andi einen Luftkuss zu.

»Ja«, sagte LeyLa. »Nein. Das ist nicht nötig. Harry sagt, dass ich im Hotel sicher bin.«

»Das ist richtig«, stimmte Charlotte zu. »Haben Sie die Zimmertür verriegelt?«

»Ich weiß es nicht«, gab LeyLa zu.

»Schaffen Sie es, nachzusehen?«

»Bleiben Sie am Telefon?«

»Natürlich.«

Während Charlotte das Handy auf Headset umstellte und sich anzog, hörte sie, wie eine Tür geöffnet wurde, leises Rascheln, Schritte, schließlich einen tiefen Seufzer.

»Alles gut«, sagte LeyLa. »Die Tür ist verriegelt.«

»Sehr gut. Ihnen kann wirklich nichts passieren. Ich komme gleich.«

»Ich glaube, das wird nicht nötig sein«, sagte LeyLa. »Ich habe mich wieder beruhigt.«

Charlotte zögerte. Das Verlangen, im Bett zu liegen statt durch Nürnbergs nächtliche Straßen zu fahren, war riesig. Ihr Bedürfnis, Menschen zu beschützen, auch.

»Nein, ich komme auf jeden Fall. Soll ich am Telefon bleiben? Ich habe ein Headset, es ist kein Problem.«

LeyLa zögerte, sagte: »Nein. Ich schaffe das, bis Sie hier sind.«

»Gut. Ich rufe Sie an, wenn ich unten in der Lobby bin. Dann wissen Sie Bescheid. Ich klopfe drei Mal an die Tür. In Ordnung?«

»Ja. Frau Braun?«

»Ja?« Charlotte schlüpfte in ihre Jacke und nahm die Autoschlüssel.

»Danke.«

»Keine Ursache«, erwiderte sie und zog die Wohnungstür sanft hinter sich zu. *Es ist mein Job.*

11

Knapp zehn Minuten später parkte sie den Wagen in einer Seitenstraße beim *Adina* Hotel.

Der Nachtportier schaute sie neugierig an, sagte aber nichts. Charlotte grüßte ihn freundlich lächelnd und ging zu den Aufzügen. Wie vereinbart, rief sie LeyLa an. Als der Lift kam, stieg sie ein, hielt die Karte, die sie am Nachmittag in ihrer Wut versehentlich mitgenommen hatte, gegen den Empfänger und drückte die Fünf. Bevor sich die Lifttüren schlossen, sah sie, dass der Mann am Empfang ihr nachgesehen hatte. Gut so, das Personal war wachsam.

Sie klopfte drei Mal an LeyLas Tür, woraufhin diese sofort geöffnet wurde. Charlotte schlüpfte in das Zimmer und verriegelte die Tür.

»Hallo LeyLa«, sagte sie. »Wie geht es Ihnen?«

Die Rapperin trug ein überlanges T-Shirt mit Mickey Mouse-Figur darauf. Die langen Haare hatte sie zu einem unordentlichen Knoten zusammengebunden, Strähnen hingen heraus und standen vom Kopf ab.

»Ich fühle mich wie eine Dreijährige, die Angst hat, weil sie zum ersten Mal allein zu Hause gelassen wurde.«

»Das ist doch Blödsinn«, widersprach Charlotte und zog sie von der Tür weg.

Sie befanden sich in einer Suite. Direkt neben der Tür war eine Kitchenette mit zwei Herdplatten, einem Kühlschrank, der leise brummte, und diversen Schränken. Der Flur weitete sich zum Zimmer, in dem ein Esstisch mit vier Stühlen stand. Im hinteren Teil befand sich ein großer Schreibtisch mit Stuhl davor, außerdem eine Sitzecke mit Sofa, zwei Sesseln und einem Couchtisch. Die breite Fensterfront war durch zugezogene Vorhänge verborgen. Charlotte vermutete, dass man einen fantastischen Blick auf die Altstadt hatte.

»Kann ich mich kurz umsehen?«, bat Charlotte.

»Natürlich.«

Sie folgte einem weiteren Flur nach rechts und stieß auf zwei Schlafzimmer, zu denen jeweils ein Badezimmer gehörte.

»Nobel.«

»Ja«, sagte LeyLa hinter ihr. »Harry meinte, wir können uns das jetzt leisten. Das ist meins«, sie zeigte nach links. »Im anderen schläft Harry. Wenn er da ist«, fügte sie hinzu.

»Wissen Sie, wo er steckt?«

LeyLa zuckte nur mit den Schultern.

Soviel zum Thema ›Ich kann LeyLa am besten beschützen‹, dachte Charlotte. Dazu müsste Harry erst einmal anwesend sein.

Durch die geöffnete Tür ihres Schlafzimmers war ein Bett zu sehen.

»Darf ich?«
Die Rapperin nickte.
Charlotte machte einen Schritt in das Zimmer hinein. Vor dem Fenster befand sich eine gemütliche Sitzecke, bestehend aus einem Sessel, einem einsitzigen Sofa und einem klotzförmigen Tisch. Daneben stand ein kleineres Modell des Schreibtischs aus dem Wohnzimmer samt Stuhl.
LeyLa war ihr gefolgt, trat rasch zum Tisch und klappte den Laptop und das aufgeschlagene Heft zu.
»Ich habe versucht, zu arbeiten«, sagte sie und lächelte schüchtern.
Das Bett war zerwühlt, die Decke hing halb am Boden. Neben dem zerknautschten Kissen lag ein graues Plüschtier, der großen Schnauze nach ein Nilpferd.
»Das ist Theobald. Er ist immer dabei.«
»Das ist gut«, sagte Charlotte. »Man braucht etwas, das vertraut ist.«
Charlotte beschloss, dass sie genug gesehen hatte. Im Flur entdeckte sie eine weitere Tür.
»Wohin führt die?«
»Zu dem anderen Apartment«, sagte LeyLa.
»Wissen Sie, ob da jemand wohnt?«
Die Musikerin zögerte. »Bisher habe ich nichts gehört. Aber Harry schläft daneben. Er kann Ihnen sicher mehr darüber sagen.«
Charlotte drückte die Klinke herunter. Wie erwartet, war die Tür verschlossen.
»Gut, lassen Sie uns setzen.« Sie führte LeyLa zur Sitzgruppe. »Erzählen Sie.«
»Ich war sehr wütend, weil Harry Sie so schlecht behandelt hat«, begann LeyLa stockend. »Und ich fühlte mich eingesperrt. Ich stellte mich auf die Terrasse, sah hinunter und beobachtete all die Menschen, die ein Ziel hatten oder auch einfach nur an den Schaufenstern entlangschlenderten.« Sie zeigte nach draußen. »Schräg gegenüber gibt es eine Boutique. Zwei junge Frauen kamen heraus, beladen mit Tüten. Vor dem Laden steckten sie die Köpfe zusammen, öffneten die Tüten, schauten hinein, lachten. Da bekam ich Lust, shoppen zu gehen.«
LeyLa schaute Charlotte an. »Haben Sie eine Ahnung, wann ich zuletzt mit einer Freundin shoppen war? Ich kann mich nicht erinnern. Es muss Jahre her sein.« Traurig schüttelte sie den Kopf.
Charlotte nahm ihre Hand in ihre und drückte sie. Ihr kam es so vor, als habe die Sängerin ein enormes Redebedürfnis. Kein Wunder! Der Manager mochte zwar etwas von seinem Job verstehen, von den Bedürfnissen einer jungen Frau womöglich nicht.
Leise sprach LeyLa weiter: »Ich wollte zurück ins Zimmer, die Vorhänge zu-

ziehen, die Welt da draußen ausschließen. Da sah ich eine Frau mit Kopftuch und weitem, langem Mantel und hatte diese Idee. Ich besitze weder einen Mantel noch ein Kopftuch, aber ich habe verschiedene Schals. Ich zog all meine Klamotten aus dem Schrank und probierte alles Mögliche aus.« Sie lächelte. »Es war ein bisschen wie in meiner Kindheit. Meine Schwestern und ich plünderten oft den Kleiderschrank meiner Mutter. Die Schuhe waren viel zu groß, die Ärmel und Hosenbeine viel zu lang. Der Lippenstift war über das ganze Gesicht verschmiert, aber es machte großen Spaß.«

»Das kann ich mir gut vorstellen«, sagte Charlotte. »Klingt lustig. Ich bin leider ein Einzelkind.«

»Sie Arme«, erwiderte LeyLa voller Mitgefühl. Dann schien sie sich zu erinnern, warum Charlotte da war.

»Sie hätten das Zimmer sehen sollen. Alles lag kunterbunt durcheinander: T-Shirts, Leggings, Schuhe, Jacken. Wobei kunterbunt nicht der richtige Ausdruck ist. Bei mir dominiert eindeutig die Farbe Schwarz.« Sie kicherte. »Zu Hause in Berlin habe ich natürlich mehr Kleider, aber hier? Ich komme quasi nie raus, wozu also Zeug mitnehmen, das ich nicht anziehen kann?«

Charlotte drückte ihre Hand. »Ich stelle mir das nicht schön vor. Wie lange geht das schon so?«

»Seit ein paar Wochen. Die ersten Briefe nahm Harry nicht ernst, er meinte, das sei wie die Hass-Postings. Aber dann wurden sie persönlicher und er schaltete die Polizei ein. Die sagten zwar auch, dass das heutzutage leider normal sei, aber sie mahnten uns auch zur Vorsicht. Also engagierte Harry Li …« LeyLa stockte plötzlich, schüttelte den Kopf und fuhr fort: »Harry engagierte Rico als Bodyguard. Ich fand das übertrieben.« Leiser fügte sie hinzu: »Jetzt nicht mehr.«

»Was ist mit Rico?«, fragte Charlotte. »Ihr Manager sagte, er habe sich verletzt?«

»Ja, es passierte wohl beim Training. Er macht irgendeine Kampfsportart.«

Er scheint Profi zu sein, dachte Charlotte. Laut sagte sie: »Das kenne ich leider zu gut. Ich trage manchmal auch Verletzungen davon. Aber erzählen Sie weiter vom Nachmittag.«

»Der Witz ist: Ich verfüge über zu viel Zeit«, fuhr LeyLa fort. »Ich meine, hier in Nürnberg. Die letzten Wochen waren sehr eng getaktet durch die Termine der aktuellen Tour. Harry hatte Nürnberg als Erholung zwischendurch geplant: nur drei Auftritte, ein paar Pressetermine, der Rest ist frei.« Sie schaute Charlotte ernst an. »Aber wie frei bin ich, wenn ich das Hotel nur mit Personenschutz verlassen kann?«

Charlotte schwieg. LeyLa kannte die Antwort.

»Ich probierte also alles Mögliche vor dem Spiegel aus, entschied mich am

Ende für eine dünne, schwarze Hose, ein schwarzes T-Shirt mit rotem Aufdruck und einen roten Schal. Den habe ich locker über die Haare gelegt. Ich habe mich zehn Jahre älter geschminkt und eine Sonnenbrille aufgesetzt.« Sie lächelte schief. »Ich erkannte mich beinahe selbst nicht wieder. In der Lobby wäre ich beinahe wieder umgedreht. Am Empfang standen zwei Männer mit Trolley, vermutlich checkten sie gerade ein. Ich beobachtete sie eine Weile. Aber da mich niemand beachtete, nahm ich all meinen Mut zusammen und verließ das Hotel. Ich wartete immer darauf, dass Harry mich plötzlich zurückreißen und mich eine verrückte Närrin nennen würde. Aber Sekunden später stand ich draußen, vor dem Haus, atmete tief ein – und musste husten, weil in diesem Moment ein Moped vorbeiknatterte und die Luft mit seinen Abgasen verpestete.« LeyLa lachte. »Ich weiß noch, wie ich dachte: Das ist also der Geschmack von Freiheit!«

Charlotte stimmte in das Lachen ein. »Kein schöner Start.«

»Und es ging unschön weiter«, sagte LeyLa. »Ich betrat die Boutique gegenüber. ›Wir schließen in fünf Minuten‹, rief eine unfreundliche Stimme aus dem Hintergrund. Ich fragte, ob ich mich dennoch umsehen dürfte, aber da erschien eine ältere Frau mit grellroten Haaren und deutlich grauen Ansätzen. Sie müsse pünktlich schließen, erklärte sie und musterte mich. Ich schätze, ihr gefiel nicht, was sie sah. Ihre Mundwinkel waren massiv Richtung Boden verzogen. Ich fragte sie nach der Uhrzeit.« LeyLa hob den linken Arm hoch. »Ich trage keine Uhr. Es gibt ja Harry, der mich an alles erinnert. Die Frau sagte, sie schließe um halb sieben, ich hätte noch fünf Minuten gehabt.« Sie seufzte. »Ein paar Teile hatten interessant ausgesehen. Die hätte ich mir gerne näher angeschaut.«

»Vielleicht morgen oder Dienstag?«, schlug Charlotte vor. »Ich würde natürlich mitkommen. Ich war auch schon ewig nicht mehr shoppen.«

»Das wäre schön.« LeyLa lächelte sie an. »Ich war danach ziemlich frustriert und wollte zurück ins Hotel gehen, da kam ein Pärchen vorbei, beladen mit Einkaufstüten. Ich sprach sie an und sie erläuterten mir den Weg zur Fußgängerzone. Sie ist so nah!«, sagte LeyLa in einem Ton, als könne sie es nicht fassen, dass sie sie nicht selbst gefunden hatte.

»Ich war in wenigen Minuten dort. Ist Ihnen das auch schon aufgefallen? Die meisten Läden gehören zu einer Kette, die man in jeder Stadt findet, egal wo auf der Welt. Dass ich in Nürnberg war, war auf den ersten Blick nicht erkennbar, auch nicht auf den zweiten.«

Charlotte bestätigte das Phänomen. Sie hatte sofort beim Eintreten einige Tüten entdeckt. Jetzt deutete sie darauf und sagte: »Wie ich sehe, waren Sie erfolgreich?«

LeyLa nickte. »Zunächst lief ich herum, wollte mich orientieren. Schließlich betrat ich einen der Läden und kaufte wahllos T-Shirts. Ich fürchte, ich verfiel einem totalen Kaufrausch. Es war ein tolles Gefühl. Später kam ich an den Platz, wo der große Brunnen mit den seltsamen Figuren steht.«

»Das Ehekarussell«, warf Charlotte ein.

»Ah, dann machen die einzelnen Bilder natürlich Sinn«, rief LeyLa. »Da wird aber kein schönes Bild von der Ehe gezeichnet.«

»Nein«, bestätigte Charlotte. »Der Künstler kann keine glückliche Beziehung gehabt haben.«

»Am meisten beeindruckte mich die Szene, wo die Frau die Kette um den Hals liegen hat. Es hat mich ein wenig an mich erinnert.«

Charlotte schluckte. Das klang sehr nach goldenem Käfig.

LeyLa grinste plötzlich. »Ich überlegte, wer in meinem Fall wohl den nackten Mann verkörpert, der die Kette in der Hand hält. Harry oder die Musik.«

»Und? Sind Sie zu einem Schluss gekommen?«

LeyLa schüttelte den Kopf. »Bisher nicht.«

»Ich würde sagen, es ist weder der eine noch das andere, sondern der Drohbriefschreiber. Er ist der Schuldige, der Sie einengt.«

LeyLa sah sie erstaunt an. »So habe ich das noch gar nicht gesehen.«

»Sie wollten mir von dem Mann erzählen«, erinnerte Charlotte sie sanft und suchte sich eine andere Sitzposition. Ihr Nacken schmerzte und der Schlafmangel forderte allmählich seinen Tribut.

LeyLa schien nicht zu wissen, auf wen sie anspielte.

»Sie haben am Telefon einen Mann erwähnt, der Sie belästigt hat«, erinnerte Charlotte sie behutsam.

»Oh, ja richtig. Den hatte ich gerade völlig vergessen.«

»Es tut mir leid, wenn ich die unschönen Erinnerungen wieder hervorrufen muss, aber nur so kann ich die Situation richtig beurteilen.«

»Nein, das ist kein Problem«, sagte LeyLa. »Ich bin eher verblüfft, dass ich ihn tatsächlich vergessen konnte. Beim Brunnen gibt es zwei große Bekleidungsgeschäfte. Ich habe mich für die Billigvariante entschieden. Gediegene Mode ist nicht so mein Ding. Ich nahm eine der großen Taschen, die für den Einkauf gedacht sind, und legte einige Oberteile hinein, die mir ins Auge stachen. Ich wollte sie später anprobieren.

Bei einem sehr kurzen Top überlegte ich, ob ich es in meinem Alter noch wagen könnte, so etwas zu tragen. Jemand sagte: ›Das würde Ihnen sicher ganz besonders gut stehen.‹ Ich dachte, der Mann redet mit einer anderen Kundin und reagierte nicht. Sekunden später spürte ich, dass sich jemand zu dicht hinter mir befand. Als ich mich umdrehte, stand da dieser Mann. Er war Mitte fünfzig und korpulent. Sein rundes Gesicht hatte auf den Wangen unschöne Pockennarben. Er trug die paar Haare, die er noch hatte, quer über den Schädel gekämmt. Das ist so typisch alte Männer, oder?« LeyLa schüttelte sich. »Er war mit einer hellen Hose und einem dünnen Mantel bekleidet, der zugeknöpft war. Mir schoss durch den Kopf, dass er den wenigstens nicht aufreißen könnte. Es machte ihn aber nicht weniger bedrohlich, weshalb ich einen Schritt zurücktrat; er war definitiv zu nah. Da konnte ich seine Füße sehen. Sie waren nackt und steckten in ausgelatschten Sandalen. Insgesamt schaute er sehr ungepflegt aus und verströmte eine Mischung aus ungewaschen und verschwitzt. Ich hielt ihn für einen Penner.«

LeyLa hatte während der Schilderung mehrmals das Gesicht verzogen; Ekel, aber auch Angst waren deutlich zu erkennen gewesen.

»Er deutete auf das Top, das ich in der Hand hielt, und wiederholte: ›Das würde Ihnen sehr gut stehen.‹ Ich war kurz davor, aus dem Geschäft zu laufen. Aber ich sagte mir, dass das nur ein verwirrter Mann war, der nett sein wollte. Ich dankte ihm, steckte das Top zu den anderen und sagte, ich würde es anprobieren. Ich dachte, die Sache sei damit erledigt, aber er sagte plötzlich: ›Ich kann Ihnen gerne helfen‹ und fuhr sich mit der Zunge über die Lippen. Obwohl er es wahrscheinlich unbewusst getan hatte, wirkte es obszön. Er stand direkt unter einer dieser grellen Lampen; auf seiner Oberlippe blitzten winzige Tropfen auf.«

LeyLa schüttelte sich erneut. Charlotte drückte ihre Hand.

»Wenn es zu viel wird, können wir eine Pause machen. Die Beschreibung des Mannes war auf jeden Fall sehr gut.«

»Nein, ich will es hinter mich bringen«, erwiderte LeyLa. »Kann ich vielleicht ein Glas Wasser haben? Die Gläser sind oben im Schrank.«

Charlotte stand auf, füllte zwei Gläser mit Wasser und kehrte zum Sofa zurück. Anschließend holte sie die Decke, die achtlos über der Sessellehne lag, und breitete sie über LeyLas nackte Beine aus.

»Danke.« LeyLa trank das halbe Glas leer. »Das tat gut.« Sie kuschelte sich in die Decke und nahm die Schilderung wieder auf: »Es gab ein bisschen Hin und Her. Er behauptete, ein Auge dafür zu haben, was Frauen steht, ich dankte ihm und ging zur Anprobe. Er wollte mitkommen, aber ich sagte ihm klipp und klar, er solle mich in Ruhe lassen. Das muss gewirkt haben, denn er war tatsächlich nirgends mehr zu sehen.« Sie griff erneut zum Glas, trank den Rest aus. Charlotte holte frisches Wasser.

»Ich war drauf und dran, die Tasche einfach irgendwo stehen zu lassen, aber dann dachte ich mir, dass ich mich von einem alten, verwirrten Mann nicht aus dem Konzept bringen lassen will. Ich wollte das ›echte Leben‹ spüren, also durfte ich nicht beim ersten Zwischenfall aufgeben.« Sie grinste schief.

»Haben Sie das Top gekauft?«, wollte Charlotte wissen.

»Nein, ich probierte es nicht einmal. Es mag bescheuert klingen, aber der Typ verleidete es mir komplett. Ich hätte immer an ihn denken müssen.«

»Das kann ich gut nachvollziehen.«

»Als ich den Vorhang der Umkleidekabine öffnete, stand er wieder direkt vor mir, diesmal mit schweißnassem Gesicht. Ich erschrak so sehr, dass auch er zurückfuhr und sich entschuldigte. Er habe mich nicht ängstigen wollen. Ich sagte ihm, dass er das aber habe und mich endlich in Ruhe lassen solle. Ich ging zur Kasse und sah mich ständig um, aber er war wieder wie vom Erdboden verschwunden.

Beim Bezahlen merkte ich, dass ich die Tüte mit den ersten Einkäufen liegen gelassen hatte. Ich wollte aber keinesfalls noch einmal zurück zu den Kabinen und beschloss, darauf zu verzichten. Als ich an der Kasse fertig war und Richtung Ausgang ging, tauchte er zwischen den Kleiderständern auf und hielt mir triumphierend die Tüte vors Gesicht. ›Sie haben das vergessen‹, sagte er. Ich war total entnervt, denn jetzt musste ich ihm auch noch dankbar sein. Ich wollte nach dem Beutel greifen, aber er zog ihn zurück. Da hatte ich echt genug. ›Hören Sie. Ich finde es wirklich sehr nett, dass Sie mir die Tüte nachgetragen haben‹, sagte ich. ›Aber ich habe keine Zeit, ich muss gehen. Es wäre also gut, wenn Sie mir die Tüte geben. Jetzt.‹ Zu meiner Verblüffung reichte er sie mir ohne weiteren Kommentar. Ich ging ein paar Schritte, überlegte, dass ich ihm eigentlich danken müsste, wandte mich um und hielt ihm einen Zehneuroschein hin. Für seine Bemühungen. Er schaute mit solch großer Verachtung auf den Geldschein, dass ich mich schämte. Ich hatte es doch nur gut gemeint. Ich steckte den Schein wieder weg, entschuldigte mich, bedankte mich noch einmal, wünschte ihm einen schönen Abend und rannte hinaus.

Draußen stellte ich fest, dass ich keine Ahnung hatte, in welcher Richtung das Hotel lag. Ich zog mein Handy heraus, wollte Harrys Nummer wählen, entdeckte die App für *Google Maps*. Aber die nützte mir nichts, denn außer, dass ich in Nürnberg war, wusste ich kaum etwas. Weder den Namen des Hotels noch die Straße.«

Sie schaute von der Seite zu Charlotte. »Sie müssen mich für total bescheuert halten. Oder für eine riesengroße Egoistin, die sich um nichts kümmert und alles ihren Manager regeln lässt.«

Charlotte strich ihr beruhigend über die Schulter. »Nein, das tue ich nicht. Ich denke, Sie haben durch den Stress der letzten Wochen und Monate ein bisschen den Kontakt zur Außenwelt verloren. Das kann jedem von uns passieren. – Wie kamen Sie zurück ins Hotel?«

LeyLa lachte bitter. »Sie werden es nicht glauben, aber er brachte mich hierher.«

»Der Penner?«

LeyLa nickte.

»Ich wollte mich gerade erkundigen, wie der Turm heißt, vor dem ich mich befand, als hinter mir jemand fragte, ob ich mich verlaufen hätte. Diesmal stand er in einigem Abstand. Kaum zu glauben, aber ich war beinahe dankbar, ihn zu sehen. Als wäre er das einzig bekannte Gesicht in der ganzen Stadt. Er fragte, ob er mir helfen könne, er wohne da vorne. Er zeigte in die Richtung, in der ich das Hotel vermutete. Ich wusste nicht, ob ich ihm glauben sollte, aber eigentlich war es mir egal. Ich sagte ihm, dass ich mein Hotel suchte. ›Gibt nur eins hier‹, brummte er, drehte sich um und lief los. Nach ein paar Schritten blieb er stehen und sah sich nach mir um. Ich folgte in ausreichendem Abstand. Wir bogen zwei Mal ab und erreichten nach wenigen Metern diese Straße.« LeyLa zeigte nach draußen. »Ein paar Meter weiter entdeckte ich schon das Hotel. Ich war so dankbar, dass ich zu ihm lief und ihm die Hand reichte. Ich fragte, ob ich ihm etwas Gutes tun könne, aber er schüttelte nur den Kopf. Er hielt meine Hand einen Tick zu lange; seine Hände waren unangenehm feucht. Ich versuchte, es auszuhalten, aber ich musste meine Hand wegziehen.« Sie senkte den Kopf. »Immerhin wischte ich sie nicht ab. Als ich vor dem *Adina* stand, rief er mir nach: ›Sie sind schön.‹ Er starrte mir nach, bis ich das Hotel betrat. Ich war so froh, den Mann am Empfang zu sehen, dass ich ihm beinahe um den Hals gefallen wäre. Oben, als ich das Zimmer aufsperren wollte, sah ich, dass auf der Rückseite der Karte der Name des Hotels steht. Wäre ich nicht so kopflos gewesen …«

»Machen Sie sich bitte keine Vorwürfe«, sagte Charlotte. »Sie standen unter enormem Druck, da kann man das schon mal vergessen. Außerdem sind die meisten Hotelkarten weiß.«

LeyLa schaute sie dankbar an.

»Weiß Harry davon?«, wollte Charlotte wissen.

»Ja. Wir hatten einen Riesenkrach deswegen.«

Charlotte konnte sich das lebhaft vorstellen. Der Manager war niemand, dem es gefiel, wenn man seine Anweisungen nicht befolgte.

»Was geschah danach?«

LeyLa schien nicht zu verstehen. Ihre Stirn war gerunzelt.

»Sie haben mich angerufen, weil ein Mann verschwunden war. Sie sagten, ein Mann habe auf der Straße gestanden und jetzt sei er weg.«

»Ja natürlich«, stöhnte LeyLa. »Wie konnte ich das vergessen?«

Charlotte lachte leise. »Es ist drei Uhr morgens.«

»Wirklich? Oh Gott, ich bringe Sie um Ihren Schlaf.«

Charlotte winkte ab. »Kein Problem. Ich bin es gewohnt. Erzählen Sie den Rest.«

»Also, Harry und ich hatten Streit. Er ging zum Abendessen, aber ich hatte keinen Hunger und blieb im Zimmer. Notfalls hätte ich mir eine Suppe gemacht.« Sie deutete Richtung Kitchenette. »Ich las, hörte etwas Musik, versuchte, an einem Text zu arbeiten, aber ich war zu müde. Also ging ich ins Bad, putzte meine Zähne und zog das hier an.« Sie zupfte an dem Mickey Mouse-T-Shirt herum. »Ich brauche frische Luft zum Schlafen, deshalb schob ich die Terrassentür auf. Unten auf der Straße fiel mir eine dunkle Gestalt auf, die zu mir nach oben schaute. Ich dachte sofort an den Mann vom Nachmittag. Mir fiel auf, dass das Licht noch an war. Ich stand da wie auf dem Präsentierteller. Ich löschte das Licht, wartete ein paar Minuten, ging erneut zum Fenster und schaute hinaus. Die Gestalt hatte sich nicht bewegt. Ich zog die Vorhänge zu und legte mich ins Bett. Aber an Schlafen war nicht zu denken. Mir gingen so viele Gedanken durch den Kopf. Was, wenn das der Mann war, der die Briefe schrieb? War er uns nach Nürnberg gefolgt?

Ich wälzte mich hin und her, stand auf, wanderte im Zimmer herum. Wie magisch zog es mich zum Fenster. Kennen Sie das? Es ist wie mit Zahnschmerzen. Andauernd geht man mit der Zunge hin, obwohl es weh tut.«

Charlotte nickte bestätigend. Oh ja, das kannte sie nur zu gut.

»Immer wieder schaute ich zum Fenster hinaus, schob den Vorhang nur ein kleines Stück zur Seite, damit er mich nicht bemerkte. Die Figur bewegte sich nicht. Da kam Panik hoch. Ich musste mich sehr zusammenreißen, um nicht laut zu schreien.«

Warum hast du es nicht einfach getan?, fragte sich Charlotte. »Wann haben Sie bemerkt, dass er nicht mehr da war?«

»Ich weiß es nicht. Wie gesagt, ich trage keine Uhr und mein Zeitgefühl ist sehr schlecht. Es können Minuten gewesen sein, aber auch gut eine Stunde. Ich bin im Zimmer auf und ab getigert und habe versucht, der vielen Gedanken Herr zu werden: Ist die Rezeption des Hotels rund um die Uhr besetzt? Kann der Mann einfach hereinkommen und nach mir suchen? Gibt es eine Möglichkeit, in mein Zimmer einzudringen?

Ich war überzeugt davon, dass das Zusammentreffen mit dem Penner kein Zufall war. Er hatte es gezielt auf mich abgesehen. Deshalb hatte er auch gewusst, dass ich im *Adina* abgestiegen war.

Dann fiel mir Harry ein. Er schlief nebenan und er würde mich beschützen.« Sie zeigte zur anderen Tür.

»Haben Sie ihn gerufen?«

»Ja, aber er war nicht da. Zuerst dachte ich, dass er nur so tief schläft, dass er mein Klopfen nicht hört. Ich schlich mich in sein Zimmer, aber das Bett war leer.«

Sie schien sich an etwas zu erinnern, denn sie schwieg eine Weile. Charlotte konnte ihre Mimik nicht deuten, war nur sicher, dass es keine angenehmen Erinnerungen waren.

»Gegenüber schaute wohl jemand fern, blaues Licht flimmerte herüber«, begann LeyLa erneut. »Ich bin ans Fenster, vorsichtig, damit mich keiner sieht. Er stand immer noch unten. Da Harry nicht da war, ging ich wieder zurück in mein Zimmer. Ich sah Ihre Visitenkarte auf seinem Tisch liegen und nahm sie an mich. Ich war todmüde und hellwach zugleich. Ich wollte einen letzten Blick aus dem Fenster werfen, mich vergewissern, dass der Mann immer noch da unten stand, und anschließend schlafen. Wie zuvor schob ich den Vorhang ein paar Zentimeter zur Seite, nur um ihn im nächsten Moment ganz aufzureißen. Der Mann war weg!«

Ein Schauer durchfuhr sie. Charlotte zog die Decke höher und legte einen Arm um ihre Schultern.

»Es ist alles gut. Niemand kann Ihnen etwas tun.«

»Ich weiß«, flüsterte LeyLa.

Lange saßen sie so da. Charlotte dachte über das Gehörte nach. Sie war sich sicher, dass LeyLa ihr nicht alles erzählt hatte. Vor allem, als es um Harry ging. Irgendetwas verschwieg die Musikerin. Vielleicht würde sie es noch herausfinden. Im Moment war vor allem wichtig, dass LeyLa sich wieder sicher fühlte.

»Ich …«, sagte diese leise und richtete sich langsam auf. »Plötzlich hatte ich all diese Horrorvisionen. Dass er in das Zimmer eindringt und mit einem langen Messer auf mich einsticht. Überall war Blut. Es war so real. Als ich draußen Schritte hörte, schloss ich mich im Bad ein und rief Sie an.«

»Das haben Sie ganz richtig gemacht«, sagte Charlotte.

»Vermutlich war es nur jemand vom Hotel.«

»Vermutlich. Dennoch war es richtig, mich anzurufen.«

»Danke, dass Sie gekommen sind. Es tat gut, mit jemandem zu reden.«

»Wie ich schon sagte: Keine Ursache.«

LeyLa gähnte herzhaft.

»Sie sind müde, Sie sollten schlafen.«

LeyLa nickte. »Ich denke, ich nehme eine Schlaftablette. Bleiben Sie bei mir, bis ich eingeschlafen bin?«

»Natürlich«, sagte Charlotte. »Wenn Sie möchten, bleibe ich auch bis zum Morgen bei Ihnen. Ich kann hier auf dem Sofa schlafen. Es ist sehr bequem.«

»Danke, das ist nicht nötig. Aber ich möchte Sie engagieren.«

Charlotte lachte leise. »Das wird Ihrem Manager aber nicht gefallen.«

»Das ist mir egal«, kam es trotzig zurück. »Es ist mein Leben und es ist im Prinzip mein Geld, mit dem Sie bezahlt werden.«

Charlotte zögerte. »Na gut. Aber Sie müssen ihm klarmachen, dass ich mit

Ihnen persönlich reden will. Wir haben das zwar gerade gemacht, aber das muss er ja nicht wissen.« Sie zwinkerte LeyLa zu.

Diese hatte in ihrer Handtasche gekramt und eine Packung Schlaftabletten herausgezogen. Sie drückte eine aus der Umhüllung, spülte sie mit Wasser hinunter, stand auf, ging ins Schlafzimmer und legte sich ins Bett.

Charlotte füllte das Glas auf und stellte es auf den Tisch neben dem Bett.

»Ja, das wäre gut. Er rastet sonst wieder aus.«

»Neigt er dazu?«

LeyLa schaute sie erschrocken an. »Nein, um Himmels willen. Das war nur so dahergesagt. Es stimmt schon, wir streiten häufig, aber wir sind beide schwierige Charaktere. Dennoch wäre es gut, wenn er von Ihrem Besuch nichts erfahren würde. Wir haben nur telefoniert.«

»Kein Problem. Sie sind der Boss.«

LeyLa kicherte. »Wann können Sie kommen?«

»Wann soll ich da sein?«

»Elf Uhr?«

»Ja, elf Uhr ist perfekt. Und Sie sind sicher, dass ich nicht hierbleiben soll?«

LeyLa schien versucht, das Angebot anzunehmen, sagte dennoch: »Ja, ich bin sicher. Ich habe mich wirklich wieder beruhigt. Mit Ihnen zu reden, hat sehr geholfen.«

»Das freut mich. Eine Frage habe ich noch. War das Radiointerview vor oder nach Ihrem Ausflug?«

»Vorher.«

»Hat Ihr Manager Sie begleitet?«

LeyLa schien die Frage nicht zu verstehen, sie runzelte die Stirn und sah sie fragend an.

»Zur Radiostation«, erklärte Charlotte. »Sind Sie allein hingefahren?«

»Ach so.« LeyLa lachte. »Nein, das wurde via Telefon gemacht. Ich habe das Hotel nicht verlassen.«

»Ich verstehe«, erwiderte Charlotte. Sie zog die Bettdecke gerade und tätschelte LeyLas Schulter. »Wenn etwas sein sollte, können Sie mich jederzeit anrufen, egal wann.«

»Danke.«

»Jetzt schlafen Sie.«

»In Ordnung«, erwiderte LeyLa folgsam, drehte sich um, nahm das Nilpferd in den Arm und schloss die Augen.

Charlotte löschte das Licht, zog die Vorhänge bis auf einen kleinen Spalt zu, schaute auf die Straße. Gegenüber flimmerte immer noch ein Fernseher. Da war wohl jemand beim Zuschauen eingeschlafen. Unten fuhr gerade ein

Wagen vorbei, Fußgänger waren keine zu sehen. Es war alles ruhig, auch im Nebenzimmer.

Charlotte wartete, bis sie regelmäßige Atemzüge vernahm, und verließ das Apartment, als sie sich sicher war, dass LeyLa eingeschlafen war. Auf dem Flur schaute sie sich um. Auch wenn sie den Manager nicht leiden konnte, musste sie ihm zugestehen, dass er ein gutes Gespür bewiesen hatte mit der Wahl des Hotels.

Sie fuhr nach unten, nickte dem Nachtportier zu, ging zum Auto zurück und fuhr nach Hause.

III

Wassn los?«, fragte Andi schlaftrunken, als Charlotte gegen vier zurück ins Bett kroch.

»Nichts«, erwiderte sie und streichelte seine Wange. »Es sieht so aus, als käme Patrick doch noch zu seinem Autogramm.«

»Das ist gut«, murmelte Andi und war im nächsten Moment wieder eingeschlafen.

Charlotte lag lange wach und haderte mit sich. Normalerweise nahm sie Aufträge, die sie einmal abgelehnt hatte, nicht wieder an. Sie fragte sich, ob LeyLa unter Wahnvorstellungen litt. Nahm sie womöglich Drogen? Auch wenn es wieder ein Vorurteil war, lag es bei einer Musikerin durchaus nahe. Bei ihrem Treffen mittags hatte die junge Frau nicht den Eindruck gemacht, als lasse sie sich so leicht einschüchtern. Auch in der Nacht hatte sie recht klar gewirkt. Verängstigt, aber nüchtern. Dennoch – Horrorvisionen kamen nicht von allein.

Charlotte beschloss, LeyLa später zu fragen und fiel in einen unruhigen Schlaf, aus dem sie gegen halb neun erwachte.

Das Bett neben ihr war leer.

Charlotte streckte sich und stöhnte, weil ihr das stundenlange Training zwei Tage zuvor immer noch in den Muskeln steckte. Wurde sie mit Mitte vierzig allmählich zu alt für den Job?

»Tun oder nichts tun, das ist hier die Frage«, murmelte sie und stand auf.

Andi hatte den Frühstückstisch gedeckt und einen Zettel mit der Nachricht, dass er beim Bäcker sei, und einem Kussmund-Smiley neben ihre Tasse gelegt. In der Thermoskanne war frischer Kaffee. Sie lächelte.

Sie befanden sich im verflixten siebten Jahr ihrer Beziehung. Andi hatte das Thema Heirat nie mehr angesprochen, nachdem sie ihm erklärt hatte, dass sie niemals wieder einen Polizisten heiraten würde. Die Angst, dass er während des Einsatzes sterben könnte wie damals Franz, bringe sie um den Verstand. Obwohl Andi nicht nachvollziehen konnte, wo der Unterschied zwischen einer Ehe und ihrem Verhältnis war, hatte er es akzeptiert.

Sie hatte ihn erst nach und nach in ihr Leben gelassen, hatte sogar auf eine separate Wohnung bestanden. Dass diese nur ein Stockwerk höher lag, machte vieles einfacher. Inzwischen übernachtete Andi die meiste Zeit bei ihr.

Eigentlich ist die zweite Wohnung überflüssig, dachte sie und trank vorsichtig den heißen Kaffee. *Das Geld könnten wir für sinnvollere Dinge ausgeben. Und Marita wäre über einen neuen Mieter sicher auch nicht unglücklich.*

Charlotte wunderte sich über sich selbst. Hatte sie ihr Franz-Trauma endlich überwunden?

Als sie den Schlüssel im Schloss hörte, lief sie zur Tür, um Andi zu begrüßen.

»Gut geschlafen?«

»Zu kurz, aber gut«, erwiderte sie und verschwand im Bad.

»Wurst, Käse oder süß?«, wollte er wissen und hielt ihr ein Brötchen entgegen, als sie gewaschen und angezogen wieder auftauchte.

»Erst mal nur Kaffee, danke.«

Sie berichtete ihm von ihrem nächtlichen Besuch bei LeyLa.

»Deshalb habe ich leider keinen freien Sonntag. Ich muss um elf im Hotel sein.«

»Dann vergnüge ich mich eben allein, sofern mich Nürnbergs Verbrecher lassen«, erwiderte Andi.

Nach dem Frühstück rief sie Miller an, um ihm ebenfalls Bericht zu erstatten. »Mach dir nicht allzu viele Hoffnungen«, sagte sie. »Ich nehme den Job nur an, wenn der Manager kooperiert.«

»Bei dir habe ich schon jede Hoffnung aufgegeben«, erwiderte ihr Chef.

Charlotte schnitt eine Grimasse und versprach, nach dem Termin noch einmal anzurufen.

Um halb elf machte sie sich auf den Weg zum *Adina* Hotel. Sie sagte sich mehrmals vor, dass sie sich diesmal nicht aus der Ruhe bringen lassen würde.

An der Rezeption stand wie am Vortag Pierre, der sie erfreut anlächelte. »Wieder zu Herrn Härrlich?«, fragte er.

»Ja. Sie haben ein sehr gutes Gedächtnis«, lobte Charlotte ihn.

Sie wartete vor den Aufzügen, als ihr Name auf Englisch gerufen wurde.

»Charlotte?«

Die Stimme des Rufers kam ihr irgendwie bekannt vor. Sie erinnerte sie an – aber nein, das war nicht möglich. Neugierig drehte sie sich um.

»It's you! Du bist es tatsächlich! Mein Gott, Charlotte, wie lange ist das her?«

Der Mann kam auf sie zugestürmt, packte sie mit den Händen an beiden Schultern und drückte ihr einen Kuss auf jede Wange.

»Hello Jacob«, brachte Charlotte mit Mühe hervor. Ihr Gedächtnis hatte ihr also keinen Streich gespielt. »Was machst du in Nürnberg?«, fragte sie überrascht und wand sich aus der Umklammerung.

»Sorry«, erwiderte Jacob. »Ich bin nur so aufgeregt, dich zu sehen.«

Ich nicht, dachte Charlotte und spürte im selben Moment ihr Herz hämmern. War es Wut oder doch eher Aufregung?

Sie hätte jeden in der Lobby dieses Hotels vermutet, nicht aber ihren früheren Lebensgefährten aus Manchester.

Jacob führte sie vom Aufzug weg und überschüttete sie mit Fragen. Wie es ihr gehe, was sie mache, wie sie nach Nürnberg komme, ob sie hier lebe und

und und. Und immer wieder versicherte er ihr, wie entzückt er sei, sie zu sehen. »I am so delighted!«

Charlotte hingegen war alles andere als erfreut.

»Was machst du in Nürnberg?«, fragte sie erneut.

»Oh, ich spiele auf dem music festival«, erwiderte Jacob. »Ich bin seit drei Jahren in einer Band. Ich spiele die Klarinette«, fügte er hinzu, für den Fall, dass sie es vergessen hatte.

Die Erwähnung des Bardentreffens erinnerte Charlotte an ihre Verabredung.

»Tut mir leid, ich habe keine Zeit, mit dir zu reden, ich habe einen Termin«, sagte sie. »Es war nett, dich getroffen zu haben.« Sie lächelte ihn an und ging Richtung Aufzüge. Aber Jacob ließ sich nicht so leicht abschütteln.

»Charlotte, wir müssen uns treffen«, rief er. »Über die alten Zeiten reden.«

Da gibt es nichts zu reden, dachte sie und drückte energisch den Aufzugknopf. Endlich kam der Lift. Als Charlotte einstieg, wollte Jacob ihr folgen. Sie schob ihn zurück.

»Sorry, aber ich fahre in einen gesperrten Bereich«, behauptete sie. Um ihn loszuwerden, fischte sie eine Visitenkarte aus ihrer Jeanstasche und reichte sie ihm. »Ruf mich an.«

Auf dem Weg in den fünften Stock schüttelte sie mehrmals den Kopf, um wieder einen klaren Gedanken zu fassen. Jacob schob sie in die hinterste Ecke ihres Gehirns.

Sie klopfte an die Tür zum Konferenzraum und öffnete sie. Dass wieder nur Bodo Härrlich anwesend war, ärgerte sie.

»Hallo«, sagte sie zur Begrüßung. »LeyLa hatte mich gebeten, noch einmal zu kommen. Normalerweise mache ich das nicht. Wenn ich einen Job ablehne, meine ich das auch so und ändere nicht spontan meine Meinung. Ich bin nur LeyLa zuliebe hier.«

Der Manager grinste. »Schön, jetzt weiß ich, woran ich bin. Setzen Sie sich bitte.«

Es wurmte Charlotte, dass ihre Worte schärfer geklungen hatten als geplant. Das Zusammentreffen mit Jacob hatte sie völlig aus dem Konzept gebracht.

Konzentrier dich, befahl sie sich selbst und nahm Platz.

Härrlich hielt eine Packung Zigaretten hoch. »Stört es sie, wenn ich rauche?«

»Offen gestanden ja«, sagte Charlotte.

»Kein Problem«, erwiderte er und steckte die Packung weg. Seiner Miene war deutlich anzusehen, dass es durchaus ein Problem war. Immerhin bemühte er sich, freundlich zu sein.

»Wo ist LeyLa?«, fragte sie höflich.

»In ihrem Apartment. Sie ist müde, hat kaum geschlafen letzte Nacht.«

Das kann ich bestätigen, dachte Charlotte. »Ich bestehe nach wie vor darauf, mit ihr persönlich zu sprechen.«

Harry lachte. »Das ist mir bewusst«, sagte er. »Sie können Sie später sehen, kein Problem. Ich möchte jedoch zunächst die Details klären.«

Charlotte wollte aufbrausen, erinnerte sich aber daran, dass sie sich nicht provozieren lassen wollte. Sie atmete tief durch und sagte ruhig: »Lassen Sie hören.«

Herr Härrlich wiederholte, dass er es für ausreichend hielt, wenn sie bei den Außer-Haus-Terminen dabei war.

»Was soll hier im Hotel schon großartig passieren? Ich bin da, um auf sie aufzupassen.«

Im Prinzip gab sie ihm recht. Solange man daran dachte, alle Türen abzuschließen, konnte einem in einem Hotel wohl kaum etwas zustoßen. Aber bei einer Panikattacke, wie LeyLa sie in der letzten Nacht gehabt hatte, war rationales Denken und Handeln eben nicht mehr vorhanden.

»Um welche Außer-Haus-Termine handelt es sich denn?«, wollte sie wissen.

»Pressetermine, sofern sie nicht hier stattfinden.« Er umschrieb mit einer Handbewegung den Konferenzraum. »Und natürlich die Konzerte. Heute Abend in Nürnberg, im *Hirsch*, am Donnerstag im *E-Werk* in Erlangen, am Samstagnachmittag tritt sie auf dem Bardentreffen auf.«

Charlotte war fassungslos. »Und was macht sie in der Zwischenzeit?«

»An den Texten arbeiten«, erwiderte Harry lakonisch.

»Aber sie muss doch mal raus«, rief Charlotte. »Sie können sie nicht tagelang hier einsperren.«

Der Manager hob die Schultern. »Ich weiß. Ich kann es momentan nicht ändern.« Er beugte sich vor und sagte: »Ich vermute, Sie wissen von dem nachmittäglichen Ausflug?«

Charlotte nickte nur.

»Es ist nicht so, dass ich es nicht verstehen kann«, fuhr er fort. »Im Gegenteil. Ich bin ein Mensch, der sehr viel Bewegung braucht. Aber was soll ich tun? Ich kann sie nicht allein rausgehen lassen.«

Du könntest mich engagieren, dachte Charlotte. Es wäre nicht der erste Rund-um-die-Uhr-Job.

Harry schien zu ahnen, was sie dachte. »Ich habe Ihnen bereits gesagt, dass wir normalerweise einen Bodyguard haben. Ich habe ihn schon vor einem Jahr engagiert, als das mit den Hassbotschaften in den sozialen Medien immer mehr zunahm. Zunächst dachte ich, wir kommen diese eine Woche ohne ihn klar, aber LeyLa zuliebe wollte ich mich eben um Ersatz kümmern.«

Charlotte lächelte nachsichtig. »Wir sind oftmals mehr psychische Stütze als echte Beschützer. Ich habe das oft genug erlebt. Die Menschen, die wir beschützen, bewegen sich viel freier, wenn sie wissen, dass jemand auf sie aufpasst. Und genau das macht sie weniger angreifbar.«

Wieder musste sie an LeyLas Panik denken. Wie hätte die junge Frau wohl reagiert, wenn plötzlich jemand an ihre Tür geklopft hätte? Normalerweise würde sie nachts um halb eins niemals die Tür öffnen. Aber in ihrer Angst konnte sie nicht klar denken und täte womöglich etwas Unüberlegtes.

Harry schien über ihre Worte nachzudenken. »Es würde bedeuten, dass Sie auf Abruf sein müssen«, sagte er.

»Das ist mein Job«, antwortete Charlotte. »Achtzig Prozent besteht aus Warten.«

Er gab sich geschlagen. »Na gut. Ich rede mit LeyLa. Noch so einen Ausflug wie gestern will ich unbedingt vermeiden.«

Sie sicher auch, dachte Charlotte. Laut sagte sie: »Sie denken daran, dass ich auch mit ihr reden will.«

Harry sprang auf. »Ich gehe sie holen.« Er verließ den Raum.

Charlotte stand ebenfalls auf und lief auf und ab. In ihrem Hinterkopf spukte immer noch das unerwartete Treffen mit Jacob herum. Wie lange war es her? 2009 war sie von Manchester nach München gezogen, allein, weil Jacob plötzlich beschlossen hatte, nicht mitzugehen.

Verblüfft stellte Charlotte fest, dass zwischen der unfreiwilligen Trennung von Jacob und ihrem Zusammenkommen mit Andi gerade mal etwas mehr als ein Jahr lag. An diese Monate wollte sie sich keinesfalls erinnern; es war die Hölle gewesen.

Die Tür ging auf, Harry kam herein, gefolgt von LeyLa.

Charlotte war dankbar für die Unterbrechung ihrer Gedanken und irritiert, weil auf LeyLas Arm ein kleiner Hund saß, der einer großen, toupierten Ratte ähnelte. Sie hätte die Sängerin eher als Katzentyp eingeschätzt.

Erstaunt registrierte sie ihre Kleidung. Sie trug bunte, enganliegende Leggins und ein weites T-Shirt, das an der linken Schulter herunterhing und ein Tattoo freigab. Die Kleidung passte nicht zu ihr, aber LeyLa hatte ja Spaß am Verkleiden.

Sie lächelte die Rapperin an. Diese verzog keine Miene, sondern starrte sie an, als habe sie sie noch nie gesehen. Waren das die Nachwirkungen der Schlaftablette?

»Hallo LeyLa«, sagte Charlotte.

»Hallo«, erwiderte diese und setzte sich.

Auch ihre Stimme verwirrte Charlotte. Sie schüttelte den Kopf und nahm ebenfalls wieder Platz.

»Schön, dass es jetzt mit einem Gespräch klappt«, begann sie und warf Harry einen kurzen Blick zu. Er betrachtete interessiert seine Fingernägel.

»Ich habe gerade mit Ihrem Manager besprochen, dass ich bei allen Außer-Haus-Terminen dabei bin, außerdem auf Abruf bereitstehe, wenn Sie das Hotel spontan verlassen möchten. Ist das für Sie in Ordnung?«

LeyLa sah sie an, als rede sie Chinesisch. Sie wandte sich Harry zu, der unmerklich mit dem Kopf nickte.

»Das ist voll okay«, sagte sie zu Charlotte.

»Schön«, erwiderte diese. »Erzählen Sie mir bitte etwas über Ihren Alltag? Wann stehen Sie auf, was machen Sie tagsüber, so was in der Art.«

Der Hund saß zitternd auf LeyLas Arm und starrte Charlotte unverwandt an.

Muss ich mich vor diesem Tier fürchten?, fragte sie sich.

»Ich stehe meist erst gegen Mittag auf«, begann LeyLa. »Nachts arbeite ich an meinen Texten. Da bin ich am kreativsten. Den Rest gibt der Terminkalender vor, da weiß Harry besser Bescheid.« Sie warf dem Manager einen Blick zu, den Charlotte nur als kokett beschreiben konnte. Hatten die beiden ein Verhältnis? Er war mindestens zwanzig Jahre älter als sie, was heutzutage aber kein Hindernis war. Warum hatte LeyLa das in der Nacht nicht erwähnt?

Charlotte stellte noch ein paar Fragen, die LeyLa mehr oder weniger zufriedenstellend beantwortete. Dennoch klang alles wie auswendig gelernt. Sie vermutete, dass Harry seinem Schützling die Antworten eingeimpft hatte.

»Gut«, sagte sie schließlich. »Ich denke, ich weiß genug. Ich danke Ihnen für Ihre Zeit. Haben Sie heute noch vor, das Haus zu verlassen? Ich meine, vor heute Abend?«

LeyLa starrte sie an, als habe sie etwas Obszönes gefragt.

Harry sprang rasch ein. »Nein, sie muss sich auf das Konzert vorbereiten, das heißt, sie braucht unbedingt Ruhe. Es genügt, wenn Sie um fünf Uhr hier sind. Wir fahren um halb sechs los.«

Charlotte erhob sich. »Gut, ich bin um fünf wieder hier. Die vertraglichen Details klären Sie mit Herrn Miller, ja?«

»Natürlich.« Harry reichte ihr die Hand.

»Bis heute Abend, LeyLa. Ich freue mich.«

Die junge Frau schaute wieder, als wüsste sie nicht, wovon Charlotte redete.

»Was? Ach so, ja, bis heute Abend«, sagte sie dann.

War da nicht ein Schleppen in der Stimme? Nahm LeyLa tatsächlich Drogen? Zum Beispiel ein Aufputschmittel am Morgen, um die Wirkung der Schlaftablette zu ›neutralisieren‹?

Da sie dem Hund nicht zu nahe kommen wollte, verzichtete Charlotte auf einen Händedruck und winkte ihr nur zu. Während sie zum Aufzug ging, bereute sie, sich überreden lassen zu haben. Der Lift schien im Erdgeschoss festzustecken.

Ihr Handy vibrierte in ihrer Hosentasche. Sie zog es heraus, entdeckte eine neue SMS, öffnete sie und ärgerte sich, weil sie von Jacob war.

Hi Charlotte, es war so schön, dich gesehen zu haben.

Dahinter hatte er ein Herzchen gesetzt und ein *J*.

Sie verdrehte die Augen und löschte die Nachricht.

Als Harry auf dem Flur erschien, rief Charlotte ihn zu sich.

»Darf ich Ihnen noch eine Frage stellen?«

»Natürlich.« Er schaute sie erstaunt an.

»Nimmt LeyLa Drogen?«

»Was?« Er lachte ungläubig. »Wie kommen Sie denn darauf?«

»Sie hat sich heute ganz anders benommen als bei unserem gestrigen Treffen. Irgendwie hatte ich das Gefühl, sie stand vollkommen neben sich.«

»Aber sie hat doch all Ihre Fragen beantwortet.«

»Ja, natürlich.« Charlotte seufzte. Wie sollte sie das erklären?

Harry schüttelte den Kopf. »Ich kenne das Mädchen schon sehr lange. Sie hat noch nie Drogen genommen. Im Gegenteil. Sie ist strikt gegen das Zeug. Es gibt einige Songs dazu.«

Dagegen singen ist das eine, dachte Charlotte. *Trotzdem kann sie sie nehmen. Wäre nicht die erste Sängerin, die vorgibt, etwas nicht zu tun.*

»Sie hatte einfach eine schlechte Nacht, das ist alles«, fügte er hinzu.

»Gut, wenn Sie das sagen«, erwiderte sie.

Endlich kam der Aufzug.

»Wir sehen uns heute Abend«, sagte sie und sah gerade noch, wie der Manager nickte.

Als sich die Lifttür in der Lobby öffnete, spähte sie vorsichtig hinaus. Jacob war nirgends zu entdecken. Sie ging zur Rezeption und fragte Pierre, wie sie das mit der Karte handhaben sollten. Er ließ sich telefonisch von Harry bestätigen, dass sie für ihn arbeitete, und sagte, sie könne sie gleich behalten.

IV

Andi saß am Frühstückstisch und las Zeitung, als sie nach Hause kam. Charlotte informierte Miller rasch über den doch noch zustande gekommenen Vertrag. Anschließend rief sie Patrick an und hinterließ eine kurze Nachricht auf seiner Mailbox. Er würde sich freuen.

»Keine Morde aufzuklären?«, fragte sie, schenkte sich eine Tasse Kaffee ein und nahm sich ein Stück Zeitung.

»Nein, bis jetzt sind alle brav. Oder zu raffiniert für uns«, sagte er und lachte. »Wie ist es bei dir gelaufen?«

»Der Manager ist ein Idiot, und aus LeyLa werde ich nicht schlau. Es scheint, als sei sie zwei Personen.«

»Ist sie vermutlich auch«, erwiderte Andi. »Sie ist Privatperson und Musikerin. Das muss nicht immer dieselbe Person sein.«

Charlotte seufzte. »Dann sollte sie mir sagen, mit wem ich gerade spreche.« Sie stockte.

»Ist noch was?« Andis Antennen funktionierten hervorragend.

Charlotte zögerte. Sie wusste nicht, wie sie Andi von ihrer Begegnung mit Jacob erzählen sollte. Es war kein gutes Thema für ein gemütliches Sonntagsfrühstück, aber sie wollte nicht, dass er es von jemand anderem erfuhr. Ihre Beziehung war – soweit das in ihren Berufen überhaupt möglich war – von Offenheit geprägt.

»Ich muss dir etwas sagen«, begann sie.

Andi schaute alarmiert auf.

»Nichts Schlimmes«, sagte sie schnell. »Ich habe vorhin jemanden getroffen. Einen alten Bekannten, sozusagen. Na ja, Jacob war etwas mehr als ein alter Bekannter. Ich habe sechs Jahre lang mit ihm zusammengelebt. In Manchester.«

»Und?«, fragte Andi verwundert. »Ist doch schön.«

Charlotte schüttelte den Kopf. »Nein, nicht schön. Wir haben uns nicht gerade in Frieden getrennt.«

»Soll vorkommen«, meinte Andi. »Ist eine Ewigkeit her. Was macht er in Nürnberg?«

»Er ist Musiker und tritt offensichtlich auch beim Bardentreffen auf.«

»Welche Art von Musik?«

»Offen gestanden, keine Ahnung«, sagte Charlotte. »Damals spielte er unter anderem in einer Klezmer-Band.«

»War er erfolgreich?«

»Falls du wissen willst, ob er davon hätte leben können – ja und nein. Er zog zu Patrick und mir. Ich wollte nicht, dass er Miete zahlt, ich wollte ihn rauswerfen können.« Sie schnitt eine Grimasse, als Andi sie spöttisch anschaute. »Ja, ja, ich weiß. Ist so eine Macke von mir. Ich hatte auch nie gedacht, dass es so lange halten würde. Ich bin damals eher von sechs Monaten als von sechs Jahren ausgegangen.«

»Woran ist es im Endeffekt gescheitert?«

»Ich wollte zurück nach Deutschland, er wollte nicht mit«, sagte Charlotte lakonisch. Dass Jacob ihr nur drei Tage vor dem geplanten Umzug mitteilte, er habe seit Monaten ein Verhältnis und ginge deshalb nicht mit, verschwieg sie. Andi würde womöglich die falschen Schlüsse daraus ziehen.

»Und, trefft ihr euch?«

»Wozu?«

»Um alte Erinnerungen aufzufrischen«, sagte Andi erstaunt.

»Nein. Wie du schon sagtest: Es ist eine Ewigkeit her und die Erinnerungen sind nicht so toll, dass ich sie unbedingt auffrischen muss. Außerdem habe ich einen Job zu erledigen.«

»Du wirst schon das Richtige tun«, sagte Andi und stöhnte leise, als sein Handy klingelte. »Ich hätte gerne mal wieder einen Sonntag frei«, sagte er und nahm das Gespräch an.

Zehn Minuten später war Charlotte allein. Sie klappte ihren Laptop auf, um etwas über den Veranstaltungsort herauszufinden. Patrick und Lara waren schon ein paar Mal im *Hirsch* gewesen, sie selbst noch nie.

Auf der Homepage waren viele Fotos von Konzerten zu sehen. Die für sie wichtigen Details wie Fluchtwege, Nebenein- und ausgänge waren daraus aber nicht ersichtlich.

Die Adresse sagte ihr nichts, aber auf der Karte sah sie, dass es ganz in der Nähe war. Kurzentschlossen griff sie zum Telefon und rief an.

»Hi, mein Name ist Charlotte Braun, ich bin der Bodyguard von LeyLa. Sie tritt heute Abend bei euch auf. Ich würde mich gerne vorher umschauen. Geht das?«

Man sagte ihr, sie solle gleich vorbeikommen und nach Uli fragen.

Charlotte holte ihre Jacke und rief auf dem Weg nach unten ein Taxi.

»Vogelweiherstraße 66«, sagte sie.

»Zum Hirsch«, erwiderte der Fahrer. »Um die Uhrzeit? Da ist doch nix los.«

Charlotte ging nicht darauf ein, woraufhin er das Radio lauter drehte. Schlager, ausgerechnet!

Da ist mir ja Rap noch lieber, dachte Charlotte und schmunzelte.

Die Vogelweiherstraße bildete die westliche Begrenzung eines riesigen Industriegebietes, das teilweise immer noch von alteingesessenen Nürnberger Firmen wie Siemens oder MAN beherrscht wurde. Auf der anderen Straßenseite wechselten sich Dönerläden mit Pizzerien und Autowerkstätten ab.

Der *Hirsch* befand sich gegenüber von einem modernen Parkhaus. Sie zahlte, dankte dem Fahrer und stieg aus.

Das Eingangstor war versperrt. Charlotte rüttelte an den Eisenstäben und rief »Hallo?«

»Moment, ich komme«, antwortete ein Mann und tauchte im halbrunden Einlass auf, der mit einem Plastikvorhang verhängt war. Er schloss auf und ließ Charlotte ein.

»Hi, ich bin Uli«, sagte er und führte sie zu einem flachen Ziegelsteingebäude, auf dem mit weißen Buchstaben *HIRSCH* stand. Links daneben versuchten zwei weiße Plastikfiguren, auf das Dach zu klettern. Im Vorhof standen Bierbänke und Tische, rechts neben dem Eingang konnte man in einer Holzhütte Pizza kaufen.

Als sie die Halle betraten, fiel Charlotte sofort ein großer, ausgestopfter Hirschkopf ins Auge, der über der langen Theke gegenüber dem Eingang prangte.

»Das ist wohl der Namensgeber«, sagte Charlotte und zeigte auf das Tier.

Uli nickte. »Man sagte mir, du willst die Garderobe und die Bühne sehen?«

Charlotte lachte. »Ich will alles sehen. Ich bin LeyLas Bodyguard und für ihre Sicherheit verantwortlich. Je besser ich die Örtlichkeiten kenne, desto besser kann ich auf sie aufpassen.«

»LeyLa? Nie gehört«, sagte Uli.

»Aber sie tritt doch bei euch auf.«

Er zuckte mit den Schultern. »Ich bin nur für die Vorbereitung zuständig. Wer auftritt, interessiert mich nicht.« Er erklärte ihr, dass dieser Teil bei Konzerten der Vorraum war, wo sich die Leute ihre Getränke holten. Für große Bands stünde hier auch das Catering bereit.

»Das habt ihr aber nicht gebucht.«

»Keine Ahnung, das macht LeyLas Manager. Ich bin, wie gesagt, der Bodyguard.«

Sie gingen in den Saal hinüber, wo das Konzert stattfinden sollte. Auch hier gab es einen direkten Eingang von draußen, gegenüber befand sich ebenfalls eine langgezogene Bar.

»Jetzt muss ich mal blöd fragen«, meinte Uli. »Warum braucht sie einen Bodyguard? Wir haben hier ausreichend Security.«

Charlotte lächelte. »Es gab in den letzten Wochen ein paar unschöne Vorfälle. Deshalb wurde ich engagiert.« Mehr musste er nicht wissen.

Uli blieb vor der Bühne stehen.

»Weil wir gerade beim Thema sind: Wie viele Security-Leute habt ihr normalerweise?«, fragte Charlotte.

»Ich schau nachher im Büro nach, wie viele Karten im Vorverkauf rausgingen, dann kann ich dir sagen, wie viele es sind. Das kann man ganz gut hochrechnen.« Er deutete auf eine verschließbare Schwingtüre rechts von der Bühne. »Da geht es zu den Garderoben und Duschen.«

Charlotte folgte ihm und war beruhigt, weil alles eng beisammen lag und dadurch gut überschaubar war. Es gab nichts Schlimmeres als endlose Wege zwischen Garderobe und Bühne, womöglich an Räumen und Nischen vorbei, in denen sich jemand verbergen konnte.

Sie schoss mit dem Handy ein paar Fotos und entdeckte dabei eine weitere SMS von Jacob. Genervt wischte sie sie beiseite.

»Sieht gut aus«, sagte sie zu Uli. »Lass uns nach dem Vorverkauf schauen.«

Sie gingen zum Büro, wo Uli auf einen Aushang schaute und ihr die Zahl einhundertachtundsechzig nannte. Er schien beeindruckt.

»Das liegt vielleicht an dem Interview, das sie gestern im Radio gab«, sagte Charlotte. »Wie viele dürften erfahrungsgemäß kommen?«

»Zweihundert, zweihundertfünfzig«, erwiderte Uli. »Ich schätze, es werden vier Security-Leute da sein, davon ein bis zwei Frauen. Wann ist der Soundcheck?«

»Wir kommen gegen halb sechs«, sagte sie.

»So spät? Ich vermute, sie hat keine Band dabei.«

Charlotte musste passen. Von einer Band war bisher nie die Rede gewesen. Aber irgendwer musste die Musik liefern.

»Die kommt wahrscheinlich aus der Konserve«, sagte Uli und lachte. »Na, sie werden schon wissen, was sie tun. Willst du sonst noch etwas sehen?«

Charlotte schaute sich um. Im Prinzip war es eine einfache Sache. »Mit wem muss ich wegen des Eintritts reden? Mir wäre es recht, wenn wir nur einen Eingang nutzen könnten.«

»Das klärst du am besten mit Siggi, er ist der Boss der Security. Ich geb dir seine Nummer.« Er kritzelte etwas auf ein Blatt Papier und reichte es Charlotte.

»Cool, danke. Kann ich mich noch ein wenig umschauen?«

»Klar. Solltest du noch was brauchen – ich bin hier«, sagte Uli. »Ansonsten schönes Konzert heute Abend.«

»Danke.« Charlotte reichte ihm die Hand und wanderte in den beiden Hallen umher. Da es nichts mehr zu sehen gab, was für sie relevant gewesen wäre, rief sie ein Taxi und fuhr nach Hause.

Dort angekommen, telefonierte sie mit Siggi und besprach mit ihm den Ablauf des Abends. Er hatte zwei Fragen dazu, verstand ansonsten aber sofort, worum es ihr ging.

Danach hatte sie noch gut eine Stunde Zeit, bis sie wieder los musste. Zu wenig zum Schlafen. Da sie keine Lust auf Hausarbeit hatte, schaltete sie den Fernseher an und zappte sich durch die Programme. Bei einem Schnulzenfilm blieb sie ein paar Minuten länger hängen. Es ging um zwei Männer, die um dieselbe Frau buhlten – eine Geschichte so alt wie die Menschheit.

Jacob und Andi? Sie lachte über diesen absurden Gedanken. Jacob musste klar sein, dass sie ein neues Leben begonnen hatte. Ihr fiel ein, dass sie mit Andi wegen der beiden Wohnungen hatte reden wollen.

»Dann eben morgen«, sagte sie und schaltete die Glotze aus. So viel Liebesschmalz war nicht zu ertragen.

Sie hätte sich gerne von ihren Gedanken abgelenkt, aber sie wusste, es würde sie nur davon abhalten, einen guten Job zu machen, also ließ sie die Erinnerungen zu.

Ihr war noch nicht klar, welche Gefühle sie wegen des unerwarteten Zusammentreffens mit Jacob hegen sollte. Da war definitiv Wut, aber auch noch etwas anderes.

Erschrecken? Ganz sicher. Er hatte alt ausgesehen. Viel älter als erwartet. Aber er war der hagere Typ, der im Alter Falten bekam.

Erstaunen? Auch das. An allen Orten der Welt hätte sie ihn erwartet, nicht aber in Nürnberg. Andererseits war es naheliegend, dass er als Musiker an einem Musikfestival teilnahm.

Angst?

Charlotte horchte in sich hinein. War da möglicherweise die Befürchtung, die alten Gefühle könnten wieder erwachen? Sie schüttelte den Kopf. Nein, das würde keinesfalls geschehen. Zugegeben, es hatte sie im ersten Moment verwirrt, ihn zu sehen. Aber Zuneigung zu ihm war schon lange nicht mehr vorhanden. Die hatte er mit seinem Entschluss, sie alleine nach München gehen zu lassen, verspielt.

Sie erinnerte sich an die SMS, zog das Handy heran, öffnete die Nachricht.

Charlotte, wir müssen uns wiedersehen! Nenn mir einen Ort und eine Zeit und ich bin da. J

Wieder hatte er ein Herz dahintergesetzt.

Augenblicklich dominierte die Wut. Was bildete dieser Typ sich nur ein? Charlotte löschte die Nachricht und stand entschlossen auf.

Genug der Gedanken an die Vergangenheit, die Gegenwart war wichtiger. Sie schnappte sich ihren Laptop. Diesmal fand sie LeyLas *YouTube*-Kanal schneller. Sie scrollte durch die Videos, suchte gezielt nach einem Zusammenhang mit Drogen und drückte auf Play, als sie eines mit dem Titel *Höhenflug* fand.

Reiche Kokskonsumenten denken, sie wären bessere Menschen
Aber geht es mal heiß her, nur nicht die Hände verbrennen
Dann drehen sie am Rad, als ob ihre letzte Stunde tickt
Und schau'n auf mich herab, denn ich komme aus der Unterschicht

Sie gehen davon aus, ich verkaufe sicher Rauschgift
Vorurteile wegen Hautfarbe und Outfit

Der Text war tatsächlich gegen Drogenkonsum gerichtet, doch was sagte das schon? Es gab viele Menschen, die Wasser predigten, aber Wein tranken.

Ihr Handy klingelte. Dankbar nahm Charlotte Patricks Anruf an.

»Wie hast du das denn hingekriegt?«, fragte er aufgeregt.

»LeyLa hat mich darum gebeten und ich konnte es ihr nicht abschlagen.«

»Sie ist doch nicht in Gefahr, oder?«

»Offen gestanden, kann ich das noch nicht einschätzen«, sagte Charlotte. »Sie bekommt jede Menge Hassbotschaften im Internet, aber das scheint ja leider dazuzugehören. Seit ein paar Monaten erhält sie auch Briefe.«

»Drohbriefe?«, hakte ihr Sohn nach.

»Ja. Das Ganze scheint sich bisher auf Berlin zu konzentrieren, wo sie wohnt, aber der Manager will natürlich kein Risiko eingehen.«

»Die Welt ist so krass drauf«, klagte Patrick. »Wer würde denn jemandem wie LeyLa etwas antun?«

Mir fielen da jede Menge Leute ein. Wenn ich so an die Liedtexte denke, könnten sich viele Menschen auf den Schlips getreten fühlen.

Laut sagte Charlotte: »Ich werde versuchen, das herauszubekommen. Viel Zeit habe ich allerdings nicht.«

»Du schaffst das«, sagte Patrick.

Charlotte musste lächeln. Was ihren Beruf anging, hatte ihr Sohn eine Hundertachtzig-Grad-Wendung hingelegt – von der totalen Ablehnung hin zu Bewunderung.

»Ich gebe mein Bestes.« Einer spontanen Eingebung folgend, fügte sie hinzu: »Ich habe heute Jacob getroffen.«

»Wen?«

»Jacob. Der Mann, mit dem wir in Manchester zusammengelebt haben.«

»Oh«, war Patricks Reaktion. Dann, nach einigen Sekunden: »Und?«

»Was und?«

»Was hat er gesagt?«

»Dass er sich freut, mich getroffen zu haben.«

»Was macht er in Nürnberg?«

Charlotte erklärte es ihm.

»Wer hätte gedacht, dass aus ihm noch mal ein seriöser Musiker wird.«

»Na, na, ein Musiker war er doch schon immer. Und kein schlechter.«

»Aber ein mieser Mann. Sorry, Mom.«

Charlotte seufzte. »Ich sage da besser nichts dazu.«

»Wirst du es Andi sagen?«

»Ich habe es ihm bereits erzählt. Ich habe nichts zu verbergen. Außerdem war es lange vor seiner Zeit.«

Patrick schwieg, hatte offensichtlich nachgerechnet, denn er sagte: »So lange vorher auch wieder nicht. Gerade mal ein Jahr.«

»Vierzehn Monate, um genau zu sein«, erwiderte Charlotte.

Patrick kicherte. »So rein scheint dein Gewissen nicht zu sein.«

»Mein Gewissen ist mehr als rein«, widersprach sie. »Ich war eher geschockt, dass es nur etwas mehr als ein Jahr war. Mir kam die Zeitspanne viel länger vor.«

»Es war ja auch eine verdammt harte Zeit für dich«, sagte Patrick. »Und ich fürchte, ich war keine große Hilfe.«

Charlotte war gerührt. Natürlich hatte er mitbekommen, dass bei der Münchner Kripo nicht alles so glatt gelaufen war, wie sie es sich erhofft hatte. Dass ihm das immer noch auf der Seele lag, bewegte sie.

»Du warst vierzehn. Du hättest nichts tun können.«

»Ich hätte folgsamer sein können.«

»Patrick, Sweetheart, mach dir bitte keine Vorwürfe. Du warst ein normaler Teenager, der schwierige Jahre hinter sich hatte. Es war vollkommen normal, dass du rebelliert hast. Wir haben das gemeinsam durchgestanden, das alles liegt weit hinter uns. Lass uns nicht mehr davon reden, okay?«

»Okay. Was ist mit Jacob?«

»Was soll mit ihm sein?«

»Wirst du ihn wiedersehen?«

»Ich denke nicht. Ich habe einen Job zu erledigen, wie er übrigens auch.« Die beiden SMS erwähnte sie nicht.

»Gut.« Patrick schien mit der Antwort zufrieden zu sein. »Sollte er dir dennoch wieder über den Weg laufen, richte einen Gruß von mir aus und sag ihm, er ist ein Arschloch.«

Charlotte hatte Mühe, sich ein Lachen zu verkneifen.

»Patrick Braun, wer hat dir nur diese Sprache beigebracht?«, fragte sie in gespielt erbostem Ton und konnte sich sein lausbubenhaftes Grinsen lebhaft vorstellen. »Ich werde ihm gerne die Grüße ausrichten, aber sicher nicht den Rest«, fügte sie hinzu und in Gedanken: *Auch wenn es stimmt.*

»Ist mir schon klar«, sagte Patrick lachend. »Ich muss wieder an die Arbeit. Hab dich lieb.«

»Ich dich auch. Kuss an Lara.«

Charlotte legte das Handy weg und dachte lächelnd an ihren Sohn. Sie hatten tatsächlich manchen Kampf ausgefochten, aber verglichen mit anderen Kindern war er nahezu harmlos gewesen; vor allem, wenn man bedachte, welches Schicksal er erleiden musste. Als sein Vater starb, war er gerade mal drei gewesen. Er hatte keine Erinnerung an Franz, wusste alles über ihn nur aus ihren Erzählungen.

Mit vier hatte sie ihn nach England, in eine vollkommen fremde Umgebung, verfrachtet. Erst Leeds, wo sie Abstand vom Tod des geliebten Mannes gewinnen konnte. Vier Jahre später schließlich Manchester, wo sie zum ersten Mal wagte, eine neue Beziehung einzugehen. Ausgerechnet mit Jacob!

»Schluss mit den trüben Gedanken«, sagte Charlotte laut. Es war Zeit, zurück ins Hotel zu gehen.

V

Es überraschte Charlotte nicht, dass der Manager einen schwarzen SUV fuhr. Der Wagen passte perfekt zu dem Image, das er sich aufgebaut hatte.

Sie saß auf dem Beifahrersitz, während LeyLa hinten Platz genommen hatte. Die Musikerin war blass und wortkarg, schien aber ihr altes Selbst zu sein. Zu Charlottes großer Erleichterung war der Hund nirgends zu sehen.

Die Fahrt zum *Hirsch* verlief schweigsam. Charlotte hatte gehofft, von LeyLa noch ein paar Infos zu erhalten, aber vorerst musste sie sich mit dem zeitlichen Ablauf des Abends zufriedengeben.

Harry fuhr in den Backstage-Bereich und parkte den Wagen. Er griff ins Handschuhfach, zog postkartengroße Ausweise, die an Lanyards baumelten, heraus, reichte LeyLa und Charlotte je einen und sagte: »Die Bühnenpässe. Unsere sind grün, die der Security gelb.« Er tätschelte LeyLas Knie. »Dann wollen wir mal, oder?«

Sie nickte nur und öffnete die Wagentür.

Charlotte schlüpfte aus dem Auto und scannte die Umgebung – es war niemand zu sehen. Wie zufällig ging sie auf der anderen Seite von LeyLa, sodass diese den Manager und sie als Schutzschild hatte. Charlotte rechnete nicht mit einem Vorfall, dennoch wollte sie wachsam sein und ihren Job gut machen.

Sie begleitete LeyLa in die Garderobe und fragte, ob sie noch etwas für sie tun könne. LeyLa verneinte, bat darum, allein sein zu dürfen. Charlotte sagte, dass sie draußen warten würde. Für den Fall, dass etwas sein sollte, müsse sie nur rufen.

»Es wird nichts sein«, sagte LeyLa und wirkte genervt. Ob sie den Entschluss, sie zu engagieren, bereits bereute?

Charlotte beschloss, es als Launen einer Künstlerin abzutun, verließ den Raum und postierte sich so, dass sie sowohl den Saal als auch die Garderobentür im Blick hatte.

Die ersten Gäste trafen ein, kauften sich etwas zu trinken und standen mit Flasche oder Glas in der Hand in kleinen Grüppchen herum und unterhielten sich.

Charlotte hatte mit eher jungem Publikum gerechnet und war überrascht, dass auch viele ältere Zuhörer kamen. Es waren anscheinend viele Stammgäste dabei, man kannte sich.

Um halb neun tauchte LeyLa auf und betrat die Bühne. Sie wirkte konzentriert, aber auch angespannt. Charlotte wagte nicht, ihr Glück zu wünschen und dachte nur: *Good luck!*

Es wäre nicht nötig gewesen, LeyLa verstand etwas von ihrem Job. Routiniert begrüßte sie ihre Fans, heizte ihnen mit ein paar Fragen ein, erklärte, dass ihr DJ aus gesundheitlichen Gründen leider absagen musste und die Beats deshalb aus dem iPod kämen. Dann performte sie den ersten Song.

Charlotte war stolz, dass sie ihn kannte, und wippte im Takt mit. Sie wusste nicht, ob es an einer besser eingestellten Technik lag oder daran, dass sie das Lied schon mehrmals gehört hatte – auf jeden Fall verstand sie wesentlich mehr vom Text als bei *YouTube*.

Sie war verblüfft, wie schnell LeyLa von Hochdeutsch, das sie im Alltag sprach, auf den typischen Jugend-Slang umschalten konnte. Es war, als schlüpfe sie in eine Rolle. Wie hatte Andi gesagt? Es gab LeyLa, die Privatperson, und LeyLa, die Rapperin.

Das Konzert dauerte eine gute Stunde; alles blieb friedlich, die Leute genossen die Musik, hüpften, sangen mit.

Vor der Bühne standen zwei von Siggis Leuten, hatten aber wenig zu tun. Ganz vorne tanzte ein dicklicher junger Mann begeistert und nicht immer passend zum Takt. Charlotte überlegte, ob es der Penner vom Vortag sein könnte, aber der Tänzer war zu jung, machte außerdem einen gepflegten, wenn auch etwas entrückten Eindruck. In den kurzen Pausen zwischen den Liedern applaudierte er heftig, aber das taten andere Gäste auch. Charlotte behielt ihn eine Weile im Auge, vertraute letzten Endes aber der Routine von Siggis Kollegen.

Im Prinzip war es ein einfacher Job. Gefordert war sie erst wieder, als LeyLa sich nach einer kurzen Erholung an den Tisch mit den CDs und dem Merchandising stellte und Autogrammwünsche erfüllte.

Charlotte hielt Abstand, war aber wachsam. Aufmerksam ließ sie ihren Blick über die Gesichter der Fans gleiten, aber es war keiner dabei, dem man Hass oder Wut angesehen hätte. Alle waren glücklich und zufrieden. Zu ihrer Überraschung konnte sie den dicken jungen Mann nirgends entdecken. Ihn hätte sie auf jeden Fall bei den Autogrammjägern erwartet.

Es dauerte noch einmal so lange wie das Konzert, bis alle Wünsche erfüllt waren und nur noch vereinzelt Anhänger herumstanden. Charlotte brach kurz in Panik aus, als LeyLa von einer Gruppe Jugendlicher umringt wurde, doch es stellte sich heraus, dass diese nur ein Selfie mit ihrem Star wollten.

LeyLa lächelte professionell und ließ sich ein Dutzend Mal ablichten. Charlotte sah, dass Harry ebenfalls fotografierte; vermutlich würde er diese Bilder in den sozialen Medien posten. Seht her, so beliebt ist sie!

Endlich war auch der letzte Fan glücklich und zufrieden, bis auf die Betreiber des *Hirsch* war niemand mehr da.

»Ich glaube, ich werde langsam zu alt für diesen Job«, sagte LeyLa und setzte sich stöhnend auf einen Stuhl. Das professionelle Lächeln war verschwunden.

»Du bist nur müde«, beschwichtigte Harry sie und begann, ihre Schultern zu massieren. »Morgen kannst du ausschlafen.«

LeyLa schloss die Augen und lehnte ihren Kopf gegen Harrys Körper. Es sah sehr vertraut aus.

Charlotte wanderte scheinbar ziellos im Saal umher, ließ aber die beiden nicht aus den Augen. Auch wenn LeyLa ihrem Manager blind zu vertrauen schien – sie hatte Harry gegenüber kein gutes Gefühl. Irgendetwas stimmte mit diesem Mann ganz und gar nicht.

Die Rückfahrt zum *Adina* verlief genauso schweigsam wie die Hinfahrt. Diesmal saß LeyLa vorne. Charlotte war es nur recht, denn so hatte sie die Möglichkeit, die beiden zu beobachten.

Der Manager warf ihr von Zeit zu Zeit über den Rückspiegel einen Blick zu, aber Charlotte gab vor, es nicht zu bemerken. Im Laufe der letzten Jahre hatte sie sich ein perfektes Pokerface antrainiert.

Montag, 24. Juli

I

Kurz nach Mitternacht kam sie nach Hause. Andi saß vor dem laufenden Fernseher und schlief. Sie drückte ihm einen Kuss auf den Kopf, wovon er erwachte.

»Hallo«, murmelte er verschlafen. »Wie war's?«

»Ich werde vermutlich kein HipHop-Fan, aber es war interessant. Es gab keine Vorfälle«, sagte Charlotte.

»Das ist gut«, erwiderte Andi und zog sie zu sich.

Im Fernseher stöhnte eine großbusige Frau lustvoll in die Kamera.

»So verbringst du also deine einsamen Abende«, scherzte Charlotte und griff nach der Fernbedienung.

»Wenn du auch nie da bist«, gab Andi zurück.

Charlotte kuschelte sich an ihn und genoss seine Wärme.

»Wann musst du aufstehen?«, wollte er wissen.

»Ich muss um zehn im Hotel sein. Der Manager hat eine Pressekonferenz organisiert, da möchte ich dabei sein. Das Radiointerview hat offensichtlich Wellen geschlagen. Das Konzert war sehr gut besucht, angeblich auch auf Grund des Interviews. Ich muss es mir unbedingt anhören.«

Andi richtete sich auf. »Lass es uns gleich suchen. Ich bin inzwischen ziemlich neugierig auf diese Frau.« Er zog den Laptop heran und fand das Interview nach wenigen Klicks.

»Wie macht ihr das nur alle?«, maulte Charlotte. »Bei mir dauert das ewig.«

Andi küsste sie sanft auf die Haare. »Du bist einfach nicht kompatibel mit dem Internet. Aber genau das liebe ich an dir.«

Charlotte schaute ihn misstrauisch an, aber er blieb vollkommen ernst.

»Hm«, machte sie. »Okay, leg los.«

»Hi LeyLa, schön, dass du so spontan Zeit hattest«, sagte ein Moderator.

»Hi«, ertönte LeyLas Stimme. »Schön, dass ich vorbeikommen durfte.«

»Du bist gerade auf Tournee. Kann man das so sagen?«

»Tournee ist vielleicht ein bisschen hoch gegriffen«, erwiderte LeyLa. »Ich bin immer wieder unterwegs, um eine Reihe von Konzerten zu geben. Nach dem Release in Berlin waren wir in Nordrhein-Westfalen, im Norden und Südwesten. Anfang Juli waren wir beim Openair Frauenfeld, danach beim splash!-Festival in Ferropolis. Jetzt sind wir wegen des Bardentreffens hier.«

»Du gibst auch zwei Konzerte«, sagte der Moderator. »Das ist eher ungewöhnlich.«

LeyLa lachte. »Das ist richtig und normalerweise mache ich so etwas auch nicht. Warum sollte jemand eine Karte kaufen, wenn er mich beim Bardentreffen umsonst hören kann?«

»Warum trittst du trotzdem auf?«

»Es hat sich einfach so ergeben. Harry, mein Manager, pflegt beste Kontakte, und hat das arrangiert.«

»Dann wollen wir die Termine gleich mal bekanntgeben. Morgen Abend bist du im Hirsch, am Donnerstag in Erlangen im E-Werk.«

»Richtig«, bestätigte LeyLa.

»Wir haben unsere Hörer im Vorfeld gebeten, uns Fragen zu schicken. Eine Frage, die immer wieder auftaucht, lautet: Warum machst du Rap?«

Wieder lachte LeyLa. »Diese Frage höre ich sehr häufig. Sie ist nicht einfach zu beantworten, ich versuche es trotzdem. Ein Grund ist, dass ich sehr gerne schreibe. Ich beschäftige mich schon sehr lange mit der deutschen Sprache und ich liebe es, einen guten Text zu lesen. Außerdem höre ich selbst gerne HipHop. Irgendwann fing ich an, selbst Texte zu schreiben, und fand heraus, dass sie sich durchaus zum Rappen eignen würden.«

»Gibt es noch einen anderen Grund?«

»Vielleicht der, dass das Lebensgefühl und die Sprachkultur des HipHop mir am ehesten entspricht. Mir geht es dabei auch um Kritik an Missständen. Mit meiner Musik habe ich die Möglichkeit, die Kids zum Nachdenken anzuregen.«

»Glaubst du wirklich, dass deine Songs etwas ändern?«

»Ändern vielleicht nicht«, gab LeyLa zu. »Aber wenn nur ein paar Jugendliche, die meine Songs hören, über den Text nachdenken, ist schon etwas gewonnen. An der Reaktion auf Macho-Bruder merke ich sehr deutlich, dass sich die Leute mit dem Text auseinandersetzen.«

»Es gibt dazu sehr viele böse Kommentare«, sagte der Moderator. »Liest du sie alle?«

»Nicht alle, nein.« LeyLa zögerte. »Ich gebe offen zu, dass es nicht schön ist, ständig als Bitch oder Fotze bezeichnet zu werden, aber das gehört leider dazu. Die Kommentare liefern mir allerdings auch Stoff für neue Lieder.«

»Macho-Bruder wurde auf YouTube inzwischen mehr als fünfhunderttausend Mal geklickt …«

»Echt? Schon so viel?«, warf LeyLa ein.

»Ja. Vor dem Interview waren es etwas mehr als fünfhundert-
zweitausend.«

»Krass«, sagte LeyLa. »Danke, Leute.«

»Was wirst du ...«

»Meinetwegen kannst du abschalten«, sagte Charlotte. »Ich habe genug gehört.«

»Viel kann nicht mehr kommen«, sagte Andi und zeigte auf den Laufbalken. »Es sind nur noch wenige Minuten übrig.«

Charlotte gähnte. »Hör es dir ruhig noch zu Ende an. Ich bin müde und muss ins Bett. Kommst du nach?«

Er schaute sie erstaunt an: »Denkst du, ich schlafe hier?«

Charlotte lachte, schüttelte den Kopf und küsste ihn.

11

Pünktlich um viertel vor zehn fand Charlotte sich im *Adina* ein, wo bereits ein paar Journalisten warteten. Der Manager hatte offensichtlich wirklich gute Kontakte.

Sie fuhr in die fünfte Etage, wo eine junge Frau vom Hotel im zweiten Konferenzraum für den letzten Schliff sorgte. Vorne stand ein Tisch mit zwei Stühlen, auf dem Autogrammkarten, Flyer, Plakate und die aktuelle CD von LeyLa lagen. Davor waren wie in einem Theater Stühle in Sechserreihen aufgestellt.

Charlotte war wider Willen beeindruckt. Es wirkte alles sehr professionell.

»Guten Morgen.« Harry stand in der Tür. »Es wäre nicht nötig gewesen, dass Sie kommen. Wir haben das schon hunderte Male gemacht.«

»Guten Morgen«, erwiderte Charlotte und ärgerte sich darüber, dass dieser Typ sie so leicht provozieren konnte. »Das mag ja sein, aber ich nehme die Drohbriefe und damit meinen Job sehr ernst. Ich mag keine halben Sachen.«

Harry nickte. »Okay, da haben Sie einen Punkt. Dennoch würde ich Sie bitten, sich im Hintergrund zu halten. Es wirkt nicht gut, wenn das zu sehr ausgeschlachtet wird.«

Charlotte wollte erwidern, dass es LeyLas Image eigentlich nur nutzen konnte, wenn bekannt würde, dass sie einen Bodyguard benötigte, aber in diesem Moment kamen die ersten Presseleute. Einer fotografierte den leeren Raum. Zum Ausspionieren?

Harry deutete mit einer Kopfbewegung an, dass sie nach hinten gehen solle. Charlotte zögerte zuerst, setzte sich aber schließlich doch in die letzte Reihe an den Rand. Zumindest wollte sie nicht auch noch mit hysterischen Journalisten kämpfen müssen, sollte es einen Vorfall geben.

Der Raum füllte sich gut zur Hälfte. Die meisten saßen vorne, ein paar Reporter bevorzugten aber auch die hinteren Reihen. Zwei Sitze neben Charlotte ließ sich ein schwergewichtiger Mann mit dünnen, ungewaschenen Haaren nieder. Sie hatte große Mühe, nicht die Nase zu rümpfen und wegzurücken.

Verstohlen betrachtete sie ihn, soweit das von der Seite aus möglich war. Er trug Hose und Hemd und darüber einen leichten Mantel. Obwohl seine Kleidung nicht schmutzig war, wirkte er insgesamt ungepflegt. Sein Gesicht glänzte, auf den Wangen prangten einzelne Pockennarben. Charlotte war sich sicher, dass er der Mann war, der LeyLa im Kaufhaus aufgelauert hatte. Ihre Beschreibung passte perfekt. Sie würde ihn besonders im Auge behalten.

Ein paar Minuten später klatschte Harry in die Hände und begrüßte, als alles ruhig war, die anwesenden Journalisten. Während er auf die Unterlagen auf dem Tisch hinwies, stand Charlotte auf, stellte sich an die Seite, zog ihr Handy aus der Tasche und hielt es so, als wolle sie fotografieren.

Von Jacob waren schon wieder zwei Nachrichten gekommen. Sie wischte sie weg und nahm sich vor, ihm so bald wie möglich zu schreiben, dass er sie in Ruhe lassen musste.

Sie konzentrierte sich auf die anwesenden Männer – es waren tatsächlich ausschließlich Männer. Viele waren dem Alter nach der HipHop-Generation längst entwachsen, versuchten, sich mit Hilfe der Haare und des Outfits jünger zu machen. Nicht immer sah das gelungen aus.

»Und hier kommt sie: LeyLa«, rief Harry. Applaus brandete auf.

Die Tür öffnete sich und LeyLa schlurfte herein. Sie trug ihr Bühnen-Outfit: schwarze Leggins, ein übergroßes schwarzes T-Shirt mit ein paar bunten Farbtupfern darauf, die schwarze Baseball-Kappe tief ins Gesicht gezogen. Sie ging nach vorne, begrüßte ihren Manager mit einem schlaffen High Five und setzte sich auf einen der beiden Stühle. Harry blieb stehen.

»Ihre Fragen bitte«, forderte er auf.

Charlotte erschrak, als LeyLa den Kopf hob. Obwohl sie stark geschminkt war, sah sie blass, ja beinahe krank aus.

Die Reporter stellten Fragen, die man bei so einem Termin vermutete. LeyLa antwortete ebenso erwartbar.

»Wie läuft die Tour?« – »Anstrengend, aber gut.«

»Welches ist Ihr Lieblingslied?« – »Ich habe kein Lieblingslied, mir sind alle gleich wichtig.«

»In welcher Stadt treten Sie am liebsten auf?« – »Natürlich in Nürnberg.«

Obwohl es offensichtlich nicht wahr war, applaudierten ein paar Männer.

»Was gefällt Ihnen an unserer Stadt?« – »Alles ist übersichtlich. Und die Altstadt ist sehr schön.«

Es klang wie auswendig gelernt und erinnerte Charlotte an den Termin am Tag zuvor. Doch plötzlich schien LeyLa vom Konzept abzuweichen, denn sie zögerte, fügte mit veränderter Stimme hinzu: »Ich habe diesen Brunnen gesehen, wie heißt er doch gleich? Irgendwas mit Ehe …«

»Das Ehekarussell«, rief einer dazwischen.

»Richtig, das Ehekarussell. So einen Brunnen habe ich noch nie gesehen«, sagte LeyLa. »Ich fand ihn sehr beeindruckend.«

Wie auf Kommando beugten sich die Köpfe der Journalisten über ihre Blöcke, man hörte sie eifrig schreiben.

Charlotte wunderte sich, dass keiner ein Aufnahmegerät zu benutzen schien. Vermutlich war es eine Vorgabe des Managers; es hätte gepasst.

Ihr Blick fiel auf ihren vormaligen Sitznachbarn. Er war der einzige, der nicht schrieb, sondern unverwandt nach vorne starrte.

Charlotte versuchte, sich zu erinnern. Hatte er einen Block in der Hand gehalten? Sie wusste es nicht und schalt sich eine lausige Beschützerin, wenn sie so etwas nicht bemerkte. Sie packte das Handy weg und ging zurück zu ihrem Platz.

Von dem Typ neben ihr ging ein säuerlicher Geruch aus. Alles deutete auf den Stalker vom Kaufhaus hin.

Er hielt weder Block noch Stift in der Hand, dafür aber sein Handy. Da der Bildschirm dunkel war, konnte Charlotte nicht erkennen, ob er womöglich alles aufnahm.

Sie beugte sich nach vorne, um einen Blick auf seine Füße zu werfen. Sie steckten in abgetretenen und schmutzigen, aber ordentlichen Schuhen. Während sie an ihren eigenen Sneakers herumnestelte, sah sie, dass seine rechte Socke braun, die linke schwarz war.

Stalker oder Nerd? Charlotte nahm sich vor, den Typen später zu fotografieren. Sie würde auch gleich nach der Pressekonferenz mit LeyLa sprechen.

Überrascht hörte sie, wie Harry »Noch eine Frage« rief. Sie hatte vom Rest der Pressekonferenz nichts mitbekommen.

Du bist ein toller Bodyguard!

Die letzte Frage war so banal wie die, die Charlotte mitbekommen hatte. (»Welche Musik hören Sie privat am liebsten?«) Nach LeyLas Antwort (»Natürlich HipHop!«) klatschte Harry erneut in die Hände, sagte, dass LeyLa nun für Fotos zur Verfügung stünde und wies noch einmal auf das Werbematerial hin.

Charlotte nahm die allgemeine Unruhe, die entstand, zum Anlass, nach vorne zu gehen und die Reporter zu fotografieren und genauer unter die Lupe zu nehmen. Es war niemand darunter, der besonders hervorstach. Sie suchte nach dem schwitzenden Mann, konnte ihn aber nirgends entdecken.

Für ein paar Sekunden wurde sie von einer kleinen Rangelei abgelenkt, als zwei Männer sich nicht einigen konnten, wer der nächste für das Selfie mit LeyLa war. Die Musikerin zog den ihr am nächsten Stehenden neben sich, womit der Streit beendet war, bevor er richtig beginnen konnte.

Charlotte lächelte ihr aufmunternd zu, aber LeyLa verzog keine Miene.

Als das letzte Foto geschossen war, nahm der Manager LeyLa am Arm und schob sie nach draußen. Charlotte hatte Mühe zu folgen, weil ihr ein paar Männer den Weg versperrten.

Als sie endlich aus dem Konferenzraum heraus war, sah sie nur noch, wie LeyLa im Apartment verschwand.

Harry wandte sich an die letzten, noch wartenden Reporter und sagte ihnen, dass sie jetzt bitte gehen sollten.

»LeyLa ist müde und muss sich ausruhen. Wie Sie gehört haben, ist die Tour kräftezehrend. Vielen Dank, dass Sie gekommen sind.«

Zwei Aufzugladungen später herrschte im fünften Stock wieder Ruhe.

»Sie können auch gehen«, wandte Harry sich an Charlotte. »LeyLa ist wirklich sehr erschöpft.«

Ich frage mich wovon, dachte Charlotte.

Wieder schien er ihre Gedanken zu erraten. »Sie hat die ganze Nacht an einem Text gearbeitet. Vermutlich wird sie den Rest des Tages schlafen.«

»Okay«, sagte Charlotte. Sie wusste selbst nicht, warum sie einen letzten Blick in den leeren Konferenzraum warf; vielleicht war es eine Ahnung. Jedenfalls war sie nicht überrascht, als sie die weiße Tüte auf dem Stuhl liegen sah, auf dem der dicke Mann gesessen hatte.

Sie hielt die Hand hoch, um den Manager zu stoppen, der auf sie zugekommen war.

»Was ist los?«

»Unbekanntes Objekt«, sagte sie. »Warten Sie bitte draußen?« Charlotte schlüpfte in den Raum und schloss die Tür, bevor Harry noch etwas sagen konnte. Sie rechnete damit, dass er ihr folgen würde, aber offensichtlich hatte sie überzeugend geklungen.

Sie blieb an der Tür stehen, betrachtete die Tüte, suchte im ganzen Raum nach etwas, das anders war als zuvor. Als ihr nichts auffiel, näherte sie sich vorsichtig dem Stuhl, hielt Ausschau nach Drähten oder sonstigen verdächtigen Gegenständen. Es war nichts zu entdecken. Die Tüte selbst war neutral weiß, ohne sichtbaren Aufdruck.

Der Inhalt war flach, rechteckig, circa dreißig auf zwanzig auf drei Zentimeter.

Pralinen, schoss es Charlotte durch den Kopf.

Sie kämpfte mit sich. Schaute sie nach und der Inhalt entpuppte sich als gefährlich, würde sie womöglich wichtige Spuren zerstören. Oder vielleicht sogar eine ernsthafte Verletzung davon tragen. An schlimmere Folgen wollte sie nicht denken.

Rief sie die Polizei wegen einer Schachtel Pralinen, würde sie zum Gespött des gesamten Nürnberger Präsidiums. Damit könnte sie leben.

Charlotte zog ihr Telefon hervor, zögerte, horchte in sich hinein. Ihr Gefühl sagte ihr, dass es sich nicht um eine Bombe handelte.

Entschieden packte sie das Handy wieder weg, stellte sich hinter den Stuhl, obwohl ihr klar war, dass die Lehne keinen Schutz bieten würde, zupfte an der Tüte. Als sich nichts tat, zog sie den untergeschlagenen Teil langsam und vorsichtig heraus.

»Was ist denn nun?«

Charlotte fuhr hoch, ihr Puls galoppierte.

Der Manager steckte den Kopf durch die Tür und schaute sie erwartungsvoll an.

»Verdammt noch mal«, schrie Charlotte. »Können Sie nicht einmal das tun, was man Ihnen sagt? Raus!«

Der Kopf verschwand, die Tür fiel zu.

Charlotte atmete ein paar Mal tief durch, um ihren Herzschlag und sich selbst zu beruhigen.

Schließlich zog sie die restlichen Millimeter hervor und hielt den oberen Rand hoch, um einen Blick in die Tüte werfen zu können. Ihr Blick fiel auf eine Pralinenschachtel, die mit einem Geschenkband zugebunden war.

Charlotte spürte, wie ihre Beine zitterten. Sie zerrte einen Stuhl nach hinten, setzte sich und betrachtete das Objekt vor ihr.

Handelte es sich um eine getarnte Bombe oder waren es tatsächlich Pralinen? Waren sie essbar oder vergiftet? Hatte der dicke Mann die Schachtel für LeyLa aus Versehen oder mit Absicht liegen lassen? Hatte er sich einfach nicht getraut, sie persönlich zu überreichen?

Charlotte stand vor derselben Entscheidung wie Minuten zuvor: Polizei oder eigenes Leben riskieren?

Wieder entschied sie sich für letzteres. Vorsichtig, um eine etwaige Bombe nicht zu erschüttern, streifte sie die Tüte von der Packung und hielt eine »Bunte Mischung, ohne Alkohol« in den Händen.

»Sehr witzig«, murmelte sie.

Mit beiden Händen hob sie die Schachtel hoch, inspizierte das Geschenkband, suchte nach Drähten oder ähnlichem. Auf der Unterseite stand ein silbrig glänzender Faden ab.

Charlotte schluckte. Draht oder harmlose Faser?

Sie holte tief Luft und stupste den Faden an. Nichts geschah. Sie stieß die Luft hörbar aus.

Verdammt, warum musste sie nur immer so stur sein und alles selbst machen, anstatt die Profis ranzulassen?

Charlotte streifte langsam das Band ab, untersuchte die Schachtel erneut, ohne sie zu kippen, stellte sie auf den Stuhl, nahm millimeterweise den Deckel ab und achtete dabei auf einen möglichen Widerstand. Vor ihr lagen – unter der üblichen Abdeckung aus dickem Papier und Folie – fein säuberlich aufgereiht fünfundzwanzig Pralinen.

»Puh«, machte Charlotte und hatte den Eindruck, dem dicken Mann an Schwitzen und Geruch in nichts mehr nachzustehen.

Sie schnupperte an den Süßigkeiten, konnte auch hier nichts Ungewöhnliches feststellen. Dennoch vergewisserte sie sich, dass auch unter den Pralinen alles in Ordnung war.

Sie schloss die Schachtel und steckte sie samt Geschenkband in die Tüte.

»Sie können reinkommen«, rief sie.

Keine Sekunde später öffnete sich die Tür und der Manager erschien. Charlotte hielt ihm die Tüte entgegen. »Das hat ein Verehrer liegen lassen«, sagte sie. »Pralinen. Es scheint alles in Ordnung zu sein, essen würde ich sie trotzdem nicht.«

»LeyLa mag sowieso keine Süßigkeiten«, erwiderte Harry und legte die Tüte achtlos auf einen Stuhl. »Das war heller Wahnsinn«, sagte er.

»Ich bin darin geschult«, schwindelte Charlotte. Dass die ganze Schulung aus einem einstündigen Vortrag bestanden hatte, in dem ihnen im Prinzip nur gesagt wurde, sie sollten im Zweifelsfall immer die Profis rufen, verschwieg sie. Sie wollte dem Manager keine Gelegenheit geben, sie zu feuern.

»Ich muss mit LeyLa sprechen«, sagte sie.

Harry schüttelte zunächst den Kopf, sagte dann jedoch: »Ich schau mal, ob sie noch wach ist.« Er verließ den Raum.

»Was ist damit?« Charlotte folgte ihm und hielt die Tüte hoch.

»Sie können sie entsorgen«, antwortete er und betrat das Apartment.

Charlotte musste nicht lange warten. Wenige Minuten später kam Harry und schüttelte bedauernd den Kopf.

»Tut mir leid, sie schläft.«

»Es wäre wirklich wichtig«, sagte Charlotte. »Der Typ, der die hier«, sie hielt die Pralinen hoch, »mitgebracht hat, könnte ein Stalker sein. Ich denke, LeyLa hat ihn schon einmal gesehen.«

»Das mag ja sein, aber sie braucht ihren Schlaf wirklich dringend. Sie haben doch gesehen, wie sie aussieht. Kommen Sie heute Abend vorbei, dann können Sie mit ihr reden.«

Charlotte zögerte, stimmte dann aber doch zu. Wenn der Mann LeyLa tatsächlich stalkte, würde er wieder auftauchen, früher oder später.

»Sie sagen Bescheid, wenn Sie das Hotel verlassen?«

Harry grinste amüsiert. »Wollen Sie mich jetzt auch beschützen?« Er beugte den linken Arm und ließ seinen Bizeps spielen. »Ich weiß mich zu wehren.«

Charlotte hatte große Lust, ihn zu testen, aber Miller wäre nicht begeistert davon, wenn sie einen Klienten vermöbelte.

»Schön«, sagte sie deshalb und machte keine Anstalten, die Ironie zu verbergen. »Ich verlasse mich darauf, dass Sie mich rufen, sollte LeyLa ihre Meinung ändern.«

Der Manager deutete eine Verbeugung an. Charlotte widerstand dem Impuls, das Knie hochzuziehen. Was für ein Widerling!

»Wir sehen uns«, sagte sie und ging zum Aufzug.

III

Als Andi am späten Nachmittag nach Hause kam, erzählte sie ihm von den Pralinen; ihren Alleingang verschwieg sie. Von wegen Offenheit und Ehrlichkeit in ihrer Beziehung!

»Kannst du sie testen lassen?«

»Schwierig. Du weißt, wie knapp unser Budget ist. Und wenn es keinen konkreten Fall betrifft, in dem wir ermitteln …«

Charlotte seufzte. »Wieso muss immer erst etwas passieren, damit Geld da ist?«

Andi gab ihr einen Kuss auf die Haare. »Ich weiß, ich finde es auch nicht gut. Aber mir sind die Hände gebunden. Willst du auch einen Kaffee?«

»Nein, sonst kann ich wieder nicht schlafen«, sagte Charlotte.

Andi ging in die Küche und setzte die Maschine in Gang. »Leo war heute da«, rief er.

»Was wollte er?«

»Er hatte vermutlich Sehnsucht nach seiner alten Wirkungsstätte.« Andi stand in der Tür und lachte. »Hättest ihn sehen sollen. Er hat verzweifelt versucht, irgendeinen Hinweis auf einen aktuellen Fall zu finden. Blöderweise steckt ja inzwischen alles in den Computern. Und in den Strategieraum haben wir ihn natürlich nicht gelassen. Er weiß vermutlich nicht mal, dass es so etwas gibt. Früher fanden alle wichtigen Meetings in seinem Büro statt.«

»Wie geht es ihm?«, wollte Charlotte wissen. Ihr war der frühere Leiter der Mordkommission immer etwas suspekt gewesen. Andererseits hatte er Charlotte Andi gegenüber oft genug verteidigt, wenn sie mal wieder gegen eine seiner Regeln verstieß.

»Gut. Der Ruhestand bekommt ihm.«

»Was ist mit Raffaela?«

Andi zuckte mit den Schultern und ging zurück in die Küche, wo die Maschine ein letztes Röcheln von sich gab. »Er hat sie nicht erwähnt. Und ich wollte nicht fragen.« Andi kam wieder mit einer Tasse in der Hand. Er setzte sich zu ihr aufs Sofa. »So lasse ich mir meinen Job gefallen. Keine Gauner zum Jagen, stattdessen Kaffeetrinken mit der Liebsten.«

Charlotte lachte. »Ich muss später noch mal los«, dämpfte sie seine Freude. »Ich muss unbedingt mit LeyLa sprechen. Wenn sie eine Anzeige gegen den Stalker aus dem Kaufhaus stellt, könnt ihr die Pralinen untersuchen, oder?«

»Falls du mit ›ihr‹ die Polizei meinst, ja«, erwiderte Andi. »Wir als Mordkommission haben da kaum eine Chance. Und ich will, dass wir auch weiterhin nichts mit dem Fall zu tun haben, wenn du verstehst, was ich meine.«

»Dein Wort in Gottes Ohr«, seufzte Charlotte. »Wenn dieser Manager weiter so arrogant auftritt, kann ich allerdings für nichts garantieren.«

»Na, na, so schlimm wird es schon nicht sein.«

»Schlimmer«, behauptete Charlotte. »Offen gestanden, habe ich ihn in Verdacht, die Drohbriefe selbst geschrieben zu haben. Es würde zu ihm passen. Der würde sogar seine Großmutter verkaufen, wenn es dem Geschäft nützt.«

»Hast du einen konkreten Anhaltspunkt?«, wollte Andi wissen.

»Leider nein. Es ist mal wieder nur ein Gefühl. Irgendwas stimmt mit dem Typen nicht. Und das sage ich nicht nur, weil ich ihn nicht ausstehen kann. Du weißt, ich hatte schon häufiger mit solch arroganten Typen zu tun, und nicht jeden beschuldige ich einer Straftat.«

»Die Musikbranche ist nicht gerade deine Welt.«

Charlotte zog eine Grimasse. »Oh ja, das kannst du laut sagen. Das ist nicht nur nicht meine Welt, das ist ein vollkommen fremder Planet! Da sind mir die Figuren aus *Star Wars* ja noch näher.«

Andi lachte. »Und die kennst du so gut wie gar nicht.«

»Eben«, erwiderte Charlotte. »Ich ruf mal meinen Lieblingsklienten an, vielleicht bekomme ich ja noch eine Audienz bei ihrer Majestät.«

»Ich dachte, du magst LeyLa?«

»Was heißt mögen?«, verteidigte Charlotte sich. »Ich kenne sie kaum. Nur, weil ich ihr eine Nacht lang Händchen gehalten habe, heißt das noch lange nicht, dass wir beste Freundinnen sind. Als sie Angst hatte, war ich gut genug, um mitten in der Nacht anzutanzen, aber jetzt tut sie plötzlich so, als wäre meine Anwesenheit total übertrieben. Dabei hat sie mich gegen den Willen ihres Managers engagiert.«

»Und gegen deinen«, erinnerte Andi sie sanft.

»Hm«, machte Charlotte und stand auf. »Ich muss jetzt telefonieren.« Sie streckte ihm die Zunge heraus, als er erneut lachte.

Sie wählte Harrys Nummer und fragte, ob sie nun mit LeyLa sprechen könne, als er sich meldete. Es war keine Überraschung, dass er Nein sagte.

»Dieses ausgewachsene Riesenarschloch«, schimpfte sie, als sie aufgelegt hatte.

»Warum rufst du sie nicht an?«, schlug Andi vor.

»Was?« Charlotte starrte ihn entgeistert an.

»Du hast doch ihre Nummer«, sagte er. »Ruf sie einfach an. Wenn sie nicht mit dir reden will, wird sie dir das sagen. Es muss doch nicht alles über den Manager laufen.«

Charlotte fiel Andi um den Hals und küsste ihn stürmisch. »Du bist ein Genie!«, rief sie. »Warum bin ich nicht selbst darauf gekommen?«

»Weil ich sonst überflüssig wäre«, sagte Andi schmunzelnd.

»Nein, bist du nicht. Ganz und gar nicht«, erwiderte Charlotte und küsste ihn erneut.

IV

LeyLa? Hier ist Charlotte Braun. Ich würde gerne noch einmal mit Ihnen über den Mann vom Kaufhaus sprechen. Passt es gerade?«

Charlotte hielt unwillkürlich die Luft an. Würde LeyLa wie ihr Manager reagieren und sie abwimmeln?

»Wenn es nicht allzu lang dauert«, sagte die Musikerin. »Ich würde gern an meinem Text weiterarbeiten.«

»Wir machen es kurz«, versprach Charlotte. »Heute, bei der Pressekonferenz, saß ein Mann in meiner Nähe, der sehr gut zu Ihrer Beschreibung von dem Mann im Kaufhaus passte.«

»Wie bitte? Davon hat Harry gar nichts gesagt«, unterbrach LeyLa sie.

Natürlich nicht!

»Er wollte Sie sicher nur nicht beunruhigen, es ist ja nichts vorgefallen«, sagte Charlotte besänftigend.

Jetzt verteidige ich den Typen schon!

»Mir fiel er auch nur auf, weil er stark schwitzte, alles in allem ziemlich ungepflegt wirkte und auch unangenehm roch.«

»Das klingt sehr nach ihm«, sagte LeyLa. »Wie kam er in die Pressekonferenz?«

»Ich weiß es nicht«, antwortete Charlotte. »Ich hatte leider keine Gelegenheit, die anwesenden Herren zu überprüfen.«

LeyLa seufzte. »Ich weiß. Wir machen Ihnen den Job nicht gerade leicht, oder?«

Charlotte war verblüfft. Wenn die Rapperin sich dessen bewusst war, wieso behandelte sie sie immer so ruppig?

»Das ist kein Problem, ich bin das gewohnt«, sagte sie. »Wer hat schon gerne ständig ein Kindermädchen um sich?«

»Immerhin passen Sie auf, dass mir nichts geschieht.«

»Trotzdem ist meine Anwesenheit nicht immer einfach«, gab Charlotte zu bedenken. »Ich erinnere die Menschen ja meist erst daran, dass in ihrem Leben etwas nicht stimmt.«

»Da ist was Wahres dran«, sagte LeyLa nach einer Weile. »Es tut mir leid, wenn wir Sie respektlos behandeln. Harry kann manchmal sehr fies sein. Er ist seit vielen Jahren in der Branche, da geht man nicht gerade sanft miteinander um.«

»Das kann ich mir vorstellen. Wie haben Sie sich kennengelernt?«

»Man könnte sagen, er entdeckte mich. Ich trat bei einem Wettbewerb auf; das ist jetzt fast acht Jahre her. Hinterher sprach er mich an, meinte, er sei

Manager und fände meine Texte toll. Ich zeigte ihm einen Vogel und sagte: ›Ja, ja, verarschen kann ich mich selbst.‹ Aber er ließ nicht locker, tauchte immer wieder auf. Irgendwann dachte ich, warum nicht? Mehr als schiefgehen kann es nicht. Und da sind wir nun.«

Charlotte dachte an die Vertrautheit, die zwischen den beiden herrschte. »Sie haben ein ziemlich enges Verhältnis, oder?«

LeyLa lachte leise. »Ja, aber das war nicht immer so. Am Anfang hasste ich ihn regelrecht. Was immer ich ihm vorlegte, zerriss er in der Luft. Irgendwann brüllte ich ihn an, warum er mich überhaupt vertritt, wenn er alles scheiße findet, was ich mache. Da brüllte er zurück, dass er mich eben zum Topstar aufbauen will. Und da müsse ich entsprechend gut sein. Schließlich mieteten wir eine einsame Hütte im Nirgendwo, irgendwo in Brandenburg, und klärten das. Da flogen zunächst die Fetzen, aber seither geht es.«

Charlotte zögerte, die nächsten Sätze auszusprechen, aber es half ja nichts. »Könnte es – rein theoretisch gesprochen – möglich sein, dass Ihr Manager die Drohbriefe selbst geschrieben hat?« Ängstlich lauschte sie ins Telefon und wartete auf eine Reaktion.

Die kam ganz anders als erwartet. LeyLa schwieg eine Weile, sagte dann: »Er wäre der Typ dafür. Harry tut viel, um erfolgreich zu sein. Er tut manchmal Dinge, die man nicht tun sollte. Aber Drohbriefe?« Sie schwieg wieder, fuhr fort: »Würde er sie in diesem Fall nicht an sich selbst schicken, anstatt mich zu ängstigen?«

Das war ein Argument, das Charlotte nicht von der Hand weisen konnte. Der Manager verstand es hervorragend, seinen Schützling abzuschirmen; dem stand entgegen, dass er LeyLa durch die Drohbriefe in den Fokus rücken würde. Andererseits wäre er nicht der Erste, der sich widersprüchlich verhielt, um ans Ziel zu kommen.

LeyLa schien ihr Schweigen falsch zu verstehen, denn sie sagte: »Sie schätzen Harry falsch ein. Die meisten Menschen tun das. Er fordert viel, das lässt ihn hart erscheinen. Aber er tut viel für uns Künstler. Ich bin ja nicht die Einzige, bin derzeit allerdings die Erfolgreichste.« Der Stolz darauf war unüberhörbar. »Alles, was ich bin, verdanke ich Harry.«

»Ich freue mich, dass Sie das so sehen«, sagte Charlotte. »Ich will niemanden zu Unrecht verdächtigen, aber ich muss auch alle Möglichkeiten in Betracht ziehen. Sie sagen selbst, er würde viel tun, um Erfolg zu haben. Und die Drohbriefe sind eine gute Gelegenheit, Sie ständig in der Presse zu halten.«

»Ich muss zugeben, dass ich das so noch nie gesehen habe«, sagte LeyLa. »Aber ich denke, ich kenne Harry ziemlich gut. Es gibt immer noch genug Gelegenheiten, bei denen ich ihm den Hals umdrehen könnte.« Wieder lachte sie leise. »Das war nur bildlich gesprochen«, fügte sie rasch hinzu. »Aber ohne ihn wäre ich nicht da, wo ich jetzt bin. Er verpasste mir dieses Image und brachte damit den Erfolg.«

Charlotte dachte an das Radiointerview. »Wie verkraftet man all die gehässigen Kommentare?«, fragte sie. »Ich habe nur ein paar gelesen und fand sie teilweise widerwärtig.«

»Sagen wir so: Inzwischen bin ich daran gewöhnt«, erwiderte LeyLa. »Was mich meistens viel mehr aufregt, ist die Tatsache, dass die Leute sich mehr um mein Aussehen oder meine Klamotten kümmern als um meine Texte.«

»Sie haben sicher bemerkt, dass ich mich in Ihrer Branche so gut wie gar nicht auskenne«, sagte sie. »Mein Sohn wäre da sehr viel besser aufgehoben. Er ist übrigens ein großer Fan von Ihnen.«

»Wie schön«, sagte LeyLa. »Können wir nicht dieses förmliche Sie lassen? Im HipHop duzen sich alle.«

»Gerne«, sagte Charlotte. »Im Gegenzug musst du mich aber Charly nennen.«

»Alles klar, Charly. Passt eh viel besser zu dir.«

»Danke. Ich habe inzwischen das Interview gehört. Trotzdem habe ich nicht ganz verstanden, warum du Rapperin bist.«

LeyLa lachte. »Ich will dir nicht zu nahe treten, aber vielleicht bist du nicht die richtige Generation.«

»Da ist etwas Wahres dran«, gab Charlotte freimütig zu.

»Schau dir mal die Rapper an, die es in Deutschland gibt«, sagte LeyLa und klang dabei sehr ernst. »Ich kenne sicher nicht alle, aber die meisten haben einen sogenannten Migrationshintergrund. Früher war Rap die Musik der Underdogs. Heute scheint es die der Ausländer zu sein.« Sie seufzte. »Es ist eine gute Form, um seine Gefühle auszudrücken. Früher war es der Rock 'n' Roll, heute ist es eben der HipHop.« Sie schwieg kurz, fügte dann aber hinzu: »Ich würde gern an meinem Text weiterarbeiten. Ich ruf dich morgen an. Dann vereinbaren wir, wann du kommst, in Ordnung?«

»Natürlich, du bist der Boss«, erwiderte Charlotte. »Ich hoffe, ich habe dich nicht allzu sehr gestört.«

»Nein, kein Problem. Gute Nacht und bis morgen.«

»Gute Nacht.« Charlotte legte nachdenklich auf. Mit jedem Gespräch fand sie neue Facetten an der jungen Frau. Neben dem öffentlichen Bild der biestigen Musikerin waren da das ängstliche Mädchen, das sich eingeschlossen fühlte, aber auch die selbstbewusste Frau, die wusste, was sie will.

Ihr fiel ein, dass sie über den wahren Grund ihres Anrufs, den schwitzenden Mann, nicht mehr geredet hatten. Sekundenlang überlegte sie, ob sie noch einmal anrufen sollte, unterließ es. Sie konnte LeyLa auch morgen noch dazu befragen.

Charlotte legte die Tüte mit den Pralinen auf ihren Schreibtisch und ging zurück zu Andi ins Wohnzimmer.

»Erfolg gehabt?«

»Ja und nein. Ich habe sie wieder ein Stückchen besser kennengelernt. Und wir haben kaum über den Mann gesprochen.«

»Du bist mir eine tolle Ermittlerin«, sagte Andi lachend.

»Haha. Vermutlich bin ich deshalb nicht mehr bei der Polizei.« Sie ließ sich neben ihn auf die Couch fallen. »Ich habe sie gefragt, ob sie sich vorstellen könne, dass der Manager die Drohbriefe selbst schreibt.«

»Und?«

»Sie kann es sich vorstellen, ist aber sicher, dass er es nicht tut.«

»Interessant«, sagte Andi.

»Finde ich auch«, stimmte Charlotte zu. »Übrigens, ich habe heute Abend frei.«

»Das trifft sich«, sagte Andi breit grinsend und zog sie zu sich. »Ich auch.«

Dienstag, 25. Juli

I

Charlotte lief über eine blühende Wiese. Sie wusste nicht genau, warum sie rannte; irgendetwas war vorgefallen und sie musste den Täter schnappen. Aber weit und breit war kein Mensch zu sehen. Wen verfolgte sie?

Plötzlich hörte sie ein rhythmisches Summen. Es klang wie ein Bienenschwarm. Nein, es war lauter, aggressiver. Hornissen? Panisch drehte sie sich um, konnte aber die Quelle des Brummtons nicht ausmachen. Weder war ein Insektenschwarm noch eine Drohne oder etwas anderes zu sehen.

Und wo war die blühende Wiese? Erstaunt schaute Charlotte nach unten. Ihre Füße standen auf Sand.

Das Geräusch verschwand. Erleichtert wandte Charlotte sich nach vorne. Vor ihr erstreckte sich wieder die Wiese mit einem unglaublich bunten Blütenteppich.

Bevor sie über dieses Phänomen nachdenken konnte, ertönte das Brummgeräusch erneut.

Charlotte schloss die Augen, um sich auf den Ton zu konzentrieren. Als sie sie wieder öffnete, lag sie in ihrem Bett. An der dunklen Schlafzimmerdecke leuchtete ein grünes Licht.

Charlotte warf einen Blick auf ihren Nachttisch. Das Handy vibrierte und tanzte über die glatte Oberfläche. Laut Wecker war es viertel nach eins.

Charlotte fuhr sich über die Augen und griff nach dem Telefon. Auf dem Display stand der Name ihres Sohnes.

»Patrick?«, rief sie voller Panik. »Was ist los?«

»Warum hast du nicht auf sie aufgepasst?« Seine Stimme klang merkwürdig verschwommen, gerade so, als ob er – weinte?

Charlotte setzte sich auf.

»Patrick, wovon redest du? Was ist passiert? Ist was mit Lara?«

»Sie ist tot!«, rief Patrick mit tränenerstickter Stimme. »Warum hast du nicht aufgepasst.«

Eisiger Schreck durchfuhr Charlotte. Lara tot?

»Patrick«, rief sie und weckte damit Andi auf. »Patrick, rede mit mir.«

Ihr Sohn redete ununterbrochen weiter, aber sie konnte kaum etwas verstehen.

»Was ist los?«, murmelte Andi neben ihr.

Charlotte hielt das Mikrofon zu und sagte: »Es ist Patrick. Er ist völlig von der Rolle. Ich fürchte, Lara hatte einen Unfall.« Sie nahm die Hand weg und rief ins erneut ins Telefon: »Patrick, hör mir mal zu! Sag mir bitte, was passiert ist.«

Zunächst hörte sie nur Schluchzen, dann ein schleifendes Geräusch; plötzlich meldete sich eine Frauenstimme.

»Charlotte? Hier ist Lara.«

»Lara!« Charlotte durchflutete ein Gefühl der Dankbarkeit. »Was ist los? Was wollte Patrick mir sagen?«

»LeyLa ist tot.«

»Was?« Charlotte schrie es förmlich hinaus.

»Die sozialen Medien sind voll davon«, sagte Lara. »Offensichtlich wurde sie in der Nähe des Hotels gefunden.«

»Aber, aber das ist nicht möglich«, stotterte Charlotte. »Sie hat doch gesagt, dass sie das Haus nicht mehr verlässt.«

»Ich muss Schluss machen. Patrick ist völlig durcheinander«, erwiderte Lara. »Ich muss ihn beruhigen.«

»Soll ich kommen?«, bot Charlotte an.

»Nein. Ich krieg das schon hin. Danke trotzdem. Ich melde mich morgen.« Patricks Freundin legte auf.

Andi hatte sich inzwischen aufgesetzt. »Was ist denn los?«

Charlotte schaute ihn verstört an. »Angeblich ist LeyLa tot.«

Andi runzelte die Stirn. »Quatsch. Wer sagt denn sowas?«

»Die sozialen Medien.«

»Na dann«, meinte Andi ironisch. »Dann muss es ja stimmen.«

Im selben Moment klingelte sein Handy. Charlotte und er schauten sich an und dachten dasselbe: *Es gab einen ungeklärten Todesfall.*

»Verdammte Scheiße«, sagte Charlotte und schlüpfte aus dem Bett. Während sie zu ihrem Schreibtisch ging und den Computer hochfuhr, zog sie einen Pullover an. Trotz der sommerlichen Temperaturen fror sie plötzlich.

»Nun mach schon«, schimpfte sie, weil der PC solange brauchte.

»Ich bin weg«, rief Andi und warf ihr einen Luftkuss zu.

»Rufst du mich an, wenn du was weißt?«

»Ich versuch's«, sagte er und zog leise die Wohnungstür hinter sich zu.

Endlich war der Computer bereit. Ratlos saß Charlotte davor. Soziale Medien – was hieß das? *Facebook* vermutlich oder auch – wie hieß das doch gleich? *Instagram*? War nicht eines davon nur für Fotos gedacht?

Da sie in keinem Medium ein Konto besaß, tippte sie einfach *LeyLa* in die Suchmaske ein und erhielt wieder mehr als zwei Millionen Links.

»Verflucht, kann man das nicht eingrenzen?«, murmelte sie, zögerte, tippte hinter den Namen *Tod* ein und drückte erneut Enter.

Jetzt waren es nur noch knapp zwölftausend Links.

»Die können doch nicht alle aktuell sein?«, wunderte sich Charlotte, sah aber schnell, dass nur die ersten Verweise tatsächlich von LeyLa handelten. Der erste

Link hatte *Facebook* in der Adresse. Sie klickte darauf und wurde aufgefordert, sich anzumelden oder einen Account anzulegen.

»Ich denk ja nicht dran«, brummte sie und ging zurück zur Suchseite.

Wen könnte sie fragen? Normalerweise Patrick. Charlotte schaute auf die Uhr. Seit ihrem Telefonat waren gerade mal zwanzig Minuten vergangen.

Sie wählte Andis Nummer und hörte das Besetztzeichen. Sein junges Team kannte sich mit den sozialen Medien bestens aus, aber Charlotte wusste, dass weder Sabrina noch Marius ihr ohne Erlaubnis von Andi etwas sagen würden. Außerdem hatten sie gerade andere Probleme.

Charlotte lief in der Wohnung hin und her. Hatte der schwitzende Mann LeyLa getötet? Auch wenn das Personal an der Rezeption aufmerksam war, gab es unzählige Möglichkeiten, unbemerkt in ein Hotel zu gelangen. Man musste eigentlich nur selbstbewusst genug am Empfang vorbeimarschieren und schon dachte jeder, man sei ein Gast.

Aber wie war er in den fünften Stock gelangt? War es überhaupt oben passiert oder hatte er sie unten abgepasst?

Charlotte dachte an die Pressekonferenz, bei der der dicke Mann anwesend gewesen war. Sie hatte keine Ahnung, nach welchen Kriterien der Manager die Journalisten ausgesucht hatte und wie sie in den Konferenzraum gelangt waren. Es war unwahrscheinlich, dass sie alle eine Liftkarte bekommen hatten. Eher hatte man sie im Pulk hochfahren lassen.

Hatte sich der Mann im *Adina* einquartiert? Dem Aussehen nach konnte er sich das gar nicht leisten. Aber vielleicht war ja sein Äußeres nur geschickte Tarnung. Oder er hatte nicht vor, die Hotelrechnung zu begleichen. Vermutlich war er schon über alle Berge.

Charlotte schüttelte den Kopf. Nein! Wenn er der Drohbriefschreiber und zusätzlich ein Stalker war, wollte er das Geschehen mitverfolgen können.

Wieder rief sie Andi an, wieder war die Leitung belegt. Das konnte nur bedeuten, dass etwas vorgefallen war.

Sie konnte nicht untätig herumsitzen.

Warum hast du nicht auf sie aufgepasst? Patricks Stimme ertönte in ihrem Ohr.

Hätte sie im Hotel bleiben müssen, allen Widerständen zum Trotz? Hätte sie darauf bestehen müssen, rund um die Uhr auf LeyLa aufzupassen anstatt nur, wenn es dem Manager genehm war?

Warum hatte Harry es nicht verhindert? Hatte er nicht noch am Nachmittag damit geprahlt, selbst auf LeyLa aufpassen zu können?

Ein ungeheuerlicher Verdacht keimte in Charlotte auf.

War LeyLa gar nicht tot? War es womöglich nur ein PR-Gag des Managers? Selbst LeyLa hatte gesagt, sie traue ihm einiges zu. Das ginge auf jeden Fall zu weit. Mit dem Tod eines Menschen machte man keine Witze und auch keine Werbung.

Charlotte ging zum Schreibtisch, schaltete den Computer aus, zog sich an, schlüpfte in eine wärmere Jacke, schnappte sich den Autoschlüssel und verließ die Wohnung. Vielleicht ließ sich vor Ort etwas herausfinden.

Während der Fahrt versuchte sie erneut, Andi zu erreichen und bekam diesmal ein Freizeichen.

»Ich fürchte, es ist wahr«, sagte er ohne Begrüßung. »Ich weiß noch keine Details, es ist alles sehr unübersichtlich. Ich melde mich später wieder.« Er legte auf.

Charlotte stand an einer roten Ampel und haderte mit sich. Sie wusste, es gab nichts Schlimmeres als Neugierige, die im Weg herumstanden und womöglich wichtige Spuren vernichteten.

Andererseits war sie Profi. Sie wusste, wie man sich zu verhalten hatte. Und sie hatte das Opfer gekannt.

Ausreden, sagte sie sich.

Ich will doch nur wissen, was passiert ist.

Schon von Weitem waren die Blaulichter der Polizeiwagen zu sehen. Sie fand am Jakobsplatz einen Parkplatz und lief Richtung Hotel.

Für einen Mordfall war es erstaunlich ruhig. Die Gegend war weiträumig abgesperrt, uniformierte Beamte sorgten dafür, dass niemand, der nicht berechtigt war, die Absperrung durchbrechen konnte. Von Andis Team war niemand zu sehen.

Das konnte vielleicht bedeuten, dass der Tatort im Hotel oder in der Nähe lag. Dank der Uhrzeit standen nur wenige Menschen am Absperrband. Eine Gruppe Jugendlicher, die offensichtlich intensiv gefeiert und dabei zu tief ins Glas geschaut hatte, lief laut krakeelend vom Hotel *Adina* weg Richtung Fußgängerzone.

Im Haus gegenüber hatten einige Bewohner ihre Fenster geöffnet und beobachteten das Treiben auf der Straße und im Hotel.

Charlotte wagte einen Blick in den fünften Stock. Soweit sie es von ihrer Position aus sehen konnte, waren die Vorhänge zugezogen. War das der Ort des Verbrechens? Lara hatte gesagt, sie sei in der Nähe des Hotels gefunden worden.

Charlotte schaute sich um. Wie weit konnte man Nähe definieren?

Sie sah ein, dass sie hier nichts erfahren würde und wandte sich ab. Andi würde sie informieren, sobald er Näheres wusste.

Sie ging zurück zu ihrem Wagen, als ihr Sabrina begegnete.

»Was machst du denn hier?«, fragte diese überrascht.

»Ich war ihr Bodyguard«, erwiderte Charlotte wahrheitsgemäß. »Habe offensichtlich keinen guten Job gemacht.«

»Wessen Bodyguard?«

»LeyLas.«

Sabrina runzelte die Stirn. »Es ist nicht LeyLa«, sagte sie.

»Was?« Charlotte erstarrte. »Aber alle behaupten das.«

»Wer?«

»Die sozialen Medien.«

Sabrina machte ein Geräusch, das ihre Meinung darüber deutlich zum Ausdruck brachte. »Die wissen immer alles besser. Ich muss weiter.«

»Wer ist es?«, rief Charlotte ihr hinterher.

»Keine Ahnung!«, rief Sabrina zurück. »Es ist aber definitiv nicht LeyLa. Ich habe gerade mit ihr gesprochen.«

Charlotte starrte ihr mit offenem Mund nach. *Wenn LeyLa nicht tot war – und der Himmel möge dafür sorgen, dass es wahr war – wer war die Tote? Ein anderer Hotelgast?*

Sie änderte ihren Plan und lief Sabrina hinterher.

»Kannst du mich mit reinnehmen?«, fragte sie, obwohl sie die Antwort kannte.

»Du weißt, dass das nicht geht. Andi würde mir den Kopf abreißen«, sagte Sabrina. »Das ist nichts gegen dich, Charly.«

»Schon klar.« Charlotte grinste. »Man kann es ja mal versuchen.«

Sabrina zog eine Grimasse und bückte sich, um unter der Absperrung hindurchzugehen.

Charlotte schaute sich das Hotel genauer an. Neben dem Eingang befand sich das Restaurant, von dem man auch direkten Zugang zum Haus hatte. Wie sie Andi kannte, war er gesichert.

Sie stellte fest, dass sie außer der Lobby und dem fünften Stock nichts vom *Adina* kannte. Selten hatte sie einen Auftrag so oberflächlich begonnen. Dass sie buchstäblich über Nacht dazu gekommen war, ließ sie nicht gelten.

Jedes Hotel brauchte Waren und saubere Wäsche, die geliefert wurden. In dieser Straße befand sich keine Lieferanteneinfahrt, zumindest keine sichtbare.

Charlotte drehte sich um und ging in die Jakobstraße, die auf der Rückseite um das Haus herumführte. Dort entdeckte sie die Einfahrt zur Tiefgarage. Der Hotelbereich war abgesperrt und wurde von uniformierten Polizisten bewacht. Genaugenommen war es nur ein Mann auf jeder Seite.

Charlotte wollte gerade aufgeben, als auf der anderen Seite ein Tumult entstand. Sie hörte laute Stimmen, was den Beamten auf ihrer Seite dazu veranlasste, sich erst umzudrehen und dann seinem Kollegen zu Hilfe zu kommen.

Sie zögerte nur den Bruchteil eines Augenblicks, schob alle Skrupel beiseite, schlüpfte unter dem Band hindurch und rannte im Schutz der Hauswand

Richtung Tiefgarage. Sie lief die Rampe hinunter und nutzte die Säulen als Deckung.

Vorsichtig folgte sie dem Schild *Zur Rezeption*, immer damit rechnend, dass sie jemandem begegnete, der sie wegschickte. Solange es nicht Andi oder jemand aus seinem Team war, war alles gut. Sie konnte immer noch behaupten, ein Hotelgast zu sein.

»Ich Depp«, flüsterte sie, als ihr einfiel, dass sie die Liftkarte zu Hause vergessen hatte. Wie sollte sie jetzt in die fünfte Etage kommen?

Zunächst einmal musste sie jedoch in das Haus gelangen.

Charlotte schaute sich um. Es war verdächtig ruhig. Wo waren alle? Für eine Mordermittlung – und sie ging davon aus, dass es eine war – war es viel zu leise. Was war hier los?

Sie stand vor der Zugangstür zum Hotel. Mit Karte wäre sie innerhalb von Sekunden drin, aber ohne?

Es war unwahrscheinlich, dass Gäste auftauchten, denen sie ins Haus folgen könnte. Was tun?

Sie erinnerte sich vage daran, dass sich neben der Einfahrt zur Tiefgarage eine graue Stahltür befunden hatte. Sie lief leise zurück zum Tor und lugte vorsichtig um die Ecke. Beide Beamte standen mit dem Rücken zu ihr an der Absperrung. Der Abstand zur Tür betrug circa drei Meter.

Charlotte versuchte, weitere Details zu erkunden. Die Tür hatte einen Knauf und ein Schloss; das ließ darauf schließen, dass sie versperrt war. War da ein Spalt? Charlotte blinzelte, schaute angestrengt zur Tür, sah einen Schatten, wo womöglich keiner war.

Sie musste es versuchen. Die Polizisten schauten nach wie vor in die andere Richtung. Eng an die Wand gepresst, schlich sie zur Stahltür und zog vorsichtig am Knopf. Zu ihrer großen Erleichterung ließ sie sich tatsächlich öffnen. Sie schlüpfte hinein, zog die Tür schnell zu und stand in völligem Dunkel.

Es roch nach Müll.

Eine Taschenlampe wäre nützlich gewesen. Patrick hatte ihr vor einigen Wochen erklärt, dank Handy habe sie immer eine dabei. Mit zitternden Händen zog Charlotte ihr Telefon aus der Hosentasche und hätte es beinahe fallen lassen.

Reiß dich zusammen! Du bist doch kein Anfänger!

Mit einer Hand tastete sie nach der Wand, lehnte sich dagegen, hielt die Hand schützend über ihr Display und aktivierte das Telefon. Sie gab die PIN ein und entdeckte erneut zwei SMS von Jacob. Den hatte sie vollkommen vergessen. Bis jetzt!

»Du nervst«, zischte sie, löschte die Nachrichten und suchte auf dem Handy nach etwas, das wie eine Taschenlampe aussah. Nichts.

Was genau hatte Patrick gesagt? Er hatte weniger gesprochen, stattdessen wie wild auf dem Monitor herumgewischt. Charlotte fuhr mit dem Finger ebenfalls über den Bildschirm, ohne Erfolg.

Verfluchte Technologie!

Aber immerhin leuchtete der Monitor so weit, dass sie die Umgebung um sich herum sehen konnte. Blöderweise ging das Licht nach weniger als einer Minute aus.

Damit sparst du Batterie.

»Vielen Dank dafür, Patrick«, flüsterte Charlotte und aktivierte den Monitor mehrmals hintereinander. Dabei fuhr sie aus Versehen mit dem Daumen von oben nach unten und entdeckte, gerade als das Licht wieder erlosch, die Funktion *Taschenlampe.*

Jaaaa!

Nach dem zweiten Versuch schaffte sie es, die App zu aktivieren und hatte jetzt einen hellen Lichtkegel, mit dessen Hilfe sie sich orientieren konnte.

Charlotte wischte sich den Schweiß von der Stirn.

Vor ihr standen große, grüne Mülltonnen. Sie rümpfte die Nase, aber sie hatte keine Zeit, sich über üble Gerüche aufzuregen. Mit dem Handy leuchtete sie den Raum aus und entdeckte zwei Türen, die ins Hotel führten. Sie ging zur ersten, drückte die Klinke und stieß einen leisen Schrei aus, als die Tür nachgab.

Sie schaltete die Taschenlampe aus, um Batterie zu sparen. Ihr Akku hatte nur noch zwanzig Prozent. Charlotte öffnete die Tür einen Spalt weit und lauschte. In der Ferne waren Stimmen zu hören, sonst war alles ruhig. Sie verließ den Müllraum und erschrak, als das Licht anging. In einer Ecke entdeckte sie den Bewegungssensor. Hektisch hielt sie nach einer Kamera Ausschau, konnte aber keine entdecken. Ihre Knie zitterten.

Als sie sicher war, dass sich niemand in ihrer Nähe befand, schaute sie sich um. Ihr gegenüber war eine Eisentür mit der Beschriftung *Tiefgarage.* Links führten vier Stufen nach oben, rechts drei nach unten.

Charlotte entschied sich für links und gelangte durch eine weitere Tür ins Treppenhaus. Sie beugte sich vor und versuchte, nach oben zu schauen. Aber alles, was sie sah, waren Treppen.

»Na, dann wollen wir mal«, murmelte sie leise vor sich hin und begann, nach oben zu steigen. In jedem Stockwerk hielt sie kurz an, um nach verdächtigen Geräuschen zu lauschen. Immer wieder vernahm sie Stimmen, mal näher, mal weiter entfernt, aber sie bekam nie jemanden zu Gesicht, dem diese Stimmen gehörten.

Einmal glaubte sie, Andis Stimme zu erkennen, und hielt vor Schreck die Luft an. Weil dem einen Satz, den sie gehört hatte, nichts mehr folgte, nahm sie an, sich geirrt zu haben. Sie hoffte es zumindest. Andi hatte für alles Verständnis, nicht aber für ihre Alleingänge. Und ganz sicher nicht dafür, dass sie sich unerlaubt an einem mutmaßlichen Tatort aufhielt.

Schließlich stand sie etwas atemlos in der fünften Etage. Normalerweise konnten die Türen nur mit einer entsprechend programmierten Karte geöffnet werden, zum Beispiel mit der Zimmerkarte. Oder einer Liftkarte.

»So hatte ich wenigstens mein Training«, murmelte Charlotte und drückte erneut eine Türklinke vorsichtig nach unten. Und – oh Wunder! – auch diese Tür ließ sich öffnen.

Charlotte atmete tief ein, drückte entschlossen die Tür auf und stand im vertrauten Flur des fünften Stockwerks. Statt des erwarteten Gewusels von Polizisten und Kriminaltechnikern herrschte gähnende Leere und eine fast unheimliche Stille.

Eines war damit klar: Diese Etage konnte nicht der Ort des Verbrechens gewesen sein.

Charlotte atmete erleichtert auf. Allzu lange wollte sie sich hier dennoch nicht aufhalten. Sie klopfte an die Tür des Apartments. Keine Reaktion. »LeyLa? Bist du da?«, rief sie.

Sie probierte es zwei Mal und wollte gerade wieder gehen, als sich die Tür zu LeyLas Zimmer einen Spalt weit öffnete.

»Charly?«

Obwohl sie inzwischen wusste, dass LeyLa nicht das Opfer war, ging Charlotte vor Erleichterung fast in die Knie, als sie die Stimme der Rapperin hörte.

Charlotte lief zu ihr. »Ja, ich bin's, Charly. Geht es dir gut? Was ist passiert?«

LeyLa schob die Tür weiter auf. Sie weinte, ihr Make up war verschmiert.

Charlotte betrat das Zimmer und zog die Tür hinter sich zu. Mit einem schnellen Blick in die beiden Schlafzimmer vergewisserte sie sich, dass sonst niemand anwesend war.

»Ist alles in Ordnung? Was ist passiert?«

LeyLa hatte sich aufs Sofa geworfen und weinte hemmungslos.

Charlotte ging zu ihr, setzte sich daneben und strich ihr sanft über den Arm, bis sie sich einigermaßen beruhigt hatte.

»Was ist denn los?«, fragte sie, als nur noch vereinzelte Schluchzer zu hören waren.

»Lisa ist tot«, stammelte LeyLa und schnäuzte sich.

»Lisa ist tot«, wiederholte Charlotte mechanisch und versuchte, den Satz zu verstehen. »Wer ist Lisa?«, wandte sie sich an LeyLa und löste damit einen weiteren Weinkrampf aus.

11

Wer ist Lisa?«, fragte Charlotte erneut. »Lisa Müller. Sie ist – sie war meine Doppelgängerin«, erwiderte LeyLa unter Schluchzen.

»Wie bitte? Welche Doppelgängerin?«

»Sie soll die Leute abwimmeln. Sollte.«

»Welche Leute?«

LeyLa schaute sie aus rotgeränderten Augen an. »Die Fans. Und die Presse.« LeyLa schüttelte traurig den Kopf. »Ich kann es nicht fassen, dass sie tot ist.«

»Ist es ganz sicher, dass es Lisa ist? Hat die Polizei das bestätigt?«

»Harry sagte, sie haben ihren Ausweis gefunden. Einer von uns muss sie aber noch identifizieren.« LeyLa brach erneut in Tränen aus.

Charlotte hätte gerne mehr gewusst, aber sie zügelte ihre Neugierde. Jetzt war sicher nicht der richtige Zeitpunkt, um über den Fundort einer Leiche zu sprechen. Noch dazu, wenn die anwesende Person offensichtlich ein enges Verhältnis zu der Toten gehabt hatte.

»Warum habt ihr mir nichts von einer Doppelgängerin gesagt?«, wollte sie trotzdem wissen, nachdem LeyLa sich wieder beruhigt hatte.

»Es war Harrys Entscheidung.« Die Musikerin warf ihr einen fast schüchternen Blick zu. »Er wollte dich testen.«

Charlotte stand der Mund offen. »Er wollte mich testen?«

LeyLa zuckte mit den Schultern. »Ich glaube, das hat nichts mit dir persönlich zu tun«, sagte sie. »Es ist typisch Harry. Er liebt solche Spielchen.«

Na vielen Dank auch! Kein Wunder, dass dieser Job so verkorkst ist.

»Aber warum eine Doppelgängerin?«

»Er hat sie engagiert, kurz nachdem das mit den Briefen anfing«, sagte LeyLa. »Wir nahmen sie erst nicht ernst, es kommt ja häufig wirres Zeug. Das meiste spielt sich zwar im Netz ab, aber es gibt eben auch Spinner, die sich die Mühe machen und einen Brief schreiben. Und oftmals auch was beilegen.« Sie schauderte.

Charlotte wollte sich gar nicht vorstellen, was mancher Perverse sich da einfallen ließ.

»Später wurden die Briefe heftiger, persönlicher. Es war unverkennbar, dass einige Briefe immer vom selben Absender kamen. Harry schaltete die Polizei ein. Die spielten das zwar uns gegenüber alles herunter, aber uns war klar, dass sie die Sache sehr ernst nahmen. Eines Tages kam Harry zu mir und wollte wissen, was ich von einer Doppelgängerin halten würde. Ich sagte ihm, dass er komplett spinne. Wo sollte die herkommen?« Sie lächelte schief. »Ich halte mich nicht für was Besonderes oder so, aber dass es mich zwei Mal geben sollte, kam mir doch ziemlich seltsam vor.«

LeyLa fuhr sich durch die Haare, schwieg lange. Charlotte zwang sich zum Ruhigsitzen.

»Eines Tages«, fuhr LeyLa fort, »circa eine Woche später oder so schleppte er Lisa an. Ich konnte es nicht glauben. Das sollte meine Doppelgängerin sein?« Sie schaute Charlotte fragend an. »Du hast sie nie gesehen, oder?«

»Nein«, sagte Charlotte. »Und wenn, war es mir nicht bewusst.«

LeyLa griff nach ihrem Handy, das auf dem Tisch lag, aktivierte es und scrollte eine Weile, hielt es Charlotte entgegen. »Hier, das ist sie.«

Charlotte nahm das Telefon und betrachtete das Foto. Sie erkannte die junge Frau mit den kurzen blonden Haaren sofort. Es war die Frau, die vor zwei Tagen neben ihr auf den Aufzug gewartet hatte. Auf dem Foto grinste sie und machte einen Schmoll- oder Kussmund. So genau war es nicht erkennbar.

»Das soll deine Doppelgängerin sein?«

LeyLa nickte und nahm das Handy zurück. »Genau so reagierte ich auch.« Wieder wischte sie über den Bildschirm, hielt das Telefon hoch. »Und jetzt schau dir das an.«

Auf dem Foto war LeyLa zu sehen.

»Ja und? Das bist du.«

»Nein, eben nicht. Das ist Lisa. Als ich.«

Verblüfft nahm Charlotte das Handy an sich und betrachtete das Foto genauer. Und tatsächlich – wenn man genauer hinschaute, passte einiges nicht: Die Nase war zu breit, die Augen zu weit auseinander, der Mund zu voll.

»Wahnsinn!«, sagte sie.

»Meine Worte, als ich sie zum ersten Mal sah«, bestätigte LeyLa. »Es war seltsam, plötzlich sich selbst gegenüber zu stehen.«

»Das kann ich mir vorstellen.« Charlotte reichte LeyLa das Telefon. »Aber wozu das Ganze?«

»Die Polizei hatte behauptet, der Briefeschreiber käme auch aus Berlin. Ich habe keine Ahnung, wie sie darauf gekommen sind. Vermutlich, weil er vieles von mir wusste, was man nur weiß, wenn man mich regelmäßig beobachtet.« Wieder schüttelte es sie. Charlotte strich ihr beruhigend über den Rücken. »Harry meinte, Lisa würde viele Aktivitäten übernehmen, um mich zu schützen.«

»Er hat Lisas Leben riskiert, um deines zu schützen?«

LeyLa hielt sich erschrocken die Hand vor den Mund. »Ich fürchte, wir empfanden das immer nur als Spiel«, gestand sie.

»Bis jetzt«, sagte Charlotte trocken und bereute es sofort. LeyLas Augen füllten sich erneut mit Tränen.

»Tut mir leid, so habe ich das nicht gemeint«, fügte sie schnell hinzu und wollte die junge Frau umarmen, aber LeyLa wich zurück.

Warum musste sie sich immer wie der sprichwörtliche Elefant benehmen, anstatt Feingefühl zu zeigen?

LeyLa beruhigte sich rasch.

»Tut mir wirklich leid«, wiederholte Charlotte. »Es war dumm, das zu sagen. Du kannst ja nichts dafür.«

»Doch. Immerhin habe ich zugestimmt. Hätte ich Nein gesagt, hätte Harry Lisa niemals engagiert. Dann wäre sie vielleicht noch am Leben.«

»Möglich«, sagte Charlotte. »Aber sicher kannst du nicht sein. Ich ...«

Die Tür wurde aufgerissen, Harry erschien. »Die Polizei will noch mal ...« Er stockte, als er Charlotte sah. »Was machen Sie denn hier?« Es klang weniger aggressiv als überrascht.

Er hatte tiefe Furchen unter den Augen, die verdächtig rot aussahen. Als habe er geweint.

Bevor Charlotte etwas sagen konnte, fuhr LeyLa ihn an: »Sie passt auf mich auf, während du mich allein gelassen hast.«

»Aber ich ...«, begann der Manager und wirkte hilflos. Er deutete hinter sich, sagte: »Die Polizei wollte mich sprechen. Da kann ich doch nicht Nein sagen.«

Charlotte war aufgestanden und bot ihm ihren Platz auf dem Sofa an. Er schüttelte den Kopf.

»Die Polizei will noch einmal mit LeyLa reden«, sagte er. Und zu der Musikerin gewandt: »Ist das okay?«

Als Antwort zuckte sie nur mit den Schultern.

Harry verschwand. Charlotte hörte, wie er sagte, dass es okay sei, aber nur ein paar Minuten, LeyLa sei sehr mitgenommen.

Er trauert, hat aber immer noch Beschützerinstinkte, dachte Charlotte bewundernd. Bevor sie darüber nachdenken konnte, wie sie darauf kam, dass der Manager um Lisa trauerte, hörte sie eine allzu vertraute Stimme und wäre am liebsten unsichtbar geworden.

»Hallo LeyLa«, sagte Andi und betrat hinter Harry das Zimmer. »Schön, dass Sie ...« Er entdeckte Charlotte und stutzte.

»Ich bin LeyLas Bodyguard«, sagte Charlotte schnell.

Andis Augen verengten sich einen Moment lang, dann lächelte er und sagte: »Verstehe. Könnten Sie bitte draußen warten?«

»Kann sie nicht hierbleiben?«, bat LeyLa und klang wie ein verängstigtes Kind.

»Tut mir leid, das geht nicht. Sie würde womöglich Details erfahren, die niemanden etwas angehen außer uns«, erwiderte Andi und fixierte dabei Charlotte.

»Kein Problem, ich gehe schon«, sagte sie. Zu LeyLa gewandt, fügte sie hinzu: »Ich warte. Es ist die übliche Prozedur, du musst keine Angst haben. Ich kenne ihn, er ist nett«, sagte sie noch und warf Andi ein boshaftes Grinsen zu.

»Sie können in meinem Zimmer warten«, bot Harry an.

Charlotte folgte Harry und traf im Flur auf Sabrina. Erstaunt schaute sie Charlotte an. »Wie bist du – ach, ich glaube, ich will es gar nicht wissen«, sagte sie und ging an ihr vorbei.

Harrys Schlafzimmer war spiegelverkehrt zu LeyLas, nur herrschte hier viel mehr Unordnung. Während sich auf LeyLas Schreibtisch nur ihr Laptop und ihr Buch befanden, in das sie ihre Ideen und Texte schrieb, lagen auf seinem Tisch zerknüllte Papiere, Leitz-Ordner, eine Socke, eine Krawatte, mindestens drei angebrochene Packungen Zigaretten, diverse Streichholzschachteln und -briefchen. Daneben standen zwei schmutzige Teller und eine benutzte Tasse. Es roch nach kaltem Rauch.

Dass das Bett zerwühlt war, war der Uhrzeit geschuldet, aber auf dem Boden lagen mehrere Häufchen Klamotten.

Harry schien sich des Chaos' bewusst zu werden, denn er stieß die Häufchen mit dem Fuß zu einem großen zusammen. Danach tigerte er auf und ab, zog eine zerknitterte Packung Zigaretten und ein Feuerzeug aus der Hosentasche und zündete sich eine an.

Charlotte deutete auf das Nichtraucher-Schild auf dem Schreibtisch.

»Ist mir scheißegal. Was jucken mich die hundertfünfzig Euro Reinigungsgebühr? Lisa ist tot.«

Das war Charlottes Stichwort. »Warum haben Sie nichts von ihr gesagt? Womöglich hätten wir das hier verhindern können.«

»Glauben Sie, ich weiß das nicht?«, herrschte er sie an. Er nahm einen tiefen Zug von der Zigarette, drückte sie mangels Aschenbecher auf einem der Teller aus.

»Tut mir leid«, sagte er in ruhigerem Ton. »Meine Nerven liegen gerade etwas blank.«

»Kann ich mir gut vorstellen«, erwiderte Charlotte. »Dennoch – was haben Sie sich dabei gedacht?«

»Offensichtlich nichts.« Er setzte sich aufs Sofa, sprang aber sofort wieder hoch.

Charlotte war bisher stehen geblieben, nahm nun aber selbst auf dem Sofa Platz.

Es brachte nichts, ihm Vorwürfe zu machen; das machte Lisa auch nicht wieder lebendig. Aber sie musste mehr über seine Gründe erfahren, warum er sie überhaupt engagiert hatte.

»LeyLa hat mir erzählt, dass Sie Lisa wegen der Drohbriefe eingestellt haben«, begann sie.

»Das ist korrekt«, erwiderte er. Er berichtete von den ersten, eher harmlosen Briefen, die mit der Zeit immer heftiger und persönlicher wurden und bestätigte damit LeyLas Version.

»Zwischendurch kamen welche mit konkreten Morddrohungen«, sagte er. »LeyLa weiß nichts davon und ich will, dass das so bleibt.«

»Von meiner Seite dürfte es da kein Problem geben«, sagte Charlotte. »Aber ob die Polizei darauf Rücksicht nimmt, steht auf einem anderen Blatt.«

»Sie wird mich dafür hassen«, stöhnte er.

»Das glaube ich nicht. Sie weiß, dass Sie sie beschützen wollen.«

Harry warf ihr einen Blick zu, als wolle er sagen: Kannst du da nicht was machen?

»Wusste die Berliner Polizei von Lisa?«, fragte sie.

»Natürlich. Anfangs waren sie nicht begeistert, denn es bestand die Gefahr, dass der Stalker sich Lisa an Stelle von LeyLa schnappt.«

Was er jetzt auch getan hat!

Endlich hörte er auf herumzulaufen, zog den Schreibtischstuhl heraus und setzte sich verkehrt herum darauf.

»Sie haben schließlich doch zugestimmt«, fuhr er fort. »Unter der Voraussetzung, dass Lisa nie allein als LeyLa unterwegs ist. Das war auch der Plan. Lisa sollte LeyLa vor allem bei Terminen vertreten, wo der Kontakt zu den Menschen nicht so eng war. Zum Beispiel bei Pressekonferenzen.«

»Oder wenn der künftige Bodyguard interviewt wird«, warf Charlotte trocken ein.

Der Manager fuhr sich mit der Hand über die Augen.

»Es war Lisas Idee. Sie meinte, man müsse testen, ob Sie schlau genug wären zu erkennen, dass sie nicht LeyLa ist.«

»Offensichtlich habe ich den Test nicht bestanden.«

Harry verzog den Mund zu einem traurigen Grinsen. »Das würde ich so nicht sagen. Immerhin wurden Sie misstrauisch. Ich sagte Lisa, dass der Hund nicht mit soll. Aber sie hat dieses Tier abgöttisch geliebt.«

Er sprang hoch. »Wo ist das Vieh eigentlich?«, murmelte er und verließ das Zimmer.

Charlotte hörte Stimmen, kurze Zeit später kehrte er mit dem vollkommen verängstigten Hund auf dem Arm zurück.

»Sie hatte sich unter dem Bett verkrochen, die Bullen haben sie glatt übersehen«, sagte er.

Charlotte überhörte die despektierliche Bezeichnung und fragte: »Sie?«

»Ewa. Es ist ein Weibchen. Lisa hat sie nach Schwesta Ewa benannt.« Harry schaute sie erwartungsvoll an.

»Sorry, sagt mir nichts«, erwiderte Charlotte. »Müsste ich sie kennen?«

»Sie ist Rapperin«, erklärte Harry. »Lisa war ein großer Fan von ihr.«

Charlotte machte sich eine gedankliche Notiz, diese Schwesta Ewa zu recherchieren.

»Was passiert jetzt mit ihr?«, wollte sie wissen.

»Mit Schwesta Ewa?«

Charlotte verkniff sich ein Lachen und zeigte auf den Hund. »Nein, mit ihr.«

Harry schien sich erst da wieder der Anwesenheit des Tieres bewusst zu werden. Er beugte sich nach vorn und ließ den Hund auf den Boden springen. Er lief schnurstracks auf Charlotte zu, beschnupperte sie ausgiebig, rollte sich daraufhin neben ihren Füßen ein.

»Keine Ahnung, offen gestanden. Sie scheint Sie zu mögen.«

Ich sie aber nicht, dachte Charlotte. Laut sagte sie: »Ich habe keine Zeit für ein Haustier. Ich bin zu viel unterwegs.«

Harry zuckte mit den Schultern. Auf einmal schien ihm das Schicksal des Köters egal zu sein.

Charlotte wollte ihn gerade dazu auffordern, ihr mehr über Lisa zu erzählen, als sich die Tür öffnete und Sabrinas Kopf erschien.

»Wir sind fertig, Sie können wieder reinkommen«, sagte sie.

Charlotte folgte Harry, obwohl nicht klar war, ob Sabrina auch sie gemeint hatte. Der Hund hob den Kopf, sah, dass niemand mehr da war und schoss gerade rechtzeitig durch den Spalt, bevor Harry die Tür schloss.

LeyLa sah mitgenommen, aber gefasst aus. In der Hand hielt sie eine Visitenkarte. Vermutlich die von Andi, der offensichtlich schon gegangen war.

»Wenn Ihnen noch etwas einfällt, egal wie banal es Ihnen vorkommen mag, rufen Sie uns an. Verstanden?« Sabrina schaute sowohl LeyLa als auch Harry eindringlich an, bis beide folgsam nickten. »Wir haben draußen einen Mann postiert. Wenn etwas geschieht, was nicht normal ist, geben Sie ihm bitte umgehend Bescheid. Noch weiß der Täter nicht, dass er die Falsche erwischt hat. Aber wir werden es nicht allzu lange verheimlichen können. Er könnte es also noch einmal versuchen.«

LeyLa entfuhr ein Schluchzer, sie hielt sich die Hand vor den Mund und schaute Sabrina mit schreckgeweiteten Augen an.

»Ich will um Himmels willen nicht den Teufel an die Wand malen«, erklärte Sabrina beruhigend. »Aber wir müssen leider mit allem rechnen. Es heißt jetzt vor allem ruhig bleiben. Ich weiß, das ist leichter gesagt als getan, dennoch müssen Sie es versuchen.«

»Kann Charly nicht auf mich aufpassen?«, fragte LeyLa.

Sabrina runzelte die Stirn und warf Charlotte einen fragenden Blick zu. Diese zuckte mit den Schultern.

»Klar, es ist ja mein Job. Und sie haben mich genau dafür engagiert«, erwiderte sie.

»Ich muss das mit And…, mit meinem Boss besprechen«, sagte Sabrina. »Er wird vermutlich nichts dagegen haben, denn wir können eigentlich keinen einzigen Beamten entbehren. Personalknappheit!«, fügte sie entschuldigend hinzu.

Charlotte war sich nicht so sicher, ob Andi dem zustimmen würde. Andererseits wusste sie um den Personalnotstand bei der Polizei; und sie würde ihm womöglich Infos liefern können, an die er ohne sie nicht so ohne Weiteres rankäme.

Das schien jedoch auch Harry zu befürchten. Er wandte sich ihr zu.

»Sie kennen Herrn Wallner?«

Charlotte entschied sich für die halbe Wahrheit.

»Ja, wir haben schon in einigen Fällen zusammengearbeitet. Nürnberg ist nicht so groß, da läuft man sich zwangsläufig immer wieder über den Weg, wenn man im selben Metier arbeitet.«

Sie vermied es, Sabrina direkt anzuschauen, sah aber aus den Augenwinkeln heraus deren spöttisches Gesicht.

Harry schien ihre Antwort zufriedenzustellen, denn er drehte sich zu LeyLa. »Wenn du es möchtest, kann sie natürlich bleiben«, sagte er.

»Ich will das unbedingt. Ich vertraue ihr.«

Autsch, dachte Charlotte, aber der Manager schien das weniger auf sich als auf die Polizei zu beziehen.

»Gut«, sagte sie laut. »Kann euer Mann noch ein bisschen hierbleiben? Ich muss nach Hause und ein paar Sachen holen.«

Sabrina nickte. »Klar, das ist kein Problem. Ich sag ihm Bescheid und du meldest dich, wenn du übernimmst.«

»Mach ich«, bestätigte Charlotte. »Was ist mit den Zimmern?«

Sabrina schaute sie fragend an.

»Können LeyLa und ihr Manager hier bleiben?«

»Vorerst ja«, antwortete die Polizistin. »Wir gehen derzeit nicht davon aus, dass eines dieser Zimmer der Tatort ist. Vermutlich ist es ihr eigenes Zimmer. Wenn überhaupt.« Sie schaute die Anwesenden streng an. »Das haben Sie aber nie gehört, verstanden? Kein Wort zur Presse, sonst haben Sie hier keine ruhige Minute mehr.«

»Die haben wir sowieso nicht«, meinte Harry lakonisch. Er hielt sein Handy hoch. »Ich habe es abgeschaltet. Es wäre sonst heiß gelaufen. Was glauben Sie, was da draußen jetzt los ist.«

Charlotte dachte an Patrick, der immer noch der Meinung war, dass es Ley-

La getroffen hatte. Sie würde mit Andi klären, ob sie ihm die Wahrheit sagen durfte.

»Ich muss los«, warf Sabrina in die Runde. »Wie gesagt: Wenn es etwas gibt, egal was, – rufen Sie uns an. Oder sagen Sie Charly Bescheid, sie weiß, was zu tun ist. Und kein Wort zu niemandem. Ich schätze, wir sehen uns im Laufe des Tages wieder. Versuchen Sie, etwas zu schlafen oder zumindest zur Ruhe zu kommen. Gute Nacht.«

Charlotte folgte Sabrina auf den Flur hinaus. Die Polizistin machte den Beamten, der vor LeyLas Apartment auf einem Stuhl saß, mit Charlotte bekannt und gab ihm genaue Instruktionen. Charlotte begleitete sie zum Lift.

»Ich schätze, du kannst dich auf eine gesalzene Gardinenpredigt einstellen«, sagte Sabrina, während sie warteten.

Charlotte bemühte sich um ein Lächeln, das aber misslang. »Und vermutlich nicht zu Unrecht«, erwiderte sie. »Ich hätte jemanden wie mich in der Luft zerrissen.«

»So schlimm wird es schon nicht werden«, versuchte Sabrina sie zu trösten und hielt mit der Hand die Fahrstuhltür auf. »Ich denke, er ist vor allem sauer, dass es dir überhaupt gelungen ist, reinzukommen. Heißt ja, dass wir versagt haben.«

Charlotte schüttelte den Kopf. »Nein, habt ihr nicht. Ich hatte einfach eine gehörige Portion Glück.«

Sabrina grinste. »Und einen verdammt sturen Schädel. Ich denk an dich.« Sie betrat den Lift und drückte die E-Taste. »Bis später«, rief sie, bevor sich die Türen schlossen.

»Bis später«, sagte Charlotte leise und kehrte zurück zu LeyLa und Harry. Sie lächelte dem Polizisten zu und betrat das Zimmer.

Ewa schaute hoch und wedelte eifrig mit dem Schwanz.

Such dir eine andere Freundin!

»Ist alles okay bei dir?«, fragte Charlotte LeyLa. Sie nickte.

Harry bejahte ebenfalls.

»Gut, ich fahre rasch nach Hause und packe ein paar Sachen ein. Ich schlafe hier auf dem Sofa, das ist kein Problem. Könnten Sie bitte unten Bescheid sagen, dass ich einen Zimmerschlüssel bekomme? So muss ich niemanden wecken, wenn ich zurückkomme«, bat sie den Manager.

Harry verschwand in den Flur, wo sie ihn telefonieren hörte.

»Ist wirklich alles in Ordnung?«

LeyLa saß mit gesenktem Kopf zusammengerollt auf dem Sofa. Charlotte setzte sich neben sie. Die Rapperin hob langsam den Kopf.

»Wie kann alles in Ordnung sein, wenn Lisa tot ist?«, fragte sie leise.

»Es war eine blöde Frage«, gab Charlotte zu. »Tut mir leid. Ich würde jetzt schnell nach Hause fahren und ein paar Klamotten zusammenpacken. In einer Stunde bin ich wieder hier. Draußen steht ein Beamter, der passt auf, dass nichts passiert. Okay?«

LeyLa nickte.

Harry kam zurück und sagte, die Karte für das Zimmer liege unten an der Rezeption bereit.

»Gut, ich mache mich auf den Weg«, erwiderte Charlotte.

Leises Jaulen ertönte. Ewa lag eingerollt neben dem Sofa und ließ Charlotte nicht aus den Augen.

»Muss der Hund raus?«, fragte Charlotte.

Harry zuckte mit den Schultern. »Keine Ahnung. Ich weiß nichts über Hunde.«

»Nachts nicht, nur morgens und abends und zwischendurch mal«, mischte LeyLa sich ein. »Hat Lisa mir mal gesagt«, fügte sie hinzu, als Harry sie verblüfft anstarrte.

»Sie vermisst ihr Frauchen«, mutmaßte Charlotte. Sie strich LeyLa sanft über die Schulter, nickte dem Manager zu und verließ das Apartment, das lauter werdende Jaulen des Hundes ignorierend.

Dem Mann vor der Tür sagte sie, dass sie in einer Stunde zurückkommen und ihn ablösen würde. Er schien nicht traurig darüber zu sein.

Sie holte an der Rezeption ihre Zimmerkarte ab, steckte sie ein und verließ das Haus. Von ein paar Beamten abgesehen, die dafür sorgten, dass kein Unbefugter den abgesperrten Bereich betrat, war es ruhig.

»Danke. Ich bin LeyLas Bodyguard«, sagte sie zu dem Polizisten, der ihr das Band hochhielt. »Ich hole nur ein paar Sachen und komme wieder.«

»Ja, wir wissen Bescheid«, erwiderte er. »Frau Schramm hat uns informiert.«

Charlotte dankte ihm und ging zu ihrem Wagen. Aus der Ferne sah sie am Kornmarkt ebenfalls ein Absperrband flattern. Hing das mit Lisas Tod zusammen?

Sie würde Andi fragen, aber vermutlich würde er ihr keine Antwort geben. Wenn er denn überhaupt mit ihr redete.

III

Während sie durch die dunklen Straßen fuhr, dachte sie über das Gespräch vom Sonntag mit Harry und LeyLa beziehungsweise Lisa nach. Wäre sie nicht durch das Zusammentreffen mit Jacob so irritiert gewesen, hätte sie sofort gemerkt, dass es nicht LeyLa war, die ihr gegenüber saß. Nicht nur der Hund hätte ihr das verraten müssen, sondern auch Stimme, Gestik und Mimik.

Sie rief sich einzelne Szenen ins Gedächtnis zurück und erkannte, dass sie auf der ganzen Linie versagt hatte.

»Verdammt, Charly, wo ist deine Beobachtungsgabe?«, schimpfte sie.

Lisa hatte sich vollkommen anders bewegt als LeyLa, vor allem aber besaß sie eine viel rauere Stimme. LeyLas Stimme war zwar ebenfalls dunkel, klang dabei aber besonders kraftvoll, während Lisas Stimme eher an ein Reibeisen erinnert hatte.

»Wo war ich nur mit meinem Kopf?«, murmelte Charlotte und wusste die Antwort eigentlich schon: bei Jacob.

Wie konnte es sein, dass die kurze Begegnung mit diesem Mann sie so aus dem Konzept gebracht hatte?

Charlotte war sich hundertprozentig sicher, dass sie für Jacob keine Gefühle mehr hegte. Zumindest keine positiven. Aber vielleicht war genau das das Problem: Da war noch jede Menge Wut in ihr. Immerhin hatte er sie zwei Tage vor einem Umzug in ein anderes Land im Stich gelassen!

Das war aber schon acht Jahre her! Wieso konnte sie das immer noch so sehr aufwühlen?

Charlotte wollte nicht darüber nachdenken. Sie parkte den Wagen in der Gabelsbergerstraße und lief die paar Meter zum Haus. Bevor sie zur Tür ging, schaute sie nach oben. Licht brannte keines, Andi war nicht da. Erleichterung machte sich in ihr breit, auch wenn ihr klar war, dass die Auseinandersetzung so nur aufgeschoben werden würde.

In der Wohnung angekommen, sah sie den Anrufbeantworter blinken. Vermutlich Patrick oder Lara, die wissen wollten, was los war. Sie würde sie vom *Adina* aus anrufen, musste aber vorher mit Andi oder Sabrina reden.

Charlotte holte ihre Reisetasche, die immer griffbereit für den nächsten Einsatz im Schrank stand, und packte den Laptop hinein. Im Geiste ging sie ihre persönliche Checkliste durch: Klamotten, Ladekabel für Handy und Laptop, Waschzeug – alles da. Für die nächsten drei Tage war sie erstmal gerüstet.

Charlotte wollte gerade die Wohnung verlassen, als sie den Schlüssel im

Schloss hörte. Das war ein gutes Zeichen: Er kam in ihre Wohnung, ging nicht in seine. So groß konnte sein Ärger diesmal nicht sein.

Sie erschrak, als sie sah, wie müde Andi aussah. In diesem Moment wirkte er wesentlich älter als einundfünfzig.

»Hi«, sagte sie leise.

»Hi«, gab er zurück und hängte den Schlüssel ans Brett.

Charlotte war erleichtert. Er redete. Es hatte auch schon Phasen gegeben, in denen er so wütend war, dass er tagelang geschwiegen hatte. Sie beschloss, in die Offensive zu gehen.

»Es tut mir leid«, bekannte sie kleinlaut und folgte ihm in die Küche. »Ich wollte weder einen Tatort verunreinigen noch eure Ermittlungen stören. Ich habe mir einfach nur Sorgen um LeyLa gemacht.«

Andi nahm sich ein Bier aus dem Kühlschrank, öffnete die Flasche und nahm einen großen Schluck. Schweigend ging er ins Wohnzimmer, schlüpfte aus den Schuhen und ließ sich auf die Couch fallen.

Charlotte lief hinterher wie ein folgsamer Hund. Einen Moment lang dachte sie sogar daran, sich zu seinen Füßen einzurollen, doch dann fiel ihr Ewa ein und sie blieb in der Tür stehen.

Andi beachtete sie nicht.

Charlotte wusste nicht, wie sie reagieren sollte. Sie wollte LeyLa nicht zu lange warten lassen, aber sie konnte unmöglich gehen, ohne wenigstens ein paar klärende Worte mit Andi gesprochen zu haben.

»Können wir kurz reden?«, fragte sie. »Womöglich sehen wir uns ein paar Tage nicht.«

Andi schaute hoch. »Wäre nicht das erste Mal.«

Charlotte schluckte. Natürlich waren sie häufiger getrennt, aber sie waren noch nie im Streit auseinandergegangen.

»Ich würde das gerne klären, bevor ich gehe.«

»Dass du mal wieder deine Grenzen überschritten hast? Da musst du nichts erklären, du hast es ja einfach gemacht. Wie schon so oft.« Andi klang bitter.

»Ich bin auch Polizistin. Ich weiß, wie ich mich an einem möglichen Tatort zu bewegen habe«, brauste Charlotte auf.

»Hattest du Überschuhe an? Hast du Schutzkleidung getragen? Wusstest du, welche Stellen im Hotel ein möglicher Tatort sein könnten?«

Jede Frage brannte schlimmer als eine Ohrfeige. Natürlich hatte sie all das nicht getan und nicht gewusst. Sie war einfach hineingetrampelt.

»Ist dir eigentlich klar, was du angerichtet haben könntest? Wenn wir auch nur ein Beweisstück im Hotel finden und herauskommt, dass du anwesend warst, können wir dieses Beweisstück vergessen. Jeder noch so dämliche Verteidiger wird uns in der Luft zerreißen. Denn wie soll ich beweisen, dass du nichts eingeschleppt hast?«

»Es muss doch niemand wissen, dass ich da war«, wagte Charlotte vorsichtig einzuwenden. Aber natürlich war ihr klar, dass sie von viel zu vielen Leuten gesehen worden war. Womöglich stand es sogar schon auf *Facebook*.

Andi erwiderte dementsprechend auch nichts darauf, schaute sie nur verächtlich an. Ihr Magen krampfte sich zusammen.

»Habt ihr schon einen Verdächtigen?«

Andi machte ein abwertendes Geräusch. »Das werde ich grad dir auf die Nase binden!«

»Wisst ihr, wer es in den sozialen Medien gepostet hat?«

»Marius kümmert sich darum.«

»Hat LeyLa euch von dem dicken Mann erzählt?«, bohrte sie weiter.

»Ja. Sie muss morgen, das heißt heute, ins Präsidium kommen, damit wir ein Phantombild anfertigen können.«

»Ich habe ihn auch gesehen«, erinnerte Charlotte ihn. »Er war bei der Pressekonferenz gestern Morgen. Ich vermute, er hat die Pralinen liegen lassen.« Kurz dachte sie an ihre Aktion mit der Tüte. Gut, dass Andi wenigstens davon nichts wusste.

»Ich muss los«, sagte sie. »Ich habe gesagt, ich bin nach einer Stunde wieder da. Die ist jetzt vorbei. Ich nehme ein Taxi, dann hast du das Auto.«

Schulterzucken war die einzige Reaktion auf ihre Worte.

Charlotte gab auf. Sie ging zum Sofa und beugte sich nach unten, um ihm einen Kuss zu geben. Sie hoffte, er würde sich ihr zuwenden, aber er blieb stocksteif sitzen. Sie drückte ihm den Kuss auf die Haare und strich ihm sanft über den Rücken.

»Arbeite nicht zu viel«, flüsterte sie, nahm ihre Tasche und verließ die Wohnung. Während sie die Treppe hinunterging, wählte sie die Nummer der Taxizentrale und bestellte einen Wagen. Draußen dämmerte es bereits, weshalb sie im Treppenhaus wartete, um sich vor neugierigen Blicken zu schützen.

Wie auf Kommando öffnete sich die Tür ihrer Vermieterin und Freundin Marita.

»Schalodde, was machsd'n du so früh scho auf?«

»Guten Morgen, Marita. Ich warte auf mein Taxi.« Charlotte hielt die Tasche hoch. »Neuer Einsatz.«

»Allmächd! Hoffendlich ned widda so was mit Derrorisdn.«

»Nein, ganz harmlos diesmal«, versicherte Charlotte ihr. »Ich passe auf eine Rapperin auf.«

»A Räbberin? Wos issn des?«

»Rappen ist eine Art Sprechgesang. Du kennst das doch aus dem Fernsehen. Meist sind es Männer, die rappen. Aber es gibt auch ein paar Frauen.«

Marita gegenüber fühlte Charlotte sich fast wie eine Expertin.

»Und warum mussd du auf die aufbassn?«

»Irgendein Idiot hat ihr Drohbriefe geschickt. Sie ist eigentlich zum Bardentreffen hier, hat vorher aber noch zwei Konzerte.«

»Wos? Bardentreffen is a scho widda? Mei, die Zeid vergehd, des glabst ned.« Marita schüttelte den Kopf. »Warum machsd du bloß so an gfährlichen Dschob? Verdient dei Mo ned gnuch?«

Charlotte musste lachen. Bei ihrem Einzug hatte sie den Dialekt ihrer Vermieterin kaum verstanden. Inzwischen kam sie ganz gut damit zurecht.

»Du weißt, dass ich nicht gerade die geborene Hausfrau bin«, erwiderte sie. Draußen ertönte ein Hupen. »Mein Taxi ist da. Ich muss los.«

»Bass auf dich auf, gell?«, rief Marita ihr nach.

Charlotte öffnete die Haustür, winkte dem Fahrer und sagte, zu Marita gedreht: »Na klar. Du weißt doch: Unkraut vergeht nicht.«

Sie gab dem Taxler die Tasche und nannte ihm die Adresse, setzte sich nach hinten und winkte Marita noch mal zu, die es sich nicht nehmen lassen wollte, ihr nachzuschauen.

Auch wenn ihr ihre Vermieterin manchmal mit ihrer Neugierde auf die Nerven ging, war Charlotte diesmal dankbar dafür. Immerhin hatte sie sie für ein paar Minuten von dem Zwist mit Andi abgelenkt.

IV

Ewa gebärdete sich wie wild, als Charlotte LeyLas Apartment betrat. Sie jaulte und quiekte und sprang immerzu auf und ab. Charlotte wusste sich nicht anders zu helfen, als den Hund auf den Arm zu nehmen. Sie schaffte es gerade noch, den Kopf wegzudrehen, bevor Ewa ihr aus lauter Dankbarkeit das Gesicht abschlecken wollte.

»Dir sollte mal jemand Manieren beibringen«, sagte sie. Sie tätschelte den Kopf des Tieres und setzte es zurück auf den Boden, wo es sich ein paar Mal im Kreis drehte und schließlich hinlegte.

Die Türen zu beiden Schlafzimmern waren geschlossen. Charlotte warf einen Blick in LeyLas Zimmer; die Rapperin schien tief und fest zu schlafen. Leise schloss sie die Tür und setzte sich aufs Sofa. Sie war müde, wusste aber, dass an Schlaf nicht zu denken war. Zu viele Gedanken schwirrten in ihrem Kopf herum.

Sie schob den Ärger mit Andi beiseite und begann, die Situation zu analysieren. Was wusste sie? Eigentlich nur, dass Lisa tot war. Das war verdammt wenig.

Patrick fiel ihr wieder ein. Sie nahm ihr Handy und schickte ihm eine SMS, in der sie ihm mitteilte, dass LeyLa am Leben, sie jetzt bei ihr sei und sich wieder melden würde.

Bei der Gelegenheit sah sie die alten Nachrichten von Jacob. Sie tippte *Leave me alone!* ins Handy und drückte auf Senden.

Ein paar Minuten später rief Patrick an, aber Charlotte drückte den Anruf weg. Sie wollte jetzt einfach nicht mit ihrem Sohn reden.

Während Nürnberg allmählich erwachte, wartete sie ungeduldig darauf, dass LeyLa oder Harry ebenfalls wach wurden. Sie brauchte dringend mehr Informationen.

Um sich die Wartezeit zu verkürzen, klappte sie den Laptop auf und suchte nach aktuellen Einträgen zu LeyLa. Im Netz hatte sich bereits herumgesprochen, dass die Rapperin am Leben war. Es blühten Spekulationen, wer wohl die Tote war. Von einer Doppelgängerin schien indes niemand etwas gewusst zu haben. Das war schon mal gut. Denn das hieß, der Täter hatte es auf LeyLa abgesehen, und die wurde jetzt beschützt.

Charlotte erschrak, als sich gegen halb sieben Harrys Tür öffnete. Ewa bellte. Charlotte steckte eine Hand nach ihr aus, woraufhin eine winzige Zunge über ihre Finger fuhr. Es kitzelte.

Verknall dich jetzt nicht in diesen Köter!, warnte sie sich.

Der Manager erschien mit zerknittertem Gesicht. Er trug nichts außer einer Boxershorts.

»Oh.« Er fuhr zurück, als er Charlotte sah.

»Keine Bange, ich hab schon mal einen Mann gesehen«, sagte sie. »Guten Morgen. Ich vermute mal, ich muss nicht fragen, ob Sie gut geschlafen haben.«

Harry knurrte etwas, verschwand und tauchte im weißen Bademantel wieder auf.

»Soll ich Ihnen einen Kaffee machen?«, bot Charlotte an.

»Lieber nicht, mein Herz galoppiert schon seit Stunden so dahin«, sagte er und nahm auf einem Sessel Platz. »Ich hoffe, ich bekomme keinen Herzinfarkt.«

»Das will ich auch hoffen. LeyLa braucht Sie jetzt.«

»Hm.«

»Ich weiß, Sie haben anderes im Kopf, aber ich muss jetzt so schnell wie möglich so viel wie möglich über LeyLa und Lisa wissen. Egal was. Fangen Sie einfach an. Ich frage, wenn ich nicht klarkomme.«

Harry starrte sie an, als habe sie ihm vorgeschlagen, aus dem fünften Stock zu springen.

»Sie nehmen Ihren Job sehr ernst, oder?«, sagte er.

»Sie nicht?«, gab sie zurück.

Er senkte den Kopf, erwiderte nichts.

»Es tut mir leid, wenn das schroff klingt, aber ich bekomme immer mehr den Eindruck, dass Sie gar keinen Schutz für LeyLa wollen.« Charlotte sagte es extra provokant, um eine Reaktion hervorzurufen.

Und tatsächlich fuhr er auf. »Was fällt Ihnen ein? Natürlich will ich, dass LeyLa geschützt wird. Ich würde mir ja selbst schaden. Immerhin ist sie derzeit mit Abstand meine erfolgreichste Künstlerin.«

»PR-technisch gesehen ist so ein Mord ein Glücksfall.«

Harry starrte sie ungläubig an. »Wie sarkastisch Sie doch sein können.«

»Nur realistisch«, erwiderte Charlotte ruhig. »LeyLa ist in aller Munde, die Downloadzahlen dürften in die Höhe schnellen, die Klicks in den sozialen Medien ebenfalls.«

»Das ist geschmacklos.« Er sah aus, als wollte er sie jeden Moment angreifen.

Ewa schien die aggressive Stimmung zu spüren. Sie knurrte.

»Ruhig«, sagte Charlotte. Das Knurren verebbte.

»Ich versuche, wie Sie zu denken«, sagte Charlotte.

»Widerwärtig.« Der Manager verzog das Gesicht.

Obwohl er sich alle Mühe gab, angeekelt zu wirken, hatte Charlotte Zweifel an seiner Darstellung. Sie würde noch darauf kommen, was sie an ihm störte.

»Ich wollte Sie nur testen«, sagte sie und lachte böse. »Tit for tat, wie die Engländer zu sagen pflegen. Natürlich wollen Sie LeyLa beschützen.«

Harry entspannte ein wenig. »Touché«, sagte er und lachte ebenfalls. Es hörte sich gekünstelt an. »Ich habe es nicht besser verdient.«

»Erzählen Sie mir von Lisa«, wechselte Charlotte das Thema. »Wie haben Sie sie kennengelernt?«

Harry verzog das Gesicht, als habe er Zahnschmerzen.

»Sie kam vor gut einem Jahr zu mir in die Agentur. Normalerweise nehmen die Musiker per Mail mit mir Kontakt auf, aber sie kam persönlich vorbei. Sie wollte, dass ich sie vertrete.«

»Sie war Musikerin?« Charlotte erinnerte sich dunkel daran, dass LeyLa so etwas erwähnt hatte.

»Sie wollte Rapperin werden.« Er zeigte auf den Hund, der es sich zu Charlottes Füßen wieder gemütlich gemacht hatte. »Wie gesagt, Schwesta Ewa war ihr großes Vorbild. Zum Glück ohne all die negativen Einflüsse.« Er lächelte. »Sie kennen sich nicht aus in der Rap-Szene, oder?«

Jetzt hat er wieder Oberwasser, dachte Charlotte. Sie tat ihm den Gefallen und schüttelte wahrheitsgemäß den Kopf. »Nein, ich fürchte, das ist nicht so mein Ding.«

»Googeln Sie sie mal, Sie werden staunen«, sagte Harry. Er schaute zur Küchenzeile. »Steht das Angebot mit dem Kaffee noch?«

»Klar.« Charlotte stand auf und scheuchte damit den Hund auf. Erwartungsvoll schaute Ewa sie an.

»Wann hat sie zum letzten Mal was zu fressen bekommen?«

Harry kratzte sich am haarlosen Schädel. »Keine Ahnung. Ich habe mich nie um das Vieh gekümmert. Es war ausgemacht, dass Lisa das alles allein macht. Weder LeyLa noch ich können viel mit Hunden anfangen.«

»Ich kümmere mich später darum. Jetzt mache ich uns erst mal Kaffee. Was bevorzugen Sie? Espresso oder normalen Filterkaffee?«

»Egal. Die Hauptsache Koffein. Ist es okay, wenn ich kurz unter die Dusche springe?«

»Natürlich.« Charlotte lachte. »Sie sind hier nicht im Gefängnis.«

»Es fühlt sich aber fast so an«, erwiderte Harry und ging in sein Zimmer.

»Dann wissen Sie jetzt, wie sich LeyLa in den letzten Wochen gefühlt hat«, rief sie ihm hinterher.

Sein Kopf tauchte wieder auf. »Was sagen Sie?«

»Ich sagte, dann wissen Sie jetzt, wie sich LeyLa in den letzten Wochen gefühlt hat. Sie nannte es selbst einen goldenen Käfig.«

»Sie hat mir nie etwas davon gesagt.« Er schien ehrlich betroffen.

»Sie wollte Sie nicht damit belasten.«

»Aber sie weiß doch, dass sie mit allem zu mir kommen kann.« Er kratzte sich wieder am Kopf.

»Ich vermute, sie wusste, dass Sie nur ihr Bestes wollten«, sagte Charlotte. »Gehen Sie duschen, ich mach den Kaffee.«

Nachdem sie die Maschine aktiviert hatte und Kaffeeduft den Raum durchzog, rief Charlotte in der Rezeption an und fragte, ob man ihr Hundefutter besorgen und hochschicken könne.

»Gibt es eventuell auch jemanden, der den Hund kurz Gassi führen kann?«

Die Frau am Empfang versprach, sich darum zu kümmern. Zehn Minuten später klopfte es an die Tür. Durch den Spion erkannte Charlotte Pierre. Sie ließ ihn herein und erhielt eine Tüte mit diversem Hundefutter.

»Das hat ein Gast liegenlassen«, sagte er. »Vielleicht mag er lieber Trockenfutter.«

»Ich weiß es ehrlich gesagt nicht«, erwiderte Charlotte lachend. »Ist nicht mein Hund.« Sie zeigte auf Ewa, die schwanzwedelnd zu ihnen aufschaute. Als Charlotte eine Dose Futter aus der Tüte zog, sprang das Tier hoch und auf sie zu. Charlotte kippte einen Teil des Doseninhalts auf einen Teller und stellte ihn auf den Boden, daneben eine Schale mit Wasser.

»Ich kaufe so schnell wie möglich einen Fressnapf für den Hund«, sagte sie entschuldigend zu Pierre.

»Das kann ich übernehmen«, bot er an. »Ich muss später sowieso Besorgungen machen.«

»Das wäre wunderbar. Ich kenne mich mit Hunden nicht aus. Der hier gehört ...« Sie stockte.

»Der Toten, ich weiß.«

»Ähm, ja«, sagte Charlotte. »Was ist draußen los?«

Pierre schaute sie ratlos an.

»Ich meine im Hotel«, erklärte Charlotte. »Ist viel Polizei da? Wird der Betrieb gestört?«

»Nein, es ist alles ruhig. Vor zwei Stunden waren einige Beamte da, sie durchsuchten noch einmal das Zimmer von Frau Müller. Wir dürfen es vorerst nicht reinigen und natürlich ist es versiegelt, aber im Haus merkt man kaum noch etwas. Zum Glück haben die wenigsten Gäste etwas mitbekommen.«

Das wird sich ändern, wenn sie befragt werden, dachte Charlotte.

»Danke Pierre, Sie sind eine große Hilfe«, sagte sie. »Ich kümmere mich darum, dass der Hund ein gutes Zuhause bekommt.«

»Sie wollen ihn nicht behalten? Er scheint sie zu mögen.«

Ewa schaute hoch, als wisse sie, dass es um sie ging.

Charlotte seufzte. »Nein, ich kann sie nicht behalten. Mein Mann und ich sind ständig unterwegs, sie wäre zu viel allein. Und womöglich gibt es ja jemanden aus der Familie, der sie haben möchte. Ich suche jemanden, bei dem sie bleiben kann, bis eine Dauerlösung gefunden ist.«

Ewa schien genug gefressen zu haben. Sie schlabberte noch ein paar Schluck Wasser, setzte sich anschließend neben die Tür und schaute sie erwartungsvoll an.

Pierre sah sich suchend um. »Haben Sie eine Leine?«, fragte er.

»Leine? Nicht, dass ich wüsste. Die müssen Sie wohl auch noch besorgen. Und vielleicht ein Spielzeug.«

Pierre grinste. »Ich lasse mich beraten.«

»Gute Idee«, stimmte Charlotte zu und wollte ihm Geld geben.

»Nicht nötig, das übernimmt das Hotel.«

»Oh«, sagte Charlotte. »Das ist aber großzügig. Danke.«

Ewa weigerte sich, von Pierre auf den Arm genommen zu werden. Standhaft stemmte sie die Beine in den Boden und knurrte ihn an. Erst als Charlotte sagte: »Du darfst ruhig mitgehen, er ist nett«, gab sie nach und ließ sich von ihm hochheben.

»Viel Spaß«, sagte Charlotte zum Abschied. Als Antwort erhielt sie ein leises Jaulen.

Der Kaffee war inzwischen fertig. Charlotte schenkte sich eine Tasse ein und füllte den Rest in eine Thermoskanne.

Mit der Tasse in der Hand betrat sie die Terrasse und beobachtete das Treiben unten auf der Straße. Die Absperrungen waren verschwunden, das *Adina* war offensichtlich kein Tatort. Oder sie hatte ihn tatsächlich unbrauchbar gemacht.

Charlotte wandte sich ab. Sie hatte ganz automatisch *mein Mann* zu Pierre gesagt. Ihr erneuter Streit würde nicht zum Zerwürfnis führen, aber Andi musste endlich auch einsehen, dass er sie nicht ändern konnte. Natürlich würde sie sich bemühen, ihm nicht ins Handwerk zu pfuschen, aber er musste auch anerkennen, dass sie früher eine ausgezeichnete Polizistin gewesen war und wusste, was sie tat.

»Zumindest meistens«, murmelte Charlotte und wunderte sich, wo der Manager blieb. *Er wird doch nicht …?*

Sie stellte die Tasse ab und lief zu Harrys Zimmer.

»Harry, alles in Ordnung?«, rief sie. Sie lauschte und hörte leise Atemgeräusche. »Harry?«

Als sie keine Antwort bekam, trat sie ein. Der Manager lag, alle Viere von sich gesteckt, quer auf dem Bett und schlief.

»Auch gut, dann stellt er wenigstens nichts an«, murmelte sie, ging zurück ins Wohnzimmer und wartete gespannt darauf, was der Tag bringen mochte.

V

LeyLa tauchte eine Stunde später auf. Wie am Tag zuvor trug sie ein übergroßes T-Shirt. Auch ihr war deutlich anzusehen, dass sie kaum geschlafen hatte. Sie hatte ihre Haare zusammengebunden, aber zahllose Strähnen hingen heraus.

»Kaffee?«, bot Charlotte an.

Die Musikerin schüttelte den Kopf. »Nein, so früh vertrage ich den nicht.« Sie ging zur Küchenzeile, holte ein Glas aus dem Schrank, ließ lange das Wasser laufen bis es warm wurde und füllte das Glas damit. In langen, gierigen Schlucken trank sie und füllte das Glas erneut. Es dampfte.

»Ich fühle mich, als hätte mich ein Bus überfahren«, klagte sie und setzte sich mit untergeschlagenen Beinen auf einen Sessel. »Wie viel Uhr ist es?«

Charlotte konsultierte ihre Armbanduhr. »Sieben nach acht«, sagte sie.

»Oh Gott«, stöhnte LeyLa. »Um die Uhrzeit schlafe ich normalerweise noch. Mein ganzer Rhythmus ist durcheinander.« Sie trank ein paar Schluck Wasser.

»Es tut mir leid«, sagte Charlotte, als könne sie etwas für das Durcheinander in LeyLas Leben. Sie deutete auf Harrys Zimmertür. »Ihm geht es auch nicht besser. Er war vorhin kurz mal da und wollte eigentlich duschen gehen. Jetzt schläft er.«

LeyLa lächelte dünn.

»Wann musst du im Präsidium sein?«

Die Rapperin schaute sie ratlos an.

»Sollst du nicht beim Phantombild helfen? Der dicke Mann?«, erinnerte Charlotte sie.

Es folgte ein langer Fluch. »Den hab ich ja total vergessen. Glaubst du, dass er Lisa …?«

Charlotte glaubte es nicht, aber sie zuckte nur mit den Schultern. »Ich weiß es nicht. Er dürfte auf jeden Fall zum engeren Kreis der Verdächtigen gehören. Deshalb wäre es wichtig, dass du so bald wie möglich ins Präsidium gehst und dir Fotos anschaust und dem Zeichner hilfst.«

»Gehören wir auch dazu?«, fragte LeyLa und schaute sie mit vor Schreck geweiteten Augen an.

»Wozu?«, fragte Charlotte unschuldig, obwohl sie genau wusste, was LeyLa meinte.

»Zu den Verdächtigen«, erwiderte diese ungeduldig.

»Vermutlich. Das ist aber normal. Jeder, der ein Opfer in den Stunden vor dem Tod gesehen oder Kontakt zu ihm hatte, kommt auf die Liste. Das heißt aber nicht, dass du oder Harry tatsächlich verdächtigt werdet«, versuchte Charlotte abzuwiegeln.

LeyLa blieb skeptisch.

»Haben sie dich schon befragt?«, wollte Charlotte wissen.

»Die Polizei? Ja. Sie wollten wissen, wann ich Lisa zuletzt gesehen beziehungsweise gesprochen habe. Und natürlich, ob ich etwas wüsste.«

»Weißt du was?«

LeyLa lächelte schief. »Davon abgesehen, dass ich ihr in den letzten Monaten vermutlich tausend Mal den Tod gewünscht habe? Nein, ich weiß nichts.« Sie schüttelte heftig den Kopf.

»Warum hast du ihr den Tod gewünscht?«

»Weil sie mir unsäglich auf die Nerven ging. Sie und ihr blöder Köter.« LeyLa schaute sich um. »Wo ist das Vieh eigentlich? Heute Nacht lief es uns dauernd zwischen den Füßen herum.«

»Ein Mitarbeiter des Hotels kümmert sich darum«, sagte Charlotte. »Entschuldige, wenn ich so penetrant nachfrage und wie die Polizei klinge. Warum hat sie dich in den letzten Wochen besonders genervt?«

LeyLa schaute nachdenklich in den weiß-blauen Himmel und zupfte an einer Strähne. Charlotte ließ ihr Zeit.

»Offen gestanden weiß ich es nicht«, sagte sie schließlich. »Es gab keine konkreten Vorfälle, die ich benennen könnte. Ich weiß nur, dass ich sie noch nerviger fand als vorher.«

»Was ist mit deinem Manager? Hat er vielleicht mehr zu ihr als zu dir gehalten? Immerhin war sie eine Konkurrentin.«

LeyLa stieß ein kurzes »Ha!« aus und lachte. »Das hätte er sich mal trauen sollen. Dass er mit ihr ins Bett steigt, ist das eine. Dass sich das auf unser Verhältnis auswirken könnte, das andere. Harry weiß sehr gut zwischen privat und Geschäft zu trennen.«

Charlotte war nicht überrascht, als sie von Harrys Verhältnis zu Lisa erfuhr. War es das, was er versucht hatte zu verbergen?

LeyLa schien es nicht seltsam zu finden, dass Lisa nicht nur als ihre Doppelgängerin fungieren sollte, sondern auch mit dem gemeinsamen Manager ins Bett ging.

Aber Charlotte war sich nicht sicher, ob LeyLa sich nicht selbst belog, was Harrys Rolle dabei anging. Sie wollte der Toten nicht unterstellen, dass sie mit Harry ins Bett gegangen war, weil sie selbst Rapperin werden wollte. Ganz abwegig war es jedoch nicht. Und da Lisa als Doppelgängerin Teil der Show war, war es sicher nicht einfach für den Manager, Privatleben und Business zu trennen.

»Erzählst du mir bitte den Ablauf des gestrigen Tages bis zu dem Zeitpunkt, als du erfahren hast, dass Lisa tot ist?«, bat sie, um das Thema zu wechseln.

»Da ist nicht viel. Morgens war die Pressekonferenz. Danach …«

»Entschuldige, wenn ich dich gleich unterbreche. Wer war auf der Konferenz: Du oder Lisa?«

LeyLa lachte. »Das war ich. Allerdings dürfte es dir nicht entgangen sein, dass ich um diese Uhrzeit immer etwas neben mir stehe. Da kann es schon sein, dass ich manchmal wie Lisa wirke.«

»Ich dachte mir, dass du es selbst warst. Vermutlich wusste Lisa nichts vom Ehekarussell, oder?«

»Nein, ich sagte ihr nur, dass ich shoppen war.« LeyLa verdrehte die Augen. »Sie schnappte sich die Hälfte der T-Shirts und erzählte es hinterher brühwarm Harry. Natürlich gab es ein riesiges Donnerwetter. Dabei hätte sie allen Grund gehabt, nett zu mir zu sein. Als ich von der Einkaufstour zurückkam, hatte ihr Köter auf den Teppich gepinkelt.«

LeyLa deutete auf eine Stelle, die tatsächlich etwas dunkler war als der Rest. Allerdings musste Charlotte sehr genau hinschauen. Sie ermahnte sich einmal mehr, den Hund nicht allzu sehr ins Herz zu schließen.

»Das war übrigens eine Sache, die mich immer mehr aufregte in den letzten Wochen«, sagte LeyLa. »Am Anfang hatte sie keinen Hund, der kam erst vor einigen Monaten dazu. Vermutlich schaute sie sich das von irgendwelchen Promis ab, die auch ständig mit Hund auf dem Arm rumlaufen. Man soll Toten ja nichts Schlechtes nachsagen, aber Lisa hatte ein sehr gestörtes Verhältnis zur Realität.« Sie schaute Charlotte stirnrunzelnd an. »Aber das wolltest du nicht wissen, oder?«

Charlotte lachte. »Ich will alles wissen, was mit Lisa und dir zusammenhängt. Nur so kann ich mir ein Bild machen. Wir waren bei der Pressekonferenz«, nahm sie den Faden wieder auf. »Ich wollte anschließend noch mit dir reden, aber dein ›Beschützer‹ hat mich nicht mehr zu dir gelassen. Er sagte, du schläfst.«

»Du darfst Harry nicht böse sein«, verteidigte LeyLa ihren Manager. »Natürlich ist er nervös wegen der Drohbriefe. Er will immer stark sein, aber er ist auch nur ein Mensch.«

»Ich bin ihm nicht böse«, stellte Charlotte klar. »Ich verstehe nur nicht, warum er einen Leibwächter engagieren will, ihn aber nicht seinen Job machen lässt. Kann sein, dass es was mit mir zu tun hat«, fügte sie hinzu. »Er wäre nicht der erste, der ein Problem mit einer Frau als Bodyguard hat. Aber offen gestanden glaube ich, dass das nur vorgeschoben ist. Es steckt mehr dahinter.«

»Was meinst du?«, wollte LeyLa wissen.

»Ich weiß es nicht«, gab Charlotte zu. »Es ist mehr so ein Gefühl. Und auf das kann ich mich normalerweise verlassen.«

LeyLa nippte gedankenverloren an ihrem Glas. »Ich glaube, es liegt daran, dass du so selbstbewusst bist. Er hat ein Problem mit Frauen, die wissen, was sie wollen.«

»Dann müsste er mit dir ebenfalls ein Problem haben.«

LeyLa lächelte. »Ja und nein. Das zwischen uns ist langsam gewachsen, wir hatten beide Zeit, uns daran zu gewöhnen. Ich daran, dass er manchmal ein aggressives Arschloch ist, er daran, dass ich ab und zu meinen Willen durchsetze.«

»Okay, das macht Sinn. Zurück zu gestern Mittag. Ich wollte noch mit dir reden, durfte aber nicht. Wie ging es weiter?«

LeyLa dachte kurz nach. »Ich legte mich tatsächlich hin, konnte aber nicht schlafen. Ich hörte Musik, schrieb einen Text, arbeitete an alten Texten, versuchte wieder zu schlafen. Das ging mehrere Stunden so. Das ist normal, wenn wir unterwegs sind«, fügte sie hinzu.

»Wann isst du eigentlich?«, hakte Charlotte ein. »Und wo?«

LeyLa zeigte auf die Küchenzeile. »Gestern bestellte Harry Pizza, wir aßen hier. Es ist ja alles da.«

»Das heißt, du kommst nicht mal zum Essen nach draußen?« Charlotte war entsetzt.

»Normalerweise schon«, erklärte LeyLa. »Nur eben zur Zeit nicht. Zum Glück sind wir nicht ständig auf Tour. Es gibt ein paar Termine, die man als HipHopper wahrnehmen muss. Anfang des Monats waren wir in der Schweiz, in Frauenfeld, danach beim *splash!*-Festival in Gräfenhainichen.« Sie schaute Charlotte erwartungsvoll an. Diese konnte nur bedauernd den Kopf schütteln.

»Da solltest du mal hinfahren, da herrscht eine irre Atmosphäre. Es nennt sich Ferropolis. Dort stehen diese riesigen Bagger, mit denen Braunkohle abgebaut wurde. Daneben kommt man sich total winzig vor.« Sie sprang auf. »Warte, ich zeig dir Fotos.« Sie lief ins Schlafzimmer und kam gleich darauf mit ihrem Handy wieder zurück. Sie tippte und scrollte und hielt Charlotte das Telefon hin. »Hier. Nach rechts.«

Charlotte nahm das Handy und wischte durch die Fotos. Obwohl einige unscharf waren, bekam sie durchaus einen Eindruck von der Veranstaltung.

»Beeindruckend«, sagte sie und reichte LeyLa das Telefon.

»Wir waren zum zweiten Mal dabei und sind für nächstes Jahr auch eingeladen.« In LeyLas Stimme schwang eine gehörige Portion Stolz mit.

Charlotte ließ sie die Freude genießen, holte sie nach einem Moment wieder auf den Boden der Tatsachen zurück.

»Tut mir leid, aber wir sollten noch einmal über gestern reden. Du warst also nicht mehr draußen?«

»Nein. Ich saß am Nachmittag auf der Terrasse, aber ich verließ das Hotel nicht«, erwiderte LeyLa.

Charlottes Handy vibrierte. Sie schaute auf die Nummer, erkannte die vom Büro. Miller!

»Ich muss da kurz rangehen.«

»Ja, ja, kein Problem.«

Charlotte stand auf, nahm den Anruf an und sagte: »Einen Moment, ja?«

Sie betrat die Terrasse und zog die Tür hinter sich zu. Miller brüllte so laut ins Telefon, dass sie einzelne Worte verstehen konnte, obwohl sie das Handy nicht am Ohr hatte. Sie hörte *LeyLa, Tod, Schande, miserabel* und *Bodyguard.* Den Rest konnte sie sich zusammenreimen.

Sie wartete, bis er sich ausgetobt hatte.

»Charly? Charly? Bist du noch da?«, rief er, als sie nicht reagierte.

»Kann man wieder normal mit dir reden?«, fragte sie süffisant.

»Was fällt dir ein?«, echauffierte er sich sofort wieder. »Du ruinierst meinen guten Ruf!«

Welchen guten Ruf?, dachte sie. Ins Telefon sagte sie: »Nun komm mal wieder runter. Offensichtlich sind deine Quellen auch nicht mehr das, was sie mal waren.«

Sie hörte ihn nach Luft schnappen.

»Bevor du einen Herzinfarkt bekommst: LeyLa ist nicht tot. Ich habe gerade mit ihr geredet, als du angerufen hast. In diesem Moment sitzt sie in ihrem Hotelzimmer auf dem Sofa und trinkt warmes Wasser.«

»Aber …«, warf Miller ein.

»Nichts aber. Wer immer dir davon erzählt hat: Es ist nicht LeyLa. Es gab eine Doppelgängerin namens Lisa Müller. Von der habe ich auch erst heute Nacht erfahren. So viel zum Thema Professionalität. Du solltest mal dem Auftraggeber den Kopf waschen. Er hat einiges verschwiegen.«

»Warum sagst du das nicht gleich«, maulte Miller.

Charlotte verdrehte die Augen. Das war wieder typisch ihr Boss. Nur keine Schuld zugeben!

»Ich kenne die Zusammenhänge selbst kaum. Das einzige, was ich sicher weiß, ist, dass LeyLa am Leben ist und ihre Doppelgängerin tot. Obwohl – das weiß ich nur vom Hörensagen.«

Miller stöhnte. »Kannst du nicht einmal ernsthaft bleiben?«

Charlotte lachte. »Ich bin so ernst wie selten. Ich habe vor allem eine riesige Wut im Bauch. Wie soll ich meinen Job ordentlich machen, wenn man mir Informationen vorenthält?«

Miller erwiderte nichts, denn es war seine Aufgabe, die wichtigsten Punkte vorab zu klären.

»Gibt es noch etwas, was ich wissen sollte?«, fragte sie.

»Nicht, dass ich wüsste«, erwiderte Miller. »Dass er explizit nach einer Frau gefragt hat, ist ja bekannt.«

»Was?« Charlotte erinnerte sich an ihre erste Begegnung mit dem Manager, seinem Erstaunen, eine Frau vor sich zu haben. Dieser falsche Fuffziger!

»Ich habe es dir gesagt«, behauptete ihr Boss.

»Ja, ja«, gab Charlotte müde zurück. Sie brauchte Zeit, um diese Information zu verarbeiten. »Hör zu, ich muss Schluss machen, denn ich habe LeyLa gerade soweit, dass sie mir vertraut und mit mir redet. Ich hoffe, mehr von ihr zu erfahren. Ich rufe dich an, sobald ich etwas weiß.«

Sie legte auf, steckte das Handy in die Hosentasche und ging zurück ins Wohnzimmer.

LeyLa sah sie fragend an.

»Das war mein Boss«, erklärte Charlotte. »Er wollte sich nach dir erkundigen.«

»Oh, wie nett«, hauchte LeyLa.

Charlotte nahm Platz und fragte sich, ob sie einfach mit dem Gespräch weitermachen könnte. Einen Versuch war es wert.

»Wann und wie hast du von Lisas Tod erfahren?«, fragte sie.

LeyLa schien die Frage nicht seltsam zu finden. »Ich habe keine Ahnung, wie spät es war«, sagte sie. »Sicher irgendwann mitten in der Nacht, denn es war dunkel. Harry stand plötzlich neben meinem Bett und sagte etwas wie ›Lisa ist tot.‹ Ich dachte erst, ich träume, wachte allmählich auf und musste erkennen, es war wahr.«

»Was hast du in diesem Moment gedacht?«, wollte Charlotte wissen. »Wenn du es nicht sagen willst, musst du nicht.«

»Du bist ja nicht die Polizei«, erwiderte LeyLa. »Ich dachte im ersten Moment: gut. Danach schämte ich mich für diesen Gedanken.« Sie starrte eine Weile zum Fenster hinaus, sagte leise: »Es ist nicht schön, aber es ist die Wahrheit. Gestern Nachmittag hätte ich noch gesagt, ich kann Lisa zum Tod nicht ausstehen. Zugegeben, sie erleichterte mein Leben in den letzten Monaten. Auf der einen Seite. Auf der anderen Seite erschwerte sie es aber auch, denn das Verhältnis zu Harry wurde komplizierter.«

Charlotte wollte etwas erwidern, aber LeyLa hob die Hand. »Ich weiß, was du sagen willst. Vorhin sagte ich, dass Harry sehr wohl zwischen Privatem und Geschäftlichem unterscheiden kann. In letzter Zeit war das leider nicht mehr der Fall. Wir hatten deswegen häufiger Streit.« LeyLa schluckte, als sei ihr gerade etwas aufgegangen. Und tatsächlich: »Ich weiß auch, wie das aussieht. Ich schätze, ich hatte ein Motiv.«

Charlotte widersprach nicht, relativierte aber. »Mag sein, dass das wie ein

Motiv aussieht, aber es ist immer noch ein Unterschied zwischen Denken und Handeln.«

LeyLa sprang auf und umarmte sie. »Danke«, sagte sie.

»Wofür?«

»Dass du mich ernst nimmst.«

»Natürlich nehme ich dich ernst«, sagte Charlotte empört. »Es gibt keinen Grund, es nicht zu tun.«

LeyLa zog geräuschvoll die Nase hoch und setzte sich wieder in den Sessel. In diesem Moment wirkte sie wie eine alleingelassene Vierzehnjährige, nicht wie eine erwachsene Frau.

Charlotte ging zur Küche, brühte frischen Kaffee auf und gab ihr so ein paar Minuten zur Beruhigung. Es war inzwischen neun Uhr vorbei.

Ich sollte mal nach dem Manager schauen, fiel Charlotte siedend heiß ein. Aber sie wollte die traute Zweisamkeit mit LeyLa nicht zerstören und schickte ein Stoßgebet gen Himmel, dass es Harry gutging. Als der Kaffee fertig war, schenkte sie zwei Tassen ein, stellte sie samt Milch und Zucker auf ein Tablett und trug alles zur Sitzgruppe.

Eine Tasse schob sie LeyLa hin, die diese nahm und in den Händen hielt, als wolle sie sich wärmen.

»Können wir noch mal über dein Verhältnis zu Lisa sprechen?«, begann Charlotte nach einer Weile.

LeyLa nickte.

»Dein Manager, Harry, hat mir erzählt, dass sie vor gut einem Jahr bei ihm in der Agentur aufgetaucht sei. Hast du sie vorher gekannt?«

»Nein. Ich hatte nie etwas von ihr gehört«, sagte LeyLa. »Und ich denke, Harry auch nicht.« Sie gähnte lang und ausgiebig. »'tschuldigung. Sie hatte vermutlich ein Demoband dabei, denn ohne hätte Harry sie gar nicht empfangen. Aber ich habe es nie gehört, habe es auch nie gesehen.« Sie kicherte. »Kann natürlich sein, dass er sie gesehen hat und ihm das Demoband egal war.«

»Was heißt das?«

»Lisa entspricht – entsprach exakt Harrys Beuteschema«, erklärte LeyLa. »Da kann das Demoband schon mal egal sein.« Sie grinste boshaft, fuhr sich betroffen über den Mund. »Mir ist schleierhaft, warum Bettina das mit sich machen lässt.«

»Wer ist Bettina?«

»Seine Freundin«, sagte LeyLa. »Sie sind seit fast zwanzig Jahren zusammen, aber er geht immer wieder fremd. Angeblich ist sie so tolerant.« Sie schaute Charlotte an. »Welche Frau duldet das so lange?«

»Es soll welche geben«, erwiderte Charlotte. »Meist haben die aber auch ihre eigenen Affären.«

»Hm«, machte LeyLa. »Keine Ahnung, ob Bettina das auch macht. Ich hab sie nur zwei Mal getroffen.«

»Wann bist du Lisa zum ersten Mal begegnet?«, brachte Charlotte das Gespräch wieder zurück auf die Tote.

»Das haben sie mich heute Nacht auch schon gefragt«, sagte LeyLa, »aber ich weiß keine Antwort darauf. Möglich, dass es irgendwann mal bei Harry im Büro war, vielleicht bei einem Konzert. Ich weiß es nicht. Irgendwann war sie da, aber sie war mir nicht wichtig, also habe ich sie ignoriert.« Sie schüttelte den Kopf. »Nein, das ist nicht korrekt. Ich ignorierte sie nicht, sondern nahm sie wahr, wie man einen Gegenstand wahrnimmt. Ob sie da war oder nicht, machte keinen Unterschied.«

»Wann ist sie dir zum ersten Mal bewusst aufgefallen?«

»Das war, als Harry sie als meine Doppelgängerin vorschlug. Da musste ich mich zwangsläufig mit ihr beschäftigen.«

»Aber du hattest am Ende nichts dagegen einzuwenden?«

»Nein. Nachdem ich merkte, dass es funktionieren könnte, war ich einverstanden. Da ging es aber nur um Termine in Berlin. Dass sie mit auf Tour kommen und den ganzen Tag anwesend sein würde, war nie Thema. Das änderte sich erst vor gut drei Monaten.«

»Warum?«

LeyLa schaute sie offen an. »Ich weiß es nicht. Da musst du Harry fragen. Ich kann nur vermuten, dass das mit den Drohbriefen schlimmer wurde. Wie gesagt, denke ich, dass Harry mir nicht die ganze Wahrheit zu diesem Thema erzählt hat.«

»Seither seid ihr immer zusammen gewesen?«

»Nein, Gott bewahre!« LeyLa fuhr sich durch die Haare, blieb im Gewirr der Strähnen hängen, rupfte den Gummi unsanft heraus, streifte mehrmals ihre Haare nach hinten und bändigte die Mähne mit Hilfe des Gummis erneut.

»Anfang April erschien mein neues Album. Mitte Mai fand die Release-Party in Berlin statt, danach gab ich in einigen Städten im Ruhrpott Konzerte. Das ist Ehrensache, immerhin ist das meine Heimat.« Sie dachte kurz nach, nahm die Finger zu Hilfe. »Im Mai waren wir im Norden: Hamburg, Bremen und ein paar kleinere Orte. Die Details hat Harry. Im Juni war Baden-Württemberg dran, von dort fuhren wir direkt in die Schweiz, anschließend nach Ferropolis. Und jetzt hierher.«

»Und dazwischen bist du immer in Berlin?«

LeyLa nickte. »Oder bei meiner Familie, in Oberhausen.«

»Familie?«, entfuhr es Charlotte in einem Ton, als habe sie das Wort noch nie gehört. Wieso hatte sie bisher nie daran gedacht, dass LeyLa auch Familie hatte?

Die Musikerin lächelte amüsiert. »Klar, ich habe Familie. Vater, Mutter, einen Bruder und zwei Schwestern. Und einen wunderbaren Großvater.«

»Entschuldigung«, sagte Charlotte. »Ich dachte einen Moment lang, du bist womöglich verheiratet und hast Kinder.«

LeyLa lachte schallend. »Nein, soweit ist es noch nicht. Nicht, dass ich etwas dagegen hätte, aber bisher war der Richtige noch nicht dabei.« Sie wurde ernst. »Ist auch nicht so einfach mit diesem Beruf.«

»Das kann ich mir vorstellen«, sagte Charlotte. Bevor sie eine weitere Frage stellen konnte, erschien Harry, diesmal vollständig bekleidet.

»Guten Morgen«, sagte Charlotte. »Gut geschlafen?«

Er runzelte die Stirn. »Wieso haben Sie mich nicht geweckt? Wir müssten seit einer halben Stunde im Präsidium sein.«

»Sie haben nichts davon gesagt«, erwiderte Charlotte und ärgerte sich, dass sie sich schon wieder verteidigen musste.

»Du solltest duschen und dich anziehen«, forderte er LeyLa auf. Sie blieb sitzen und schaute ihn herausfordernd an.

»Ich weiß auch nichts von diesem Termin«, sagte sie.

»Herrgott noch mal, ich habe es eben vergessen!«, schnauzte er sie an.

»Hey, mach mal halblang«, brauste sie auf. »Ich bin nicht Lisa, die du nach Belieben herumschubsen kannst.« Schlagartig wurde ihr bewusst, was sie gesagt hatte. Ihre Augen füllten sich mit Tränen. »Ach verdammt«, sagte sie leise und lehnte den Kopf gegen das Rückenpolster. »Das ist ein einziger Albtraum.«

Betroffen schaute Harry auf LeyLa, um hinterher Charlotte einen fragenden Blick zuzuwerfen. Sie zuckte mit den Schultern. Aus den Querelen zwischen den beiden würde sie sich nach Möglichkeit heraushalten. Auf Dauer würde das sowieso schwierig werden. Immerhin war es gut, die richtige Seite zu kennen. Das hoffte Charlotte zumindest.

Sie stand auf, ging zu LeyLa und legte einen Arm um sie. »Ich rufe im Präsidium an, dass es später wird, das ist kein Problem«, sagte sie. »Du kannst in Ruhe duschen und dich anziehen.«

»Kommst du mit?«, fragte LeyLa mit tränenerstickter Stimme.

»Natürlich. Ich werde vermutlich unten warten müssen, aber ich gehe auf jeden Fall mit rüber. Es ist gleich vorne am Jakobsplatz, wir brauchen keine fünf Minuten.«

»Okay«, erwiderte LeyLa und klang sehr müde. »Ich mach mich fertig.« Ohne Harry eines Blickes zu würdigen, verschwand sie in ihrem Schlafzimmer. Kurze Zeit später hörten sie die Dusche rauschen.

»Wollen Sie einen Kaffee?«, fragte Charlotte den Manager, um heikle Fragen zu vermeiden. Ohne seine Antwort abzuwarten, holte sie eine Tasse und reichte sie ihm.

»Danke.«

Charlotte zog ihr Handy aus der Hosentasche und wählte die Nummer von Andis Abteilung. Als sich Marius am anderen Ende meldete, sagte sie ihm, dass LeyLa und Harry sich verspäten würden.

»Wir sind in circa zwanzig Minuten da.«

»Kein Problem, ich sag Bescheid«, erwiderte Marius.

Charlotte war versucht, nach Andi zu fragen, verabschiedete sich nur.

LeyLa kam nach zehn Minuten angezogen und mit feuchten Haaren ins Wohnzimmer. Sie hatte sich geschminkt und wirkte jetzt wieder wie die unnahbare Rapperin, nicht wie das verlorene Mädchen.

»Okay, lasst uns gehen«, kommandierte Charlotte und warf aus reiner Gewohnheit einen Blick durch den Spion, bevor sie die Tür öffnete. Die Luft war rein.

VI

LeyLa und Harry waren bereits über eine Stunde im Präsidium verschwunden, während Charlotte tatenlos am Eingang beim Pförtner warten musste. Warum musste Andi nur so verdammt nachtragend sein!

Lustlos blätterte Charlotte zum hundertsten Mal die Flyer durch, die auf einem kleinen Tisch auslagen und in denen die bayerische Polizei um Nachwuchs warb.

Sie dachte an ihre Jugend zurück, als sie unbedingt Polizistin hatte werden wollen. Weder ihr Künstlervater noch ihre pragmatisch veranlagte Mutter hatten diesen Wunsch je verstanden. Auf die Frage, warum sie ausgerechnet diesen Beruf wählen wollte, hatte sie nie gewusst, was sie antworten sollte. Sie war sich immer nur hundertprozentig sicher gewesen, dass es das Richtige war. Das hatte sich auch nach Franz' Tod nicht geändert, obwohl ihr der Ehemann während der Ausübung eben dieses Berufes genommen worden war.

Erste Zweifel waren erst nach ihrer Rückkehr nach München aufgekommen und durch die mobbenden Kollegen verstärkt worden.

Charlotte fragte sich, ob das Jahr in München anders gelaufen wäre, wenn Jacob mit ihr gekommen wäre. Sein Verhalten hatte sie unwahrscheinlich verletzt; womöglich hatte es sie so sehr verunsichert, dass sie nicht in der Lage war, sich gegen die Gemeinheiten des Teams zu wehren.

Da war er wieder. Offensichtlich steckte noch etwas Unerledigtes in ihr, denn sonst würden ihre Gedanken nicht immer wieder um Jacob kreisen.

Charlotte zückte ihr Handy, suchte nach neuen SMS, war erleichtert, dass der Posteingang leer war.

»Sehr gut«, murmelte sie. Offensichtlich hatte er seine Lektion gelernt und sie konnte sich wieder auf ihren Fall konzentrieren.

Wie um sie darin zu bestärken, öffneten sich plötzlich die Türen und LeyLa und Harry erschienen, begleitet von Sabrina. Sie verabschiedete die beiden und winkte Charlotte kurz zu, bevor sie wieder verschwand.

Ich bin offensichtlich eine persona non grata, dachte Charlotte.

»Und, wie war's?«, fragte sie LeyLa.

»Ganz okay. Ich hätte nicht gedacht, dass es so schwer ist, jemanden zu zeichnen. Ich weiß genau, wie der Typ aussah, aber ich konnte es dem Zeichner nicht erklären.«

»Das ist vollkommen normal«, beruhigte Charlotte sie. »Das geht uns allen so. Du hast ihnen sicher ausreichend Anhaltspunkte gegeben.«

Sie wollten das Präsidium gerade verlassen, als jemand ihren Namen rief. Charlotte drehte sich um und sah Sabrina winken.

»Wartet bitte, ich bin gleich zurück«, sagte sie und lief zu ihr. »Was gibt's?«

»Du sollst auch zum Zeichner, sagt Andi. Du hast den Mann auch gesehen?«

»Wenn es derselbe ist, ja«, bestätigte Charlotte. »Kann ich sie erst zum Hotel zurückbringen?« Sie warf einen Blick zur Tür und rechnete damit, dass Harry und LeyLa bereits gegangen waren. Aber sie standen geduldig da und warteten.

»Klar, komm einfach vorbei, wann es reinpasst«, sagte Sabrina. »Oben wissen sie Bescheid.«

»Alles klar, ich melde mich so schnell wie möglich.« Charlotte nickte der Polizistin zu und wollte gehen.

»Ach, Charlotte?«

»Ja?«

Sabrina grinste. »Ich soll dir von Andi ausrichten, dass die Pralinen untersucht werden.«

»Oh«, sagte Charlotte. »Gut. Sehr gut. Vermutlich wird nichts dabei herauskommen, aber sicher ist sicher.«

»Eben«, meinte Sabrina. »Bis später.«

»Bis später.« Versonnen schaute Charlotte auf die verschlossene Tür, hinter der Andis Kollegin verschwunden war. Ihre Befürchtung war eingetreten: Es musste erst eine Tote geben, damit etwas in Gang kommen konnte! Aber immerhin machte Andi seinen Job ordentlich und ließ sich nicht von privatem Geplänkel davon abbringen.

»Wir können«, sagte sie zu LeyLa und Harry.

Die drei kehrten zurück ins *Adina*, wo Charlotte vorschlug, im Restaurant zu Mittag zu essen. Keiner von ihnen hatte gefrühstückt und ihr Magen rumpelte seit einiger Zeit laut und vernehmlich.

»Ich stelle auch keine Fragen«, versprach sie.

Harry lehnte mit dem Hinweis ab, dass das Hotel für sie im Konferenzraum ein Buffet aufgebaut habe, das den ganzen Tag zur Verfügung stehe. Doch LeyLa sagte, sie wolle sich endlich mal wieder wie ein normaler Gast fühlen und ging voran, sodass er notgedrungen folgen musste. Nicht ohne Charlotte einen bösen Blick zuzuwerfen. Es war ihr egal. Wichtig war vor allem, dass LeyLa wenigstens für kurze Zeit aus diesem Teufelskreis aus Polizei, goldenem Käfig und Angst ausbrechen konnte.

Mit geschultem Blick scannte Charlotte den Raum und die Menschen, die sich darin befanden. Sie bat die Bedienung um einen Tisch, der abseits lag, ihr aber den perfekten Blick über das gesamte Lokal gewährte.

Harry blieb das gesamte Essen über mürrisch und einsilbig, LeyLa hingegen schnatterte fröhlich vor sich hin. Ausführlich erzählte sie davon, wie sie dem Polizeizeichner zu erklären versucht hatte, wie das Gesicht des dicken Mannes aussah.

»Am liebsten hätte ich ihm den Stift aus der Hand gerissen und es selbst gemalt«, sagte sie lachend. »Das Problem ist nur, dass ich absolut nicht malen kann.«

Charlotte nutzte die Gelegenheit. Sie lobte LeyLa für ihre exzellente Beobachtungsgabe und berichtete von ihren Erfahrungen mit Zeugen. Vieles war erfunden, aber es erfüllte den Zweck: Sie unterhielten sich, redeten aber nicht über Lisa. Ab und zu entlockten ihre Schilderungen bei LeyLa ein Lachen und selbst Harry musste das eine oder andere Mal schmunzeln.

Nach dem Essen fuhren sie in den fünften Stock, wo Harry sofort in seinem Schlafzimmer verschwand.

Charlotte fragte LeyLa, ob es okay sei, wenn sie sie für ein paar Minuten allein lassen würde. »Ich will unten nachfragen, ob es ein Zimmer für mich gibt, außerdem muss ich mich wohl mal wieder um Ewa kümmern.«

»Du bringst das Tier doch hoffentlich nicht mit hoch?« In LeyLas Stimme klang so viel Panik mit, dass Charlotte fragte: »Hast du etwa Angst vor dem Hund? Er ist so klein.«

»Angst habe ich nicht, aber ich kann Hunde einfach nicht ausstehen.«

»Okay, ich lass mir was einfallen«, versprach Charlotte. Sie hatte auch schon eine Idee. »Dazu müsste ich aber circa eine Stunde, eventuell eineinhalb weg. Wäre das in Ordnung?«

LeyLa versprach, das Zimmer nicht zu verlassen. »Ich leg mich hin, vielleicht kann ich ja sogar schlafen«, sagte sie.

»Gut. Ich habe eine Karte, das heißt, ich muss nicht klopfen. Sperr hinter mir zu und lass niemanden rein. Und sag das auch ihm«, fügte sie hinzu und deutete auf Harrys Zimmer.

Sie verließ das Apartment und wartete darauf, dass LeyLa die Tür von innen verschloss.

Während sie vor dem Lift stand, warf sie einen Blick auf Zimmer Nummer 502. Die Tür war nach wie vor versiegelt.

Wenn stimmte, was LeyLa gesagt hatte, nämlich, dass Harry und Lisa ein Verhältnis hatten, wäre es naheliegend gewesen, dass Harry Lisa im gemeinsamen Apartment untergebracht hätte.

War es Harrys Fürsorge für LeyLa oder hatte es einen anderen Grund, dass er das Apartment mit ihr anstelle von Lisa teilte? Sie beschloss, ihn bei nächster Gelegenheit zu fragen, und fuhr mit dem Lift nach unten.

Ewa flippte komplett aus, als sie Charlotte erspähte.

»Ich schätze, es wird Zeit, dass wir ein nettes Zuhause für dich finden«, sagte sie und hielt die feuchte Hundeschnauze auf Abstand. Ewa trug inzwischen ein silbernes Halsband; die dazu passende Leine lag zusammengerollt in einem kleinen Körbchen, daneben zwei bunte Spielsachen und ein Kauknochen.

»Pierre hat wirklich an alles gedacht«, sagte Charlotte bewundernd zu Sandra, die Dienst hatte.

»Ich glaube, er hat sich in die Kleine verliebt«, lachte Sandra. »Aber das haben wir wohl alle. Sie ist so niedlich. Wenn in meiner Wohnung Haustiere erlaubt wären, würde ich sie sofort nehmen.«

»Gut zu wissen«, gab Charlotte zurück. »Soweit ich weiß, sind so kleine Tiere immer erlaubt.«

Sandra seufzte. »Ich will keinen Ärger mit dem Hausbesitzer.«

»Das verstehe ich.« Charlotte klemmte die Leine am Halsband fest und nahm den Hundekorb unter den Arm. »Können Sie mir ein Taxi rufen?«, bat sie. »Ich warte draußen, damit Madam hier noch ein wenig Auslauf hat.«

Ewa schien zu ahnen, dass es schon wieder eine Veränderung in ihrem Leben geben sollte, denn sie schmiegte sich zitternd an Charlottes Beine. Zwischendurch schaute sie mit einem herzzerreißenden Blick nach oben. Schließlich erbarmte Charlotte sich und nahm sie auf den Arm.

»Du musst keine Angst haben«, flüsterte sie dem bebenden Fellbündel zu. »Wenn sich meine Idee verwirklichen lässt, bekommst du ein wunderbares Heim und wirst ab sofort nach Strich und Faden verwöhnt.«

Das Taxi kam. Charlotte stellte den Korb in den Kofferraum und setzte sich mit Ewa auf dem Schoß nach hinten.

»In die Ammanstraße bitte«, sagte sie.

VII

Allmächd na«, rief Marita immerzu. »Allmächd na.« Und obwohl sie sich noch ein wenig zierte und Abstand zu Ewa hielt, sah Charlotte, dass der Hund längst das Herz ihrer Vermieterin erobert hatte.

Sie hatte Marita die Wahrheit erzählt, ohne auf Details einzugehen: Der Hund hatte einer Frau gehört, die ermordet worden war. Es gab derzeit niemanden, der sich um das Tier kümmern würde. Es müsste also ins Tierheim gebracht werden.

»Allmächd«, entfuhr es Marita erneut. »Bloß ned. Des arme Hundla.«

Ewa wedelte wie auf Kommando mit dem Schwanz.

»Es ist nur vorübergehend«, sagte Charlotte. »Ich würde sie selbst nehmen, aber wie du weißt, sind wir zu unregelmäßig zu Hause. Sobald die Polizei die Verwandten der Toten ausfindig gemacht hat, hast du sie wieder los.«

»Ja, ja«, sagte Marita in einem Ton, der deutlich machte, dass sie nicht zugehört hatte und die Details gar nicht wissen wollte.

»Ich muss wieder los«, erklärte Charlotte. »Kommt ihr klar?«

»Freilich«, erwiderte Marita und hob Ewa hoch. »Du bist a süßes Waggerla«, säuselte sie. Ewa dankte es ihr, indem sie ihr mit der Zunge von unten nach oben übers Gesicht schleckte.

»Des kiddzeld«, kicherte Marita, hielt aber still.

»Ich seh schon, ihr habt euch gesucht und gefunden.« Charlotte lachte. »Ich bin dann mal weg.«

Sie verließ das Haus und bat den Taxifahrer, der auf sie gewartet hatte, sie zum Polizeipräsidium zu fahren.

Insgeheim hatte sie gehofft, Andi zu sehen, aber Sabrina brachte sie direkt zum Zeichner, dem sie den dicken Mann so gut wie möglich beschrieb.

Auf dem Rückweg zum Hotel hatte sie das Gefühl, beobachtet zu werden. Sie versuchte alle Tricks, die sie kannte: blitzschnelles Umdrehen, Beobachtung der Umgebung in einem Schaufenster oder aus einer Einfahrt heraus – ohne Erfolg. Einmal glaubte sie, Jacob zu sehen, aber der Mann hatte nur eine ähnliche Statur.

»Ich werde allmählich paranoid«, murmelte Charlotte und betrat das *Adina*. Als Sandra sie fragend anschaute, hob sie den Daumen.

»Alles gut gegangen. Ewa fühlt sich wohl«, rief sie.

»Bezüglich Zimmer habe ich leider noch keine Information«, sagte die Rezeptionistin. »Die Chefin meinte aber, es sei durchaus möglich, dass das Zimmer oben heute noch freigegeben wird.«

»Das wäre optimal. Geben Sie mir bitte so bald wie möglich Bescheid«, bat Charlotte und machte sich auf den Weg nach oben.

Als sie das Apartment betrat, saß Harry mit Kopfhörern auf dem Sofa und schaute fern. Dass er sie wahrgenommen hatte, deutete er mit einem kurzen Nicken an.

Charlotte hätte ihm gerne einige Fragen gestellt, aber sie wusste, dass sie dafür den richtigen Moment abwarten musste. Mit schlechter Laune würde er nicht mit ihr reden.

Sie warf einen Blick in LeyLas Schlafzimmer. Die Rapperin lag angezogen auf dem Bett und schlief, das Nilpferd im Arm.

Charlotte zog sich leise zurück, nahm den Laptop aus ihrer Reisetasche und setzte sich an den Esstisch. Insgeheim hoffte sie, dass der Manager sich gestört fühlte und in seinem Zimmer verschwand, aber er rührte sich nicht vom Fleck. Entschieden klappte sie den Computer auf und öffnete den Internetbrowser. Wonach sollte sie suchen? *Lisa Müller* würde sie nicht sehr weit führen.

Sie gab *LeyLa* und *Rapperin* ein und erhielt die üblichen Links. Charlotte ergänzte die Suchanfrage um das Wort *Familie* und klickte sich durch die obersten Links, die ihr angezeigt wurden. Alles, was sie fand, war, dass LeyLa bei ihrer Familie in Oberhausen gelebt hatte und Anfang 2017 nach Berlin gezogen war.

Was hatte sie gesagt? Vater, Mutter, zwei Brüder und eine Schwester. Oder war es ein Bruder und zwei Schwestern?

Charlotte stutzte. Handelte nicht einer von LeyLas Songs von einem Bruder? Und war der nicht gerade wenig zimperlich?

Sie suchte das Lied und hörte sich den Text ein paar Mal an.

Er verbringt jede Nacht mit einer anderen Frau
Er verspricht euch die Welt und alles andere auch
Was es halt braucht dazu, um kalt eure Gefühle zu lenken
Denn direkt am nächsten Morgen ist die Beziehung beendet
Aber ist deine Schwester keine Jungfrau, nennst du sie »Schlampe, Luder«
Ja, so ist mein Leben mit einem Macho-Bruder

Charlotte wollte sich nicht von Klischees und Vorurteilen leiten lassen, aber lag hier nicht ein klassisches Motiv?

LeyLa stammte nun einmal aus einer arabischen Familie, wo in der Regel immer noch archaische Machtstrukturen herrschten und Frauen nichts zu sagen hatten. LeyLa selbst war sicherlich integriert, aber galt das auch für den Rest ihrer Familie? Lag der Umzug nach Berlin womöglich gar nicht an den besseren

Bedingungen für eine Rapperin, sondern an einer Familienstruktur, aus der LeyLa entkommen wollte?

Charlotte suchte gezielt nach LeyLa und ihrem Bruder, konnte aber nichts finden. Die Musikerin hatte es bisher geschafft, ihre Familie aus allem herauszuhalten. War das positiv oder negativ? Charlotte konnte und wollte es nicht beurteilen.

Sie schrieb das Wort *Bruder* auf ihren Block, darunter *LeyLa*, verband beide mit einem Pfeil und malte ein fettes Fragezeichen daneben.

Es war eine Tatsache, dass es immer wieder zu sogenannten Ehrenmorden kam, weil die Männer einer Familie es nicht ertragen konnten, dass eine Frau – üblicherweise eine jüngere Schwester – erfolgreicher war als sie oder einen Lebensstil pflegte, den sie als schändlich empfanden.

Genau das drückte LeyLas Song ja auch aus: Die Männer konnten sich durch alle Betten ficken, während die Frauen brav zu Hause bleiben mussten, um ihre Jungfräulichkeit bis zur Ehe zu bewahren.

Charlotte klappte den Laptop zu und starrte auf das moderne Gemälde an der Wand. Konnte das die Lösung sein? Ihr Bruder war heimlich der vermeintlichen Schwester gefolgt, hatte sie zur Rede gestellt und sie getötet? Vielleicht hatte er gar nicht beabsichtigt, sie zu töten. Vielleicht hatte Lisa ihn provoziert, hatte ihn ausgelacht, und er hatte im Affekt gehandelt.

Vielleicht, vielleicht. Charlotte seufzte. Es war müßig, irgendwelche Spekulationen anzustellen. Bisher wusste sie noch nicht einmal, wie Lisa zu Tode gekommen war. Ob dazu etwas in den Medien stand?

Erneut klappte sie den Laptop auf und suchte nach Informationen zu dem Mord an Lisa. Es gab viele Einträge, auch jede Menge Kommentare, von »Gott sei Dank ist LeyLa am Leben« bis »Verdammt, warum lebt diese Bitch immer noch?«, aber keine Details zum Tathergang.

Natürlich nicht. Andi wäre ein sehr schlechter Ermittler, wenn er der Presse solche Einzelheiten verraten würde.

Charlotte schob den Computer entnervt zur Seite. Alles, was sie im Moment tun konnte, war abwarten. Warten darauf, dass LeyLa aufwachte oder der Manager in der richtigen Stimmung war.

Wie sie es hasste, zur Untätigkeit verdammt zu sein!

VIII

Gegen fünf Uhr tauchte LeyLa auf. Sie trug ein übergroßes schwarzes T-Shirt über kurzen Hosen. Die langen Haare waren zu einem Zopf geflochten und auf dem Kopf saß eine schwarze Baseball-Kappe, auf der *NYC* in Gold eingestickt war. Ihre nackten Füße steckten in paillettenbesetzten Flipflops, die Nägel waren lilafarben lackiert. Charlotte wunderte sich, dass sie bisher noch keine Tattoos bei ihr entdeckt hatte.

Sie setzte sich Charlotte gegenüber, nahm die Kappe ab und strich sich über den Kopf. Zum ersten Mal seit Tagen sah sie nicht müde und erschöpft aus.

»Du hast gut geschlafen«, stellte Charlotte fest.

»Wie eine Tote«, erwiderte LeyLa. »Auch wenn das gerade nicht unbedingt der korrekte Vergleich ist. Aber es ist so.« Sie schaute neugierig auf die Notizen, die Charlotte sich gemacht hatte. »Was machst du?«

»Ich versuche, den Täter zu finden«, erwiderte Charlotte und war froh, dass der Zettel mit LeyLas Namen und dem Wort *Bruder* nicht mehr obenauf lag.

»Kommt es häufiger vor, dass jemand ermordet wird, während du auf ihn aufpasst?«, wollte LeyLa wissen.

Charlotte lachte. »Nein, zum Glück nicht, sonst könnte ich den Job gleich aufgeben. Tatsächlich ist es mir erst ein einziges Mal passiert. Und das gleich beim ersten Auftrag. Ich saß in der U-Bahn fest, sonst hätte ich es verhindern können.«

Und wäre vermutlich selbst dabei draufgegangen.

»Seither versuche ich, rund um die Uhr auf meine Schützlinge aufzupassen«, sagte sie. »Aber nicht jeder will das.« Sie warf einen Blick zur Sitzecke, wo Harry immer noch vor dem Fernseher saß. Was er damit bezwecken wollte, wusste Charlotte nicht. Er hätte genauso gut in seinem Schlafzimmer fernsehen können, was ihm die Kopfhörer erspart hätte. Vermutlich wollte er sie im Auge behalten.

»Ich bin froh, dass du da bist«, sagte LeyLa und setzte die Kappe wieder auf.

»Danke.«

»Willst du gar nichts mehr wissen?«, fragte LeyLa nach einer Weile.

»Doch, natürlich. Aber ich will dich nicht ständig ausfragen«, antwortete Charlotte.

»Frag ruhig. Ich will, dass dieser Albtraum so schnell wie möglich vorbei ist.«

»Okay, danke.« Charlotte zögerte. »Es sind aber auch unangenehme Fragen dabei.«

LeyLa schaute sie ernst an. »Ist mir bewusst.«

»Gut.« Charlotte nahm den Block in die Hand, war unsicher, wie sie beginnen sollte. »Erzähl mir von deiner Familie«, sagte sie schließlich.

»Oh.« Die Aufforderung schien LeyLa zu verblüffen. »Was genau willst du wissen?«

»Deine Familie stammt aus …« Charlotte musste ihre Aufzeichnungen zu Hilfe nehmen, was ihr peinlich war.

»Aus dem Libanon«, ergänzte LeyLa. »Meine Großeltern sind 1977 nach Deutschland geflüchtet. Mein Vater war damals zwölf Jahre alt. Die Familie meiner Mutter kam ein Jahr später, sie war zehn. Beide Familien kannten sich, sie waren Nachbarn und es war ein schöner Zufall, dass sie im selben Teil Deutschlands gelandet waren.«

LeyLas Tonfall verriet, dass sie diesen Teil der Familiengeschichte nicht zum ersten Mal erzählte. Vielleicht hatte sie sogar in der Schule ein Referat darüber gehalten.

»Entschuldige, ich weiß nicht sehr viel über den Libanon und dessen Kultur«, gestand Charlotte.

LeyLa lachte. »Da befindest du dich in bester Gesellschaft. Kaum jemand weiß etwas über das Land und seine Geschichte.«

Charlotte fiel auf, dass LeyLa nicht »unser Land« gesagt hatte.

»Du fühlst dich wohl in Deutschland?«

»Klar. Ich bin hier geboren und aufgewachsen. Ich kenne nichts anderes. Also als Heimat.«

Charlotte schämte sich, dem üblichen Klischee zum Opfer gefallen zu sein. Jemand stammte aus dem arabischen Raum, also hielt man diese Gegend automatisch für dessen Heimat.

Sie konsultierte ihre Notizen. »Du sagtest, du hast Geschwister. Einen Bruder und zwei Schwestern, habe ich das richtig im Kopf?«

LeyLa nickte. »Hamit ist der Älteste, er ist im Mai dreißig geworden.« Sie kicherte. »Ich glaube, er hat gerade seine erste Midlife-Crisis. Ein Jahr später wurde meine Schwester Banu geboren, danach dann ich. Und nach mir kamen …,« sie stockte, schwieg eine Zeit lang, fuhr leiser fort: »Nach mir kommt noch unser Nesthäkchen Rana. Sie ist neunzehn. Sie hat im Frühjahr ihr Abitur bestanden.«

Natürlich war Charlotte der Versprecher aufgefallen, aber sie wagte nicht, danach zu fragen.

»Deine Eltern kannten sich also schon aus dem Libanon?«, fragte sie stattdessen.

»Ja. Sie wuchsen quasi zusammen auf, und es war offensichtlich schnell klar, dass sie später heiraten würden.«

»Das haben deren Eltern, also deine Großeltern, beschlossen?«

LeyLa warf ihr einen spöttischen Blick zu. »Ich vermute es. Aber sie hätten die beiden nie gezwungen zu heiraten, wenn sie es nicht selbst gewollt hätten.«

Charlotte konnte ihre Skepsis offensichtlich nicht gut genug verbergen, denn LeyLa ergänzte: »Ich will nicht sagen, dass es die perfekte Lösung ist, aber es hat jahrhundertelang funktioniert. Es kann also nicht so schlecht sein.«

»Würdest du wollen, dass deine Eltern den Mann für dich aussuchen?«

LeyLa schien schon oft darüber nachgedacht zu haben, denn die Antwort kam prompt: »Offen gestanden wünsche ich mir manchmal, dass es so wäre. Dann hätte ich nicht das ganze Getue mit Kennenlernen, erstes Date, zweites Date und so weiter. Das nervt manchmal gewaltig. Andererseits macht es das erst spannend, oder?«

Charlotte zuckte mit den Schultern. Sie hatte keine Vorstellung, wie es sich anfühlen würde, wenn die Eltern den Mann fürs Leben bestimmten. Wie war das gewesen mit den Männern in ihrem Leben?

Bei Franz hatten die Eltern Bedenken geäußert, weil er so viel älter war als sie. Aber sie hatten ihn mit offenen Armen in die Familie aufgenommen.

Jacob hatten sie nur zwei oder drei Mal getroffen. Charlotte konnte sich noch gut an ihr Erstaunen erinnern, dass ihr Vater und er sich kaum etwas zu sagen hatten, obwohl sie mit der Kunst ein gemeinsames Thema gehabt hätten. Da war immer eine gewisse Reserviertheit gewesen, die Jacob gespürt haben muss-te, denn er hatte später immer wieder einen Grund gefunden, nicht mitfahren zu müssen.

Andi hingegen war nicht nur sofort als ihr aktueller Partner angenommen, sondern quasi als Sohn adoptiert worden. Er und ihr Vater hatten so viel zu reden, dass sie die beiden regelrecht auseinanderreißen mussten, wenn es zum Essen ging.

Charlotte lächelte.

»Woran denkst du?«, wollte LeyLa wissen.

»Daran, dass mein Mann und mein Vater im letzten Jahr eine Nacht lang durchgeredet und dabei drei Flaschen Wein ausgetrunken haben. Mein Vater wird dieses Jahr siebzig. Er raucht nicht, trinkt nicht und geht früh zu Bett. Er ist ein völlig untypischer Künstler.«

Da war es wieder! Mein Mann!

»Dein Vater ist Künstler?«

»Ja, Maler«, sagte Charlotte. »Er war recht erfolgreich, auch wenn ich mit seinen Bildern wenig anfangen kann. Mir geht es wie dir: Ich kann nicht malen.«

Sie lachten.

»Mein Vater ist Ingenieur«, begann LeyLa nach einer Weile. »Er arbeitete im Bergbau, musste sich aber vor einigen Jahren neu orientieren. Er gründete zusammen mit meinem Bruder eine Firma.«

Das war das Stichwort!

»Was für ein Typ ist dein Bruder?«, fragte Charlotte möglichst beiläufig. Aber LeyLa war zu intelligent, um nicht die Absicht hinter der Frage zu erkennen.

»Falls du wissen willst, ob mein Bruder so ein Macho-Arschloch wie in meinem Song ist, muss ich dich enttäuschen. Er ist der netteste Typ auf der ganzen Welt und ein totaler Frauenversteher.« Sie lachte. »Etwas anderes hätte Banu auch gar nicht akzeptiert. Sie ist elf Monate nach ihm auf die Welt gekommen und hatte ihn von Anfang an total unter Kontrolle. Meine Mutter sagt manchmal, Banu ist Hamits Zwilling, der nur länger im Bauch geblieben ist.«

Charlotte blieb skeptisch. »Bist du sicher, dass er nicht nur nach außen den liberalen Mann gibt, aber im Herzen ein – wie soll ich sagen? – ein typischer Macho ist?«

LeyLa nickte. »Ich bin sicher, hundert pro.« Sie sprang auf. »Ich kann es sogar beweisen.« Sie lief in ihr Schlafzimmer, kam nach einigen Augenblicken wieder. »Hier.« Sie reichte Charlotte ein pinkfarbenes Tablet. »Für die Farbe kann ich nichts, es war ein Geschenk. Warte.« Sie beugte sich vor und tippte ein Icon auf dem Bildschirm an. Charlotte roch ihr Parfüm. Es war kräftig und herb. »Hier.« LeyLa schob ihr das Gerät hin. »Das ist unser Familienchat. Du kannst ruhig alles lesen.«

Charlotte überflog die Unterhaltung, die hauptsächlich zwischen den Geschwistern stattfand. Unter anderem mokierte sich LeyLas Bruder Hamit darüber, dass seine Freunde ihn nun alle Macho-Bruder nannten.

Vielen Dank, Schwesterlein! Mach weiter so!

Verziert war die Nachricht mit diversen Emoticons, von grummelnden über lachende bis hin zu küssenden Gesichtern und jeder Form von Herzen. Natürlich konnte das alles auch nur Show sein, aber egal wo Charlotte suchte, sie fand nirgends auch nur ein einziges böses Wort von Hamit gegen seine erfolgreiche Schwester. Im Gegenteil: Die Familie schien sehr stolz auf sie zu sein.

»Beeindruckend«, sagte sie und gab LeyLa das Tablet zurück.

»Banu kommt übrigens heute«, sagte LeyLa in ihre Gedanken hinein.

»Was?«

»Meine Schwester Banu kommt heute. Sie müsste gerade im Flieger sitzen und demnächst ankommen«, sagte LeyLa.

»Banu ist die Ältere?«, vergewisserte sich Charlotte.

»Richtig! Die kleine heißt Rana.«

»Willst du sie abholen?«

LeyLa schüttelte den Kopf. »Sie kommt mit dem Taxi. Sie schläft bei mir, das Bett ist breit genug. Du hast keine Geschwister, wenn ich mich richtig erinnere?«

»Genau, leider. Ich bin ein Einzelkind«, sagte Charlotte. »Ich hatte mir immer einen Bruder gewünscht, aber es hat nie geklappt.«

»Aber du hast eigene Kinder. Du sagtest etwas von einem Sohn.«

Charlotte lachte. »Du hast nicht nur eine gute Beobachtungsgabe, du hast auch noch ein sehr gutes Gedächtnis. Ich schätze, ich muss aufpassen, was ich sage. Nicht, dass es später gegen mich verwendet wird.« Da LeyLa nicht lachte, fügte sie schnell hinzu: »Ja, ich habe einen Sohn, Patrick. Er ist vierundzwanzig. Nein«, korrigierte sie sich, »er ist schon fünfundzwanzig. Du lieber Himmel, wie die Zeit vergeht!«

»Bist du verheiratet?«

Charlotte fand es interessant, dass LeyLa nicht automatisch davon ausging, obwohl sie immer *mein Mann* sagte.

»Ich war es einmal, mit Patricks Vater. Er ist tot.«

»Das tut mir leid.«

»Muss es nicht«, sagte Charlotte. »Es ist ewig her. Patrick war gerade drei.«

»Trotzdem«, erwiderte LeyLa. »Es ist immer hart, einen geliebten Menschen zu verlieren.«

Charlotte dachte an den Versprecher von vorher, wagte aber immer noch nicht, danach zu fragen. Wenn sie so weit war, würde LeyLa es von sich aus erzählen, da war sie sich sicher.

Sie klappte den Block zu und stand auf. »Genug gefragt«, sagte sie. »Ich muss klären, ob es ein Zimmer für mich gibt.«

LeyLa erhob sich ebenfalls. Sie trat zum Fenster und starrte hinaus. »Regen im Juli. Gibt es etwas Trostloseres?«

Überrascht stellte Charlotte fest, dass Harry nicht mehr auf dem Sofa saß. Sie hatte sein Weggehen nicht bemerkt.

»Seltsamer Typ«, murmelte sie und rief die Rezeption an.

Eine ihr unbekannte Angestellte teilte ihr auf Nachfrage mit, dass die Polizei Zimmer Nummer 502 freigegeben habe. Es sei gerade ein Team vom Housekeeping vor Ort, um alles herzurichten.

»Das sind wunderbare Neuigkeiten«, sagte Charlotte. Sie bedankte sich und legte auf. Ein Geräusch ließ sie herumfahren. Der Manager stand mit einer Reisetasche vor ihr.

»Ich ziehe um«, sagte er und zog eine Grimasse. »Sie können hier schlafen.« Er zeigte auf sein Schlafzimmer. »Ich habe unten Bescheid gesagt, sie machen alles frisch.«

Charlotte sah sofort den Vorteil, fühlte sich jedoch verpflichtet, erst einmal abzulehnen. Aber Harry knurrte nur etwas Unverständliches und fügte hinzu: »Drei Weiber sind mir zu viel.«

»Danke.«

»Ja, ja, schon gut.« Er öffnete die Tür, wo eine weitere Tasche stand, und verließ das Apartment.

Charlotte ging auf die Suche nach LeyLa. Sie saß in ihrem Zimmer, hatte Kopfhörer auf, summte leise vor sich hin und wippte mit dem Fuß dazu. Sie hielt ihr Handy in der Hand und daddelte darauf herum.

Sie schien Charlottes Anwesenheit zu spüren, denn sie wandte sich um. Als sie sie sah, zog sie den Kopfhörer herunter.

»Harry zieht um«, sagte Charlotte. »Ich schlafe im anderen Zimmer. Ist das okay?«

»Klar«, erwiderte LeyLa. Sie druckste etwas herum, fügte dann hinzu: »Es ist seltsam, aber es fühlt sich gerade fast wie Urlaub an.«

»Ich fürchte, das Gefühl wird bald vergehen«, warnte Charlotte. »Das heute Morgen war erst das Vorspiel. Die Polizei kommt wieder und stellt Fragen. Und die sind nicht so nett wie ich.« Sie grinste.

LeyLa seufzte. »Ich weiß. Aber mit Banu und dir fühle ich mich einigermaßen sicher.«

Natürlich fiel Charlotte auf, dass Harry in dem Satz nicht vorkam. Sie fragte sich, ob LeyLa ihren Manager verdächtigte. Aber welches Motiv hätte er? Mord aus Leidenschaft?

Sie wurde in ihren Gedanken unterbrochen, weil heftig an die Tür geklopft wurde.

LeyLa schoss hoch. »Das ist Banu!«, rief sie und wollte loslaufen. Charlotte hielt sie am T-Shirt fest.

»*Ich* öffne die Tür«, sagte sie und wies die Musikerin an zu warten. Sie ignorierte den Schmollmund, ging zur Tür und schaute durch den Spion. Draußen stand eine kleinere, kurzhaarige Ausgabe von LeyLa.

Charlotte öffnete die Tür.

»Sie müssen Banu sein«, sagte sie und reichte der Frau die Hand. »Ich bin Charly, LeyLas Bodyguard.«

»Freut mich«, sagte Banu. »Sie hat mir schon von Ihnen erzählt.«

»Du musst sie nicht Siezen«, rief LeyLa und flog ihrer Schwester in die Arme. Es gab lautes Gekreisch und viele Küsse und Umarmungen.

Banu hielt LeyLa an den ausgestreckten Armen von sich. »Bist du schon wieder dünner geworden?«, sagte sie grimmig. »Dieser Job bringt dich noch um.«

»Nein, das ist nur das T-Shirt«, erwiderte LeyLa. »Frag Charly. Ich habe heute Mittag viel gegessen.« Sie schaute Charlotte flehend an.

Diese nickte folgsam.

Die Schwestern zogen sich in LeyLas Zimmer zurück. Charlotte hörte noch, wie Banu die schöne Aussicht bewunderte, dann schloss sich die Tür.

Als es erneut klopfte, fuhr sie zusammen. Sie schaute durch den Spion und erkannte Pierre. Da fiel ihr ein, dass Harrys Schlafzimmer gereinigt werden sollte. Sie öffnete.

»Ich bin mitgekommen, damit es keine Schwierigkeiten gibt«, sagte Pierre und zeigte auf seine beiden Kolleginnen, die neben einem Wäschewagen standen.

»Sehr umsichtig«, lobte Charlotte. »Kommen Sie herein.«

Die beiden Frauen gingen, bepackt mit Putzzeug, frischem Bettzeug, Handtüchern und einem Staubsauger, in Harrys ehemaliges Schlafzimmer.

»Es wird etwa eine halbe Stunde dauern«, sagte Pierre.

»Ich habe Zeit«, gab Charlotte zurück.

»Wie geht es Ewa?«

Charlotte musste lachen. »Ich denke gut. Sie ist bei einer sehr guten Freundin. Die beiden haben sich gesucht und gefunden. Fast hoffe ich, dass niemand den Hund haben will.«

»Geben Sie ihr eine Streicheleinheit von mir«, sagte Pierre und verabschiedete sich.

Charlotte schloss die Tür hinter ihm und vergewisserte sich, dass bei den Schwestern alles in Ordnung war.

Erneut zur Untätigkeit verdammt, zog sie ihr Handy hervor und wählte Andis Nummer. Sie wollte wenigstens seine Stimme hören. Er nahm nach dem zweiten Klingeln ab.

»Ich habe gerade keine Zeit. Kann ich dich später zurückrufen?«, sagte er geschäftsmäßig und legte auf, noch bevor sie »Ja« sagen konnte. Immerhin, er hatte das Gespräch in einem wichtigen Moment angenommen und er würde zurückrufen. Alles würde gut werden.

IX

Charlotte hielt sich den Bauch vor Lachen. Banu sah zwar aus wie LeyLa, war aber viel gesprächiger und lustiger als ihre jüngere Schwester. Zumindest, soweit sie das bis jetzt beurteilen konnte. Womöglich gab es ja noch mehr verborgene Seiten hinter der harten Fassade der Rapperin, als die, die sie bereits entdeckt hatte.

Sie saßen zu viert beisammen im gemeinsamen Wohnzimmer. Harry hatte auf LeyLas Wunsch libanesische Vorspeisen liefern lassen, die nun vor ihnen auf dem Esstisch standen. Banu hatte Charlotte jedes Gericht detailliert erklärt und ihr den Namen dafür genannt. Dazu gab es Weißwein.

Charlotte wollte zuerst ablehnen, hatte sich dann aber doch davon überzeugen lassen, dass in diesem geschützten Bereich nichts passieren konnte.

»Hier ist Familie«, sagte Banu und hielt ihr Glas hoch. Sie stießen an und tranken auf das Wohl all ihrer Familien.

Wie auf Kommando klingelte Banus Handy.

»Das ist Rana«, sagte sie, nahm ab und stellte auf Lautsprecher. »Hallo Schwesterchen«, rief sie. »Du bist auf Lautsprecher, gib also acht, was du sagst.«

»Oh weh, was tust du mir an?«, klagte Rana, aber man hörte deutlich, dass sie lachte.

»Du fehlst in der Runde«, sagte LeyLa. »Wir essen und trinken.«

»Ihr habt es gut. Wenn ich nicht nach Schweden müsste, wäre ich mitgekommen.«

»Schweden?« LeyLa war perplex. »Was weiß ich da nicht?« Sie funkelte Banu an, die nur die Schultern hob.

»Ich habe Banu verboten, es dir zu sagen. Ich wollte es selbst tun. Übermorgen geht es los.«

»Wie lange?«, wollte LeyLa wissen.

»Vermutlich ein Jahr. Der erste Job geht über drei Monate, danach muss ich sehen, wo ich bleibe. Je nach Bezahlung kann ich zwischendurch Urlaub machen.«

»Klingt gut«, sagte LeyLa.

»Ja, mal sehen. Man hört Gutes, aber auch Schlechtes darüber. Wie geht es dir?«, fragte sie und ihre Stimme klang plötzlich sehr ernst.

»Gut! Es geht mir gut«, versicherte LeyLa, aber niemand glaubte ihr. Dennoch sagte Rana: »Das ist schön. Lass dich nicht unterkriegen, okay?«

»Natürlich nicht.« LeyLas Stimme zitterte verdächtig. Banu legte ihren Arm um sie.

»Ich soll dich von allen grüßen«, sagte Rana. »Sie rufen dich natürlich auch selbst noch an. Aber derzeit stehe ich hier im Mittelpunkt. Mama macht ein Gesicht, als würde ich für immer nach Neuseeland auswandern.«

»Das heißt, sie freut sich?«, stichelte LeyLa und zog eine Grimasse.

»Haha«, machte Rana. »Ich seh schon, um dich muss ich mir keine Sorgen machen.«

»Musst du auch nicht«, bestätigte LeyLa. »Charly passt auf mich auf.«

»Sehr gut. Grüße an Charly und die anderen und halt die Ohren steif, ja? Küsschen.«

Banu drückte auf den roten Knopf und beendete das Gespräch.

»Wie man hören konnte, sind wir eine völlig normale oder eine völlig durchgeknallte Familie. Je nachdem, wen man fragt«, sagte sie lachend.

Für Charlotte bestätigte es den Eindruck, den sie aus dem Familienchat bekommen hatte: Die Familienmitglieder mochten sich und hielten zusammen. Außerdem war sie froh, LeyLa – mit Ausnahme des kurzen Augenblicks während des Telefonats – so gelöst zu sehen. Die Anwesenheit ihrer Schwester tat ihr sichtlich gut.

Harry entschuldigte sich gegen halb zehn und ging in sein neues Zimmer.

»Was ist denn los mit ihm?«, wunderte sich Banu. »Sonst ist er immer der letzte.«

»Lisa wurde ermordet«, erinnerte LeyLa sie. »Auch wenn er sie nicht geliebt hat, so standen sie sich doch nah. Oder lagen.« Sie prustete los, bekam sich schnell in den Griff und schaute ihre Schwester und Charlotte erschrocken an. »Tut mir leid, das war pietätlos. Ich weiß nicht, warum ich das gesagt habe.«

»Deine Nerven gehen mit dir durch«, erwiderte Banu und streichelte sie. »Du musst auch nicht so tun, als ob du Lisa gemocht hättest.«

»Hast du sie gekannt?«, fragte Charlotte.

»Ich habe sie zwei oder drei Mal gesehen«, sagte Banu. »Gekannt wäre also übertrieben. Aber dass sie ein Biest sein konnte, habe ich trotzdem bemerkt.«

»Woran?«

Banu musste nicht lange nachdenken. »An ihrer Art, wie sie grundsätzlich mit Männern umging. Es war offensichtlich, dass sie was mit Harry hatte. Dennoch hat sie es bei Hamit versucht und sogar unseren Vater hat sie – ich möchte fast sagen: umschleimt.« Sie schüttelte sich. »Ich verrate kein Geheimnis, wenn ich sage, dass ich sie nicht ausstehen konnte. Bei ihrem letzten Besuch habe ich sie aus dem Haus geworfen. Mutter war noch Tage später entsetzt darüber, weil ich das Gastrecht mit Füßen getreten habe. Aber ich habe das Richtige getan. Wir sind hier in Deutschland, nicht im Libanon. Gastrecht schön und gut – aber das ging zu weit.«

»Was, um Himmels willen, hat sie angestellt?«, wollte Charlotte wissen.

Banu zögerte, aber LeyLa nickte.

»Sie versuchte, LeyLa schlecht zu machen, verbreitete Lügenmärchen über sie. Vermutlich dachte sie, da wir aus dem Libanon kommen, haben wir keine Ahnung. Sie hielt sich für etwas Besseres, dabei war sie nichts als ein wahrgewordenes Lieschen Müller.« Banu spuckte den Namen förmlich aus.

Charlotte hätte gerne Einzelheiten gewusst, aber es war offensichtlich, dass die Schwestern nicht mehr erzählen würden.

Banu trank ihr Glas aus und erhob sich. »Ich räume den Rest weg und gehe ebenfalls ins Bett. Ich bin seit heute Morgen um fünf auf.«

Ich auch, wollte Charlotte sagen, schwieg aber. Sie stand hier nicht im Mittelpunkt.

»Ich lasse meine Tür offen«, erklärte sie stattdessen. »Für den Fall, dass etwas sein sollte, weckt mich bitte. Dafür bin ich da.«

»Was sollte denn sein?« Banu schaute sie verwundert an.

»Ich weiß es nicht. Das ist eines der Probleme in diesem Job: Man weiß nie, was als Nächstes kommt. Macht ihn aber auch spannend«, versuchte Charlotte ihre Aussage zu entkräften, als sie LeyLas Reaktion sah. Sie ging zu ihr und umarmte sie.

»Es wird nichts passieren. Du bist hier sicher.«

»Klar«, mischte Banu sich ein. »Wer was von ihr will, muss erst mal an mir vorbei.« Sie baute sich auf wie Superman und ballte die Fäuste. Es hatte den gewünschten Effekt: LeyLa lachte.

»Du kannst doch keiner Fliege was zuleide tun«, foppte sie ihre Schwester.

»Eine Fliege will ja auch nichts von dir«, gab diese schlagfertig zurück.

»Auch wieder wahr.« LeyLa gähnte herzzerreißend. »Ich geh schon mal ins Bad«, murmelte sie. »Gute Nacht.«

»Gute Nacht, schlaf gut«, sagte Charlotte. Und zu Banu gewandt: »Kann ich noch helfen?«

»Nein, lass mal. Ich mach das schon. Ist ja nicht mehr viel.«

»Okay, ich bin weg. Gute Nacht.«

»Gute Nacht. Charly?«

»Ja?«

»Danke.«

»Keine Ursache. Ist mein Job.«

»Ich glaube, es ist mehr als ein Job«, sagte Banu und begann, das Geschirr in die Spülmaschine einzuräumen.

Mittwoch, 26. Juli

I

Anders als befürchtet schlief Charlotte durch und wurde erst um halb sieben durch ihre App geweckt.

Im ersten Moment war sie verwirrt, weil sie allein in einem großen Bett lag, das sich in einem luxuriösen Zimmer befand. Doch schließlich fiel ihr alles wieder ein.

Das waren die angenehmen Seiten ihres Jobs, die allerdings nur äußerst selten so exquisit ausfielen. Oft genug musste sie auf einem unbequemen Sofa oder gar auf einer Luftmatratze schlafen.

Sie gönnte sich noch fünf Minuten und dachte an das Telefonat mit Andi. Er hatte es erst kurz vor Mitternacht geschafft, sie zurückzurufen, und obwohl er sie aus dem Schlaf gerissen hatte, war sie dankbar dafür.

Er hatte müde und überarbeitet geklungen. Auf ihre Frage hin, ob sie schon einen Schritt weiter wären, hatte er nur knapp mit »Nein« geantwortet. Da sie nicht über den Fall reden durften und für alles andere zu müde waren, sagten sie nach fünf Minuten »Gute Nacht, schlaf gut«. Charlotte hatte noch ein »Ich liebe dich« hinterhergeschoben, aber sie wusste nicht, ob es angekommen war.

»Er hat es sicher gehört«, murmelte sie und schwang die Beine aus dem Bett.

Die Tür zu LeyLas Zimmer war geschlossen. Bevor Charlotte ins Bad ging, warf sie einen Blick ins Wohnzimmer und lauschte; bis auf das Summen der Klimaanlage war alles ruhig.

Während sie sich eincremte, schaute sie Morgenfernsehen, um auf dem aktuellen Stand zu bleiben. Das war ein Nachteil: Sie war nur auf diesen einen Menschen fokussiert, den sie beschützen sollte, die Welt indes drehte sich weiter und sie bekam es nicht mit. Diesmal hatte sie nicht viel verpasst: Der Europäische Gerichtshof verhandelte über Merkels Flüchtlingspolitik, Trump hatte einen Etappensieg bei der Abschaffung von Obamacare errungen, die Mitte Deutschlands ertrank im Dauerregen.

Nürnberg lag offensichtlich in Mitteldeutschland, denn es regnete immer noch. Das waren keine guten Aussichten für das Bardentreffen.

Charlotte schlüpfte in ihre Jeans und ein langärmliges Shirt und zog zusätzlich einen dünnen Pullover über. Und das mitten im Sommer!

Da in LeyLas Zimmer noch immer alles ruhig war, nahm sie ihren Laptop, ging ins Wohnzimmer und checkte ihre Mails. Wie üblich war nichts Aufregendes dabei.

Sie öffnete den Browser und gab *LeyLa* und *Lisa Müller* in die Suchmaske ein. Sie hatte erwartet, nichts Interessantes zu finden und war überrascht, als sie auf der dritten Seite auf einen Link stieß, der mit *Battle der Bitches* überschrieben war. Das klang stark nach dem Jargon, der im HipHop benutzt wurde. Sie klickte darauf und erhielt einen kurzen Beitrag, in dem von einem Beef zwischen LeyLa und einer gewissen XXL Luna berichtet wurde.

Beef?

Während Charlotte sich noch über den Ausdruck wunderte, tippte sie *XXL Luna* ein und erhielt jede Menge Links, unter anderem auch bei *YouTube* und *Facebook*. XXL Luna war offensichtlich ebenfalls eine Rapperin. Sie öffnete den Videodienst und klickte auf ein Video mit dem Titel *Drogenkönigin*.

Da Charlotte den Ton abgestellt hatte, sah sie nur Mimik und Gestik der Rapperin. Die junge Frau sah komplett pastellfarben aus. Sie trug eine hautenge, rosafarbene Glitzerhose, ein hellgrünes mit Pailletten besticktes T-Shirt, darüber einen beigen Mantel mit hellem Kunstpelzkragen. Das Gesicht war fast weiß geschminkt, einzig der rotgeschminkte Mund bildete einen Kontrast zu all den Pastelltönen. Die Augen waren durch eine riesige Sonnenbrille verdeckt. Auf dem blonden, fast weißen Haar war ein hellblaues Käppchen befestigt, das an die Kopfbedeckung von Stewardessen aus den siebziger Jahren erinnerte. Die Füße steckten in weißen Sneakern mit so hohen Plateausohlen, dass Charlotte sich schon auf ebenem Boden die Knöchel verstaucht hätte. Die Rapperin stand auf dem Dach eines alten, schrottreifen Wagens.

Alles in allem war XXL Luna eine feenhafte Erscheinung.

»Hübsch«, murmelte Charlotte ironisch und schaltete den Ton ein.

XXL Luna hier mal wieder am Mic
Bin so fly, denn das ganze Weed macht mich high
20 Gramm direkt aus Amsterdam
Reichen nicht mal im Ansatz, Mann
Also gib mal besser direkt deinen Joint her
Du weißt genau, dass ich sonst nicht mehr dein Freund wär
Yeah, und ich ziehe eine Nase Koks
Nase hoch, denn mein Sound läuft im Radio
Stoße mit mir selbst an – zwei Cocktails
Offensichtlich, dass sich alles nur um Stoff dreht
Auf alles andere hab ich einfach keinen Bock, ey
Die Bong ist, um was es sich in meinen Songs dreht
Und am nächsten Morgen schlaf ich erst mal meinen Rausch aus
Während mir mein Lover einen aufbaut

Da sie nicht wagte, den Ton zu laut zu drehen, um LeyLa und Banu nicht zu wecken, verstand sie nicht viel von dem Text. Es reichte jedoch aus, um klarzumachen, dass er im krassen Widerspruch zu ihrer Erscheinung stand. Wie zur

Bestätigung wurden zwischendurch einzelne Wörter im Comicstil eingeblendet, die deutlich erkennen ließen, dass XXL Luna nicht nur Drogen befürwortete, sondern offensichtlich auch selbst konsumierte.

Unter dem Video stand:

21.212 Aufrufe 👍 3.346 👎 7.894

»Sehr beliebt scheinst du nicht zu sein«, murmelte Charlotte und klickte weitere Videos der Rapperin an. Keines wollte ihr so recht gefallen. Weder die Musik noch die Texte – soweit sie sie verstand – noch die Frau sagten ihr zu.

Sie ging zurück zur Suchmaske und suchte nach *LeyLa, XXL Luna* und *Beef.* Über einen Link gelangte sie auf eine HipHop-Seite, in der ausführlich über einen massiven Krach zwischen den beiden Rapperinnen berichtet wurde. Der Artikel strotzte nur so von englischen Ausdrücken, deren Bedeutung Charlotte in diesem Zusammenhang nicht kannte.

Was sie herauslesen konnte, war, dass LeyLa von dem Streit mit der Konkurrentin profitierte. Die Mehrheit der Leserinnen und Leser hielt zu ihr und fand das Verhalten von XXL Luna unmöglich. Nur, dass es nicht so vornehm ausgedrückt wurde. *Fuck* war noch eines der harmlosesten Worte.

»Wo bin ich da nur hineingeraten?«, fragte Charlotte sich. Sie zog ihr Handy hervor und wählte Patricks Nummer. Da sie nur seine Mailbox erreichte, bat sie ihn, er möge sie so bald wie möglich zurückrufen.

Während sie wartete, warf sie die Kaffeemaschine an. Sie schenkte sich gerade eine Tasse ein, als ihr Handy klingelte. »Was gibt's?«, fragte ihr Sohn gleich nach der Begrüßung.

Charlotte berichtete ihm von ihrem Rechercheergebnis.

»Was ist das für eine Welt?«, fragte sie. »Bin ich zu alt dafür? Ich kapiere wenig bis gar nichts«, klagte sie.

Patrick lachte. »Man muss sich damit befassen, dann versteht man es auch. Wo genau liegt das Problem?«

Charlotte nannte ihm die Seite, wo sie die Informationen über LeyLa und ihre Konkurrentin gefunden hatte.

»Die kenne ich«, sagte Patrick. »Warte, ich bin gleich da.«

Sie hörte ihn tippen, kurz fluchen, kurz darauf »Okay« sagen.

»Ich hab's«, sagte er. »Gib mir 'ne Minute, damit ich mir das mal durchlesen kann.«

Charlotte trommelte mit den Fingern auf dem Tisch herum und nippte am Kaffee.

»Bist du da?«, wollte Patrick wissen.

»Klar. Wo sollte ich sonst sein?«, fragte sie zurück.

Er lachte. »Pass auf: XXL Luna ist eine Konkurrentin von LeyLa. Das hast du sicher schon selbst herausgefunden. Konkurrenten dissen sich gerne gegenseitig, das ist so üblich im Rap. Man bleibt im Gespräch und die Fans haben was zum Lachen.« Er atmete hörbar ein und aus. »So weit, so gut. Bei den beiden Mädels hier scheint mir das aber etwas heftiger zu sein. Seltsam ist, dass ich noch nie etwas von dieser XXL Luna gehört habe. Ich folge LeyLa seit mindestens einem halben Jahr, vermutlich sogar länger, ich hätte das mitbekommen müssen. Aber sie ist mir absolut kein Begriff.«

»Kann sie neu im Geschäft sein?«, fragte Charlotte.

»Klar. Aber warum greife ich als Neuling eine etablierte Künstlerin an?«

»Um bekannt zu werden?«, schlug Charlotte vor.

Patrick schlug sich offenbar gegen die Stirn, denn sie hörte ein klatschendes Geräusch. »Na klar!«, rief er. »Ich muss leider los. Aber ich werde heute Abend noch mal dazu recherchieren.«

»Danke. Sollte ich in der Zwischenzeit mehr Infos haben, geb ich dir Bescheid. Pass auf dich auf.«

»Du auch. Und auf LeyLa«, fügte er hinzu.

Charlotte lachte und beendete das Gespräch. Sie zog den Laptop zu sich, um noch einmal ein Video von XXL Luna anzuschauen, da kamen Banu und LeyLa aus dem Schlafzimmer.

»Guten Morgen! Gut geschlafen?«

Während Banu erholt aussah, zeigte das Gesicht ihrer Schwester dunkle Augenringe. Dennoch nickte sie.

»Kaffee ist fertig.«

Banu schenkte sich eine Tasse ein, LeyLa bevorzugte wieder warmes Wasser.

»Ich weiß, es ist früh, aber kann ich dich gleich etwas fragen?«, begann Charlotte nach einer Weile.

LeyLa zuckte mit den Schultern.

Charlotte drehte den Laptop so, dass sie den Monitor sehen konnte.

»Ich bin heute Morgen auf diese ›Dame‹ gestoßen. Kennst du sie?«

LeyLa warf nur einen kurzen Blick darauf und stieß einen verächtlichen Laut aus.

»Klar. Das ist Lisa.«

»Was?« Charlotte blieb der Mund offen stehen. Sie zog den Computer zu sich heran und vergrößerte das Standbild. So sehr sie sich bemühte, sie konnte Lisa nicht erkennen.

»Aber Lisa hatte Piercings im Gesicht.«

»Die Löcher kann man überschminken«, sagte LeyLa. »Glaub mir, sie ist es. Es war eine dieser Schnapsideen von Harry. Wobei ich mir nicht sicher bin, ob das nicht von ihr kam. Mich durch den Kakao zu ziehen, hat ihr großen Spaß gemacht.«

»Tut mir leid, aber ich komme da nicht mehr mit.« Charlotte schaute abwechselnd von LeyLa zum Laptop und zurück. »Du willst also sagen, dass Lisa diese XXL Luna ist?«

Die Rapperin nickte.

»Und die Idee dazu hatten Harry oder sie?«

Nicken.

»Und der Zweck war …?« Charlotte versuchte, den logischen Schluss zu ziehen, scheiterte aber kläglich.

LeyLa beugte sich vor. »In diesem Business musst du vor allem im Gespräch bleiben. Also dachte sich Harry, es wäre nicht schlecht, eine ›Konkurrentin‹ zu mir aufzubauen. Im HipHop gibt es verschiedene Möglichkeiten, sich miteinander zu messen. Es gibt die Battles, da stehst du live auf der Bühne und versuchst, mit einem möglichst guten Text den Gegner zu schlagen. Das gab's vor allem in den Anfängen des Raps, als die sozialen Medien noch nicht so stark waren. Kennst du *8 Mile*, den Film von Eminem?«

Charlotte schüttelte den Kopf. Immerhin, von Eminem hatte sie schon mal gehört.

»Schau ihn dir an und du weißt, was ein Battle ist. Eminem ist ein Meister darin. Schade, dass er sich zurückgezogen hat. Später kamen die Typen mit den dicken Goldketten und den leichtbekleideten Mädchen. Die beherrschen vor allem das Bragging. Soll heißen: Deren Texte gingen vor allem darum, was für tolle Hechte sie selbst sind.« LeyLas Tonfall verriet deutlich, was sie davon hielt. »Später kamen die neuen Medien und alles hat sich verändert. Heute battled man nur noch selten auf der Bühne, sondern im Netz. Du brauchst Follower und die musst du ständig bei Laune halten.« Sie seufzte. »Es kostet so viel Zeit. Ich kam teilweise kaum noch dazu, an den Texten zu arbeiten.«

»Du sagst kam«, hakte Charlotte ein. »Hast du dich online ausgeklinkt?«

LeyLa lachte. »Ach du lieber Himmel, nein! Das könnte ich mir nicht leisten. Ich wäre innerhalb kürzester Zeit weg vom Fenster.« Sie schüttelte den Kopf ob solcher Naivität. »Nein, Lisa hat das übernommen.« Sie schaute Charlotte schuldbewusst an. »Sorry, das wusstest du offensichtlich noch nicht. Eine ihrer Aufgaben war die Betreuung der diversen Accounts im Netz.«

»Hat das jemand kontrolliert?«

»Klar, Harry.«

Da wurde der Bock zum Gärtner gemacht, schoss es Charlotte durch den Kopf, aber sie behielt ihre Meinung für sich.

»Okay, ich denke, ich habe den Sinn des Ganzen einigermaßen verstanden. Dennoch: Warum XXL Luna? Und wer hat sich diesen bescheuerten Namen ausgedacht?«

LeyLa grinste. »Der Name stammt von Lisa. Ursprünglich wollte sie sich XXL Lisa nennen, aber das hat Harry verhindert. Er wollte natürlich vermeiden, dass ihre Verbindung zu mir bekannt würde.« Sie dachte nach. »Der Sinn des Ganzen – ja, gute Frage. Ich denke, es hat sich einfach so entwickelt. Lisa hat Fotos gepostet, Fanpost beantwortet – die kommt heute nicht mehr säckeweise, sondern müllt das Online-Postfach zu –, und sie hat sich zum Beispiel um mein *Facebook*-Profil gekümmert. Dabei fiel ihr auf, dass in der Regel ein Kontrahent gewinnt, wenn man sich mit einem anderen disst.«

»Und so kam sie auf die Idee, XXL Luna als Konkurrentin zu etablieren, damit du mehr Alben verkaufst?«

LeyLa nickte. »So in etwa. Es ist Show, Marketing, wenn du so willst. Es gehört einfach zum Geschäft. Glaubst du, Bushido, Sido – und wie sie alle heißen – wären so lange im Business, wenn sie sich nicht ständig gegenseitig angefeindet hätten? Das bringt Schlagzeilen und damit Follower und die wiederum Downloads. Sorry, aber es geht auch hier nur ums Geld.«

Charlotte fühlte sich völlig erschlagen. Sie war nicht so naiv gewesen zu glauben, dass es im HipHop vor allem um schöngeistige und gute Texte ging. Aber das war dann doch zu viel.

LeyLas Handy summte. Sie nahm ab, sagte ein paar Mal »Ja« und legte auf. »Das war Harry. Wir sollen ins Präsidium kommen, sie haben noch Fragen. Der Termin ist in einer halben Stunde.«

Plötzlich wirkte sie wieder wie das vierzehnjährige Schulmädchen vor der Hausaufgabe, nicht mehr wie die selbstbewusste Rapperin, die sich in ihrer Welt verdammt gut zurechtfand.

»Kommst du mit?«, fragte sie Charlotte.

»Aber natürlich, das weißt du doch«, erwiderte diese und wandte sich an Banu. »Ich schätze, es macht keinen Sinn, dass du mitkommst. Es ist nur eine ewige Warterei.«

Banu lachte. »Hatte ich auch nicht vor. Eigentlich wollte ich mir die berühmte Altstadt anschauen, aber bei dem Wetter ziehe ich doch eher ein Museum vor. Kannst du eines empfehlen?«

»Hängt davon ab, wofür du dich interessierst«, sagte Charlotte. »Gleich nebenan ist das Germanische Nationalmuseum; es zeigt vor allem Historisches. Der Gegenentwurf ist im Neuen Museum zu finden: Moderne Kunst und Installationen.«

»Das klingt spannend«, sagte Banu und lachte. »Mit der Geschichte hab ich's nicht so.« Dann fragte sie ihre Schwester: »Gibt's eigentlich kein Frühstück?«

LeyLa hielt sich erschrocken die Hand vor den Mund. »Oh verflixt, das habe ich völlig vergessen. Du weißt, dass ich so gut wie nie frühstücke. Es steht nebenan im Konferenzraum.«

»Gut«, sagte Banu. »Ich bin nämlich am Verhungern.« Sie umarmte LeyLa und wünschte ihr viel Glück bei der Polizei. »Denk dran, du hast nichts zu verbergen.«

»Ich weiß das«, erwiderte LeyLa düster. »Aber wissen die das auch?«

»Du passt auf sie auf, ja?«, forderte Banu von Charlotte.

»Natürlich. Wie gesagt: Es ist mein Job.«

11

Good morning, Charlotte.« Diesmal war Charlotte nur noch überrascht, nicht mehr schockiert, als sie ihren Namen englisch ausgesprochen hörte.

»Wartet bitte einen Moment«, sagte sie zu LeyLa und Harry und erwiderte Jacob: »Good morning. Wohnst du hier?«

Jacob lachte. »Nein, wir wohnen in einer kleinen Pension. Aber wir frühstücken hier.«

»Verstehe.«

»Wann treffen wir uns?«, wollte Jacob wissen.

»Ich habe keine Zeit, tut mir leid.« Sie zeigte auf Harry und LeyLa, die bei der Rezeption standen und auf sie warteten. »Wir haben einen dringenden Termin.«

»Ich habe gehört, du arbeitest jetzt als Bodyguard«, sagte Jacob.

»Richtig. Und genau deshalb muss ich jetzt weiter. Ich wünsch dir einen schönen Tag«, sagte Charlotte und drehte sich zum Gehen um.

»I'll text you!«, rief Jacob ihr nach.

Charlotte stoppte und sah ihn eindringlich an: »No!«, zischte sie. »Hör auf, mir SMS zu schicken. Es nervt.«

Jacob stand da wie ein kleines Kind, dem man das Lieblingsspielzeug weggenommen hatte.

Charlotte zögerte. Sie wusste, er konnte ziemlich hartnäckig sein.

»Okay«, sagte sie. »Ich versuche, mir heute Nachmittag was freizuschaufeln. Aber mehr als eine halbe Stunde ist nicht drin«, fügte sie warnend hinzu. Sie hielt ihr Handy hoch. »Ich schicke dir die Uhrzeit. Deine Nummer habe ich ja.«

Jacob schien die Ironie ihrer letzten Bemerkung nicht zu verstehen. Er strahlte. »Ich freue mich.«

Charlotte verdrehte die Augen und ließ ihn stehen.

»Wir können«, sagte sie zu LeyLa und dem Manager.

»Wird auch langsam Zeit«, maulte Harry.

»Tut mir leid, das war ein alter Bekannter aus England. Wir haben uns zufällig getroffen.« Charlotte warf einen Blick zurück; Jacob stand noch immer am selben Fleck. Er winkte ihr zu.

»Lasst uns gehen«, sagte sie und schob Harry und LeyLa nach draußen. Sie spannte den Schirm auf, den sie sich vom Hotel hatte geben lassen, und hielt ihn über LeyLa und sich. Harry hatte erklärt, dass er nicht aus Zucker sei und keinen benötige. Jetzt zog er den Kopf so weit wie möglich ein, um dem Regen zu entgehen.

Im Präsidium nahm sie diesmal Andi persönlich in Empfang. Charlotte lächelte ihm zu und wollte zum Wartebereich gehen, da sagte LeyLa: »Ich gehe nur mit, wenn sie auch mitkommen darf.«

»Das ist leider nicht möglich.« Andis Stimme klang freundlich, aber Charlotte hörte deutlich heraus, dass er genervt war.

»Dann können wir das gleich bleiben lassen. Entweder, sie kann mitkommen oder ich sage nichts. Ihre Entscheidung.« LeyLa starrte Andi herausfordernd an.

Dieser schaute zu Charlotte, die aber nur die Schultern hob. *Ich bin nicht schuld!*

»Na gut, meinetwegen«, knurrte er und hielt ihnen die Tür auf.

Charlotte schloss sich den anderen schweigsam an und nickte nur, wenn jemand sie auf den Fluren erkannte und sie begrüßte. Harry folgte ebenfalls unauffällig. Sie hatte erwartet, dass Andi sie zu einem Verhörraum brachte; stattdessen führte er sie in sein Büro.

»Hier ist Schluss«, sagte er. »Die beiden«, er deutete auf Harry und Charlotte, »müssen draußen bleiben.«

»Sie kommt mit«, beharrte LeyLa. »Sie ist mein Bodyguard.«

Ein amüsiertes Lächeln umspielte Andis Mundwinkel. »Sie sind hier im Polizeipräsidium. Wer bitte sollte Ihnen hier etwas antun?«

»Darum geht es nicht«, erwiderte LeyLa und reckte den Kopf in die Höhe. »Aber wie soll sie mich beschützen, wenn sie keine Ahnung hat, worum es eigentlich geht?«

Gut gebrüllt, Löwe, dachte Charlotte. *Wird nur nichts nützen.*

Doch zu ihrer Überraschung nickte Andi und sagte: »Das macht Sinn. Sie ja, er nein.«

Harry schien es egal zu sein. Er setzte sich auf den ihm zugewiesenen Stuhl.

Charlotte folgte LeyLa in Andis Büro. Sein Schreibtisch verschwand unter zahlreichen Unterlagen, zwei gebrauchte Tassen standen mittendrin, eine angebissene Semmel lag auf der Bäckertüte daneben.

Obwohl es das übliche Chaos während einer Mordermittlung war, machte Charlotte sich Sorgen um ihn. Er sah müde und abgekämpft aus, seine Haut war grau und faltig, die Augenränder noch dunkler als sonst. So hatte Leo auch ausgesehen, kurz bevor ihn ein Herzinfarkt dazu gezwungen hatte, kürzer zu treten.

Andi wies ihnen die beiden Stühle vor dem Tisch zu, er nahm dahinter Platz.

»Bevor wir anfangen, möchte ich noch etwas klarstellen«, sagte Charlotte. Sie zeigte auf Andi. »Wenn ich von meinem Mann spreche, meine ich ihn damit.«

LeyLa lächelte. »Ja, ist mir klar.«

Charlotte schaute sie verblüfft an. »Du weißt das?«

»Natürlich. Das sieht doch ein Blinder mit Krückstock.«

Charlotte warf Andi einen verwunderten Blick zu und sah, dass er ebenfalls überrascht war.

»Können wir jetzt anfangen?«, sagte LeyLa betont gelangweilt.

»Ähm, ja, ja natürlich«, erwiderte Andi und suchte etwas auf seinem Schreibtisch. Charlotte war sich nicht sicher, ob es nicht nur eine Übersprunghandlung war.

»Okay«, sagte er schließlich und zog ein Blatt Papier hervor, legte es aber sofort wieder zur Seite. Er räusperte sich und schaute LeyLa an.

»Sie haben gestern zu meiner Kollegin gesagt, dass sie in der Nacht von Montag auf Dienstag nichts mitbekommen haben.«

»Richtig«, bestätigte LeyLa. »Ich hatte eine Schlaftablette genommen und deswegen tief und fest geschlafen.«

»Wissen Sie noch, wann Sie ins Bett gegangen sind?«

LeyLa dachte kurz nach. »Es war auf jeden Fall vor Mitternacht. Das weiß ich sicher, weil es extrem selten vorkommt. Ich bin eine Nachteule; normalerweise gehe ich erst gegen zwei oder drei ins Bett.« Sie lächelte schüchtern. »Ich schätze, es war viertel nach elf, halb zwölf. Um viertel vor zwölf habe ich zum letzten Mal auf den Wecker geschaut.«

»Und Sie haben das Zimmer nicht mehr verlassen?«

»Nein. Zumindest nicht wissentlich.«

»Gut.« Andi zog ein Foto hervor. »Wie erklären Sie sich das hier?« Er legte das Bild so auf den Schreibtisch, dass Charlotte es ebenfalls sehen konnte.

Es zeigte eine stark verschwommene Gestalt, die an LeyLa erinnerte. Am unteren Rand waren Datum und Uhrzeit aufgedruckt: 25. Juni, 0:24 Uhr.

LeyLa runzelte die Stirn. »Aber Sie wissen doch, dass Lisa als meine Doppelgängerin unterwegs war.«

»Wir haben aber weder eine Perücke noch Kleidung gefunden, die darauf schließen lassen, dass Frau Müller in ihrer Funktion als Ihre Doppelgängerin unterwegs war.«

Etwas weniger geschwollen wäre effektiver, dachte Charlotte. Andi war manchmal überkorrekt.

LeyLa schaute ihn verblüfft an. »Was wollen Sie damit sagen?«

»Ich will erst einmal gar nichts damit sagen«, erwiderte er. »Ich will, dass Sie mir dieses Foto erklären. Es wurde von einer Überwachungskamera aufgenommen.« Er legte den Finger auf die Zeile mit dem Datum und der Uhrzeit. »Angeblich lagen Sie zu diesem Zeitpunkt tief schlafend im Bett.« Seine Stimme klang hart, sein Blick kalt. Charlotte hasste dieses Gesicht an ihm.

LeyLa ließ sich nicht verunsichern und hielt seinem Blick stand. »Das stimmt auch«, sagte sie ruhig. »Warum sollte ich lügen? Ich habe Ihnen gesagt, dass ich

Lisa nicht leiden konnte. Das ist aber noch lange kein Grund, sie umzubringen.«

»Und wie erklären Sie sich das?« Er klopfte mit dem Zeigefinger auf das Foto.

LeyLa nahm das Bild in die Hand schaute es sich genauer an. Sie zuckte mit den Schultern.

»Entweder stimmt die Einstellung der Kamera nicht und das Datum ist falsch. Was die Klamotten angeht: So unterschiedlich war unser Geschmack nicht. Es waren vor allem die Haare, die Lisa in mich verwandelt haben. Eine Perücke verschwinden zu lassen, dürfte nicht so schwierig sein.«

»Haben Sie eine Idee, wer das getan haben könnte?« Andis Stimme klang wieder freundlicher.

Charlotte, die die Luft angehalten hatte, atmete hörbar aus.

LeyLa legte das Foto zurück auf den Tisch und schaute ihm in die Augen. »Ich denke dauernd darüber nach, aber mir fällt niemand ein«, erklärte sie.

»Was ist mit Ihrem Manager?«

»Harry?« LeyLa stieß ein kurzes, hartes Lachen aus. »Nein. Der macht zwar einen auf hart und unnahbar, aber im Grunde ist er ein ganz Harmloser. Klar, er hat seine Macken und eine davon sind seine Weibergeschichten. Aber warum hätte er Lisa etwas antun sollen? Es lief doch gut.«

Charlotte stutzte. Hatte LeyLa ihr nicht erzählt, dass es in den letzten Wochen immer mehr zu Unstimmigkeiten zwischen den Dreien gekommen war? Hatte die Sängerin Harry in Verdacht, wollte ihn aber nicht hinhängen?

»Wie ist Lisa eigentlich gestorben?«, wollte LeyLa wissen.

Das würde mich auch brennend interessieren!

Andi zögerte. »Leider darf ich Ihnen das aus ermittlungstaktischen Gründen nicht sagen.«

»Okay«, erwiderte LeyLa gleichmütig und grinste. »Einen Versuch war es wert.«

Andi lächelte. Ihm schien ihre lockere Art zu gefallen. Er nahm das Bild wieder an sich, legte es in eine Mappe und stand auf.

»Danke, das war's«, sagte er und reichte LeyLa die Hand.

»Wie? Das war alles?«

»Fürs Erste«, antwortete er, lächelte aber.

»Na gut, dann bis irgendwann«, sagte LeyLa und ging zur Tür.

»Ich komme gleich nach«, sagte Charlotte.

»Lasst euch Zeit.« LeyLa grinste anzüglich und verließ das Zimmer.

Andi kam um den Tisch herum und nahm Charlotte in die Arme. Sie lehnte den Kopf gegen seine Brust und kämpfte mit den Tränen. Eine Weile standen sie bewegungslos da.

»Geht's dir gut?«, fragte sie schließlich.

»Ja und nein«, sagte er und ließ sie los. »Das Foto ist die einzige Spur, die wir bisher haben. Niemand hat etwas gesehen oder gehört. Dabei ist um diese Zeit in der Innenstadt normalerweise die Hölle los.«

»Kannst du mir sagen, wie sie gestorben ist?«

»Natürlich nicht, aber ich tue es trotzdem. Vielleicht findest du ja etwas heraus.« Er griff nach einem dünnen Folder und blätterte darin. Charlotte wusste, es war nur vorgeschoben. Mit Sicherheit hatte er alle Details im Kopf.

»Sie wurde erdrosselt – zumindest auf den ersten Blick«, sagte er. »Der Täter benutzte vermutlich einen Schal oder ein Tuch.«

Charlotte griff sich unwillkürlich an den Hals.

»Wir haben Fasern gefunden, wissen aber noch nicht, woher sie stammen. Du weißt, dass das dauern kann. Im Endeffekt ist sie aber ertrunken.«

»Ertrunken? Wo denn?«

»Im Spielbrunnen am Kornmarkt.«

Charlotte erinnerte sich an die Absperrung auf dem Platz und versuchte, sich den Brunnen ins Gedächtnis zu rufen. Sie war unzählige Male an ihm vorbeigegangen und wusste dennoch kaum, wie er aussah.

»Das Wasser ist sehr niedrig«, sagte sie, als sie das Bild endlich hatte.

Andi fuhr sich über die Augen. »Es gibt da diese kleine Hängebrücke, in der Mitte des Brunnens. Sie lag darunter.«

Charlotte schauderte. Was für ein grausamer Tod. »Wollte er sie verstecken?«

»Vermutlich. Ich denke, der Täter wusste nicht, dass sie noch lebte. Sie war ganz sicher bewusstlos, als sie in den Brunnen gelegt wurde. Kann sein, dass er in seiner Panik dachte, sie sei tot.«

»Schwacher Trost«, murmelte Charlotte. »Wer hat sie gefunden?«

»Ein junges Paar auf dem Nachhauseweg. Sie balancierte auf dem Brunnenrand, rutschte weg und sah, dass etwas unter der Brücke lag. Sie waren ziemlich fertig, wie du dir vorstellen kannst.« Andi schüttelte den Kopf. »Es war kein schöner Anblick.«

»Sie kannst du als Täter sicher ausschließen?«

Andi nickte. »Die beiden verbindet absolut nichts mit dem Opfer. Außerdem haben sie für die Tatzeit ein Alibi.«

»Wann ist die?«

»Halb eins, plus minus.«

»Also genau da, als das Foto geschossen wurde.«

»Ja.«

»Und wann wurde sie gefunden?«

»Kurz nach eins. Die erste Streife war vier Minuten später da.« Er lächelte. »Du warst dabei, als ich den Anruf bekommen habe.«

Charlotte kam es vor, als sei das vor Wochen gewesen; dabei war es gerade mal zwei Tage her.

»Und es gibt keine Aufnahmen vom Tathergang?«

Andi seufzte. »Nein. Das Bild von Lisa – oder LeyLa – wurde von einer der Kameras in der Straße der Menschenrechte geschossen. Wir haben mehrere davon, aber das hier ist das beste.« Er lachte bitter. »Die Kamera, die den Kornmarkt überwacht, hatte einen Wackelkontakt. Wir haben jede Menge Material, aber nichts Brauchbares zwischen elf und drei.«

»Kann jemand sie manipuliert haben?«

»Theoretisch ja, aber ich halte es für unwahrscheinlich.«

Sie stutzte.

»Was ist?«, wollte Andi wissen.

Charlotte hob die Hand. Er wartete geduldig.

»Du sagtest vorhin«, begann sie langsam, um keinen Gedanken zu verlieren, »dass ihr keine Perücke gefunden habt.«

»Korrekt.« Er schaute sie erwartungsvoll an.

»Lisa lag also als Lisa im Brunnen.«

Andi nickte.

Charlotte wälzte den Gedanken ein paar Mal im Kopf umher, aber sie kam auf keine andere Lösung.

»Woher wusste das Internet, dass es sich um LeyLa handelte?«

Andi starrte sie an. »Interessante Frage«, murmelte er. »Wieso ist von uns keiner drauf gekommen?«

»Ihr seid zu nah dran«, erwiderte Charlotte. »Du kennst das doch. Wie oft hast du Dinge gesehen, die Leo nicht erkannte, weil er sich zu sehr in einen Fall verbissen hat.«

Andi griff zum Telefon und drückte eine Taste. Als sich die Gegenseite meldete, sagte er nur: »In mein Büro, jetzt.«

Sekunden später klopfte es und Marius trat ein.

»Hallo Charly«, sagte er und lächelte sie an.

»Sag's ihm«, forderte Andi sie auf.

Sie wiederholte ihren Gedankengang.

»Verdammt«, entfuhr es Marius. »Ich geh der Sache nach.« Grußlos verließ er das Zimmer.

»Du hast nichts verlernt«, sagte Andi. Er lächelte sie an.

»Das wäre ja auch noch schöner!« Charlotte lachte, aber sie freute sich, dass sie ihm helfen konnte. »Hast du einen Verdächtigen?«

»Außer den üblichen?« Andi schüttelte den Kopf. »Bisher nicht. Der Manager steht ganz oben auf der Liste. Und natürlich LeyLa.« Er schaute sie ernst an.

»Tut mir leid, ich kann sie nicht ausschließen, auch wenn ich persönlich nicht glaube, dass sie es war. Und der dicke Mann.«

»Habt ihr zu ihm etwas gefunden?«

Andi verneinte. »Die Fahndung läuft auf Hochtouren. Wer steht auf deiner Liste?«

Charlotte lachte. »Ich habe nur eine andere Reihenfolge: Manager, dicker Mann, LeyLa. Ich mag sie, aber ich bin nicht betriebsblind. Mir ist klar, dass sie ein starkes Motiv hat. Du glaubst also auch, dass es der Manager war?«

»Schwer zu sagen. Irgendetwas ist faul an dem Typen, aber ich kann es nicht greifen«, sagte Andi und bestätigte Charlottes Empfinden. »Ich sollte jetzt mit ihm reden.«

»Ich halte die Augen offen«, versprach sie.

Sie küssten sich, dann öffnete Andi die Tür und rief Harry zu sich.

III

Bist du sicher?« Charlotte hatte ein schlechtes Gewissen, aber Banu schob sie Richtung Tür.

»Nun geh schon. Sie schläft, und ich passe auf, dass sie keine Dummheiten macht. Versprochen. Und für den Notfall habe ich deine Handynummer.«

»Ich bin unten, wenn also …«

Banu verdrehte die Augen. »Du bist ja schlimmer als unsere Mutter«, stöhnte sie. »Die denkt auch, dass die Welt zusammenbricht, wenn sie nicht alles unter Kontrolle hat.«

Charlotte zog eine Grimasse. »So sind Mütter.« Sie umarmte Banu. »Danke.«

»Nun geh endlich. Man lässt Dates nicht so lange warten.«

»Es ist kein Date, ich …«

»Ja, ja, ja.« Banu stemmte sich gegen sie und schob sie zum Zimmer hinaus. »Egal, was es ist: Geh!«

Sie knallte die Tür zu und verriegelte sie von innen. Charlotte musste grinsen. Wie schön wäre es, mit LeyLa und ihrer Schwester ein paar Tage in unbeschwerter Atmosphäre verbringen zu können.

Sie überlegte, ob sie bei Harry klopfen sollte. Er hatte ihnen im Präsidium gesagt, sie sollten nicht auf ihn warten. Bisher hatte er sich nicht zurückgemeldet.

»Andi wird ihn schon nicht gefressen haben«, überlegte sie laut und holte den Lift.

Der Gedanke an Andi verstärkte ihr schlechtes Gewissen. War es okay, sich mit Jacob zu treffen? Andi selbst hatte es ihr vorgeschlagen, dennoch hatte sie kein gutes Gefühl dabei.

Ihr ehemaliger Lebenspartner sprang auf, als sie das Restaurant betrat.

»Oh, Charlotte. I am so delighted.«

Sie wäre am liebsten sofort wieder umgekehrt, wusste aber, dass sie mit ihm reden musste. Er würde sie dann hoffentlich in Ruhe lassen.

»Hello, Jacob.« Sie ließ sich von ihm auf die Wange küssen, küsste aber nicht zurück. Gentlemanlike hielt er ihren Stuhl und nahm erst Platz, als sie saß.

Er ergriff ihre Hand und drückte sie. »Es ist so schön, dich zu sehen«, sagte er mit leuchtenden Augen.

Unter dem Vorwand, in die Karte schauen zu müssen, entzog sie ihm die Hand schnell wieder. Sie bestellte ein Glas Wasser, einen Espresso und ein Stück Apfelkuchen.

Vor Jacob stand ein Kännchen Tee, Kuchen hatte er nicht bestellt.

»Leider haben sie hier keinen High Tea«, sagte er bedauernd.

»Man kennt das in Deutschland nicht«, erwiderte Charlotte. »Außerdem trinken hier die meisten Menschen Kaffee.«

Die Bedienung brachte ihre Getränke und den Kuchen.

»Erzähl«, forderte Charlotte ihn auf. »Was machst du, wie geht es dir?«

»Gut, es geht mir gut«, begann er. »Ich spiele immer noch Klarinette; seit drei Jahren bin ich festes Mitglied einer Band. Wir spielen hauptsächlich Jazz. Es ist mühsam, wie eh und je, aber es reicht zum Leben. Du weißt, ich bin nicht anspruchsvoll.«

Da hatte er ausnahmsweise recht.

»Am Freitagabend und am Samstag treten wir beim music festival auf. Ich hoffe, du kommst.«

»Wenn ich Zeit habe«, sagte Charlotte. »Aber vermutlich muss ich arbeiten.« Sie bemühte sich, ihrer Stimme einen bedauernden Beiklang zu geben.

»Du arbeitest am Wochenende?«, fragte Jacob erstaunt.

»Wenn der Schützling Musikerin ist und am Wochenende auftritt, ja.«

»Oh, wer ist es? Kenne ich sie?«

»Das glaube ich kaum. Sie ist Rapperin und heißt LeyLa.«

Jacob tat so, als würde er nachdenken, aber Charlotte kannte ihn zu gut, um zu wissen, dass alles nur Show war. An ihm war ein Schauspieler verloren gegangen, wenn auch kein guter.

»Nun erzähl doch. Wie geht es dir?«, drängte er sie erneut.

»Mir geht es sehr gut«, sagte Charlotte und betonte das *sehr* besonders. »Ich lebe jetzt seit fast sieben Jahren in Nürnberg, habe einen tollen Job und einen tollen Mann.«

Jacobs Miene wurde ernst. »Du bist verheiratet?«

»Noch nicht. Wir denken gerade darüber nach«, schwindelte Charlotte. *Zumindest ich tue es.*

»Was ist mit dir? Bist du noch mit – wie hieß sie gleich? Marianne? – Bist du noch mit ihr zusammen?«

»Miriam«, korrigierte Jacob. »Und nein, wir sind schon lange nicht mehr zusammen.«

Es war nur eine schwache Genugtuung für Charlotte.

»Tatsächlich ist das Ganze nach sechs Monaten in die Brüche gegangen«, ergänzte Jacob. »Sechs Monate, nachdem du weggegangen bist.«

»Ich bin nicht weggegangen. Wir wollten gemeinsam nach München gehen, falls du dich erinnerst«, fauchte Charlotte.

»Ja, natürlich. Es tut mir leid.« Er wirkte ehrlich zerknirscht. »Und es war ein großer Fehler, das weiß ich heute. Ich weiß es längst.« Wieder wollte er nach ihrer Hand greifen, aber Charlotte war schneller und nahm ihr Glas, um zu trinken.

»Ich war in München, um nach dir zu suchen«, sagte er. »Aber ich konnte dich nicht finden.« Es klang wie ein Vorwurf.

Charlotte runzelte die Stirn. »Wieso wolltest du mich finden?«

»Ich wollte dir sagen, dass ich einen entsetzlichen Fehler begangen habe, und mich bei dir entschuldigen.«

Dafür ist es längst zu spät!

»Wann warst du in München?«, fragte Charlotte, um etwas zu entgegnen. Sie fühlte sich alles andere als wohl in ihrer Haut.

»Acht Monate nach deinem Weggang«, sagte Jacob und verbesserte sich auf »Umzug.«

»Wie hättest du mich in einer Stadt wie München finden sollen? Du hattest keine Adresse – nichts.«

»Ich hatte eine Adresse«, erinnerte Jacob sie. »Es war die der Wohnung, in die wir hatten ziehen wollen. Aber da warst du nicht.«

Charlotte lachte. »Nein, natürlich nicht. Sie war zu groß für Patrick und mich und außerdem viel zu teuer. Ich hatte Glück. Die Immobilienmaklerin war sehr nett. Sie hat uns eine kleinere Wohnung vermittelt.«

Jacob fasste sich an die Stirn. »Geez – die Immobilienmaklerin, wie konnte ich die nur vergessen.«

»Sie hätte dir nichts gesagt.«

»Vermutlich«, gab Jacob zu. Er beugte sich vor. Charlotte wich so weit wie möglich zurück, ohne dass es unhöflich wirkte. Obwohl ihr der Mann wahnsinnig auf die Nerven ging, wollte sie ihn mit Anstand behandeln. Immerhin hatte sie sechs Jahres ihres Lebens mit ihm verbracht. Und es waren nicht nur schlechte Zeiten gewesen.

»Charlotte«, sagte er. »Ich war ein Idiot. Ich habe so viel falsch gemacht. Ich möchte das wieder gutmachen.«

»Du musst nichts gutmachen, Jacob. Das ist alles so lange her. Vergeben und vergessen.«

Vergeben ja, vergessen nein.

»Kannst du mir noch eine Chance geben? Wir gehören doch zusammen.«

Charlotte schluckte. War der Typ noch ganz dicht? Kam nach so langer Zeit an und wollte da anknüpfen, wo er sie hatte sitzen lassen?

»Jacob, was soll das? Man kann sieben Jahre nicht einfach so überbrücken. Ich habe mir ein neues Leben aufgebaut, bin in einer neuen, in einer sehr glücklichen Beziehung. Wir wollen heiraten. Das kann, das will ich nicht aufgeben.«

»Aber wir hatten so gute Zeiten zusammen.«

Charlotte riss allmählich der Geduldsfaden.

»Das bestreitet ja auch niemand. Wir hatten gute und wir hatten schlechte Zeiten, wie jedes Paar. Aber das ist lange her. Die Welt hat sich weitergedreht.

Wir haben uns weiterentwickelt. Wir wissen nichts voneinander, kennen uns nicht mehr. Ich lebe in Nürnberg, du in England. Sieh es ein: Es ist aus und vorbei.«

Jacob saß vor ihr, als habe sie ihm eine Ohrfeige verpasst. Vermutlich empfand er ihre Sätze auch als eine solche. Aber darauf konnte sie keine Rücksicht nehmen. Diesem Mann hatte es seit jeher an Realitätssinn gefehlt; einer musste ihm endlich einmal die Wahrheit sagen.

Sie holte einen Geldschein aus der Jackentasche und signalisierte der Bedienung, dass sie zahlen wollte.

»Ich wollte dich einladen«, sagte Jacob.

»Okay, kein Problem.« Charlotte steckte den Schein zurück. »Es tut mir leid, aber ich muss wieder zurück zur Arbeit. Eigentlich hätte ich gar nicht kommen dürfen. Es war eine absolute Ausnahme.«

Die Bedienung kam und kassierte ab.

Ungeduldig wartete Charlotte, bis sie fertig waren. Danach sprang sie auf.

»Danke für die Einladung. Es war wirklich nett, dich wieder gesehen zu haben. Es tut mir leid, aber ich muss los.«

Sie beugte sich vor und gab dem verdutzten Jacob ein Küsschen auf die Wange.

»Und es gibt keine Chance für uns?«

»No! Bye.« Sie sagte es so hart wie möglich, drehte sich um und ging.

Am liebsten hätte sie etwas zertrümmert, um ihrer Wut Ausdruck zu verleihen, aber im Lift fuhr ein älteres Ehepaar mit, das sich sehr über ihren Ausbruch gewundert hätte.

Im fünften Stock stürmte Charlotte in das Apartment und direkt in ihr Zimmer. Sie warf sich aufs Bett und trommelte mit den Fäusten auf die Decke.

Ein paar Minuten später klopfte es zaghaft. »Alles in Ordnung, Charly?« Banu oder LeyLa?

»Ja, alles gut«, rief sie. »Gebt mir noch ein paar Minuten.«

IV

Eine halbe Stunde später klopfte es erneut, im selben Augenblick wurde die Tür geöffnet. Banu steckte ihren Kopf herein.

»Kann ich reinkommen?«

Charlotte fuhr sich durch die Haare. »Ja, natürlich.« Von draußen waren laute Stimmen zu hören.

»Ich wollte nicht stören, aber ich denke, du musst einschreiten, sonst gibt es noch einen Mord«, sagte Banu.

»Was ist los?«

»LeyLa will unbedingt das Konzert heute Abend geben.«

»Was? Ist sie verrückt?« Charlotte war baff. »Ich dachte, das ist längst abgesagt.«

»Harry hatte heute Morgen mit dem Veranstalter telefoniert, aber es war zu spät, um alle zu informieren. Sie wollten stattdessen eine Disconacht veranstalten.«

»Disco statt LeyLa? Da werden sich die Fans sicher freuen«, bemerkte Charlotte trocken.

»Eben. Deswegen will LeyLa, dass das Konzert stattfindet. Kannst du nicht ein Machtwort sprechen?«

»In wessen Sinne?« Charlotte schaute Banu neugierig an.

»Wenn ich das wüsste«, seufzte sie. »Sie sind beide sture Esel.«

Charlotte rutschte vom Bett, schlüpfte in ihre Sneaker und folgte Banu ins Wohnzimmer. LeyLa und Harry standen sich gegenüber wie zwei Boxer und starrten sich feindselig an. Harrys Kopf zeigte eine besorgniserregende Röte, während LeyLa eher blass war.

»Was ist hier los?«, fragte Charlotte in forschem Ton.

Beide wandten sich ihr zu und für einen Moment hatte sie die Befürchtung, sie würden nun auf sie losgehen. LeyLa entspannte sich als erste. Sie ließ die Schultern sinken, zeigte mit dem Finger auf Harry und erklärte in anklagendem Ton: »Er will nicht, dass ich das Konzert gebe.«

»Das ist doch Wahnsinn«, erwiderte er. »Sagen Sie ihr das«, forderte er Charlotte auf.

»Wo sollte es denn stattfinden?«, fragte sie betont ruhig.

»Im *E-Werk* in Erlangen.«

»Ich werde meine Fans nicht hängenlassen«, sagte LeyLa.

»Aber jeder würde es verstehen, in dieser besonderen Situation.« Harry klang müde.

»Warst du da schon mal?«, wollte Charlotte von LeyLa wissen.

Sie schüttelte den Kopf. »Aber Harry kennt es.«
»Und?« Charlotte schaute ihn herausfordernd an.
»Was und?«
»Wäre es möglich, LeyLa zu beschützen?«
Er zuckte mit den Schultern. »Wenn sie nicht im Haus herumläuft, sondern in der Garderobe bleibt, sollte es kein Problem sein, aber …«
»Wo in Erlangen liegt das denn?«
»Ziemlich zentral. Vom Bahnhof wären es keine zehn Minuten zu Fuß«, erwiderte Harry mürrisch.
»Wann müssten wir dort sein?«
»Der DJ ist wieder gesund, das heißt, es wäre ein kurzer Soundcheck fällig. Ich wäre gegen halb sechs losgefahren.«
Charlotte wägte ab. Es war zeitlich nicht mehr möglich, den Veranstaltungsort vorab zu checken und dann erst zu entscheiden.
Die Vernunft riet eindeutig, das Konzert abzublasen. Sie sah aber auch, dass es LeyLa gut tun würde, endlich mal wieder aus dem Haus zu kommen.
»Was haltet ihr davon: Wir fahren so bald wie möglich los. Ich schaue mir das Ganze an und entscheide dann: Ja oder Nein. Wärt ihr damit einverstanden?« Sie schaute von LeyLa zu Harry und zurück.
»Meinetwegen«, sagte LeyLa schließlich.
Der Manager nickte erschöpft.
»Gut.« Charlotte schaute auf die Uhr. »Können wir in fünfzehn Minuten los?«
»Von mir aus ja«, sagte Harry und auch LeyLa stimmte zu.
»Schön.« Charlotte klatschte aufmunternd in die Hände. »Wir treffen uns hier um Viertel nach vier.«
Tatsächlich fuhren sie erst um halb fünf los. Charlotte saß wieder auf dem Beifahrersitz, Banu und LeyLa hinten. Banu hielt die Hand ihrer Schwester. Niemand hatte Lust zum Reden.
Im *E-Werk* angekommen, stieg Charlotte aus und schärfte ihnen ein, auf jeden Fall im Auto zu warten, bis sie zurückkam.
Sie betrat das Haus, suchte nach jemandem, der sie herumführen könnte und fand eine junge Frau, die sie an einen gewissen Thomas verwies. »Er ist bei uns für die Sicherheit zuständig.«
Fünf Minuten später stand Thomas vor ihr. »Hi. Wie kann ich dir helfen?«
Charlotte erläuterte ihren Wunsch. »Es ist eine reine Vorsichtsmaßnahme.«
»Es ist ungewöhnlich, dass eine unbekannte Rapperin einen eigenen Bodyguard hat«, sagte er und lachte. »Das kenne ich nur von den großen Bands.«
»Vor zwei Tagen gab es in ihrem direkten Umfeld einen Mord«, erklärte

Charlotte. »Darüber wurde doch sicher auch in Erlangen berichtet. Deshalb wurde ich engagiert.«

Er wurde schlagartig ernst. »Du meinst den Mord in Nürnberg? Ich wusste nicht, dass es dabei um eine Musikerin ging.« Er schüttelte den Kopf. »Deshalb sind die Vorverkaufszahlen so in die Höhe geschossen. Wir haben uns schon gewundert. – Was willst du sehen?«

Charlotte bat darum, den Saal, in dem das Konzert stattfinden würde, sowie die Künstlergarderobe inspizieren zu dürfen.

»Klar, gar kein Problem«, sagte Thomas. »Ursprünglich sollte das Konzert in der Kellerbühne stattfinden – wie schon gesagt, war der Vorverkauf anfangs mau. Jetzt seid ihr im zweiten Stock auf der Clubbühne. Hier entlang.« Er stieg eine Treppe hinauf.

Sie betraten den Saal, wo letzte Vorbereitungen liefen.

»Schön«, fand Charlotte. »Wo ist die Künstlergarderobe?«

»Sie befindet sich hier, links von der Bühne.« Thomas winkte den beiden Männern zu, die gegenüber von der Bühne mit einem Mischpult beschäftigt waren und öffnete eine Tür. »Hier ist die Garderobe, samt WC und Dusche. Von da geht es direkt auf die Bühne.«

Charlotte war sehr angetan. Wie im *Hirsch* gab es nur einen Zugang, der Aufgang zur Bühne war weniger als einen Meter entfernt – perfekter ging es kaum.

Die Garderobe selbst war ein Traum. Sie sah aus, wie man sich eine Künstlergarderobe vorstellte: An einer Wand befanden sich drei Spiegel mit Glühbirnen darüber; auf der Gegenseite stand ein großer Kühlschrank, gefüllt mit diversen Getränken und Snacks. Das Beste waren jedoch die Wände: Zahlreiche Künstler hatten sich hier verewigt, die meisten mit ihrer Unterschrift, einige aber auch mit Bildern.

»Schön«, bemerkte sie. »Hier kann man sich echt wohlfühlen.«

Zum Abschluss ließ sie sich von Thomas noch das Sicherheitskonzept erläutern: Ein bis zwei Mann prüften beim Einlass die Taschen, zwei bis drei weitere Kollegen waren während des Konzerts anwesend und sorgten für einen geordneten Ablauf.

Charlotte dankte ihm, ging zum Auto zurück und berichtete: »Alles sehr ordentlich und übersichtlich. Ich würde sagen, wir können es wagen.«

V

LeyLa tigerte auf und ab, soweit das in dem kleinen Raum möglich war. Für die Graffitis an den Wänden hatte sie keinen Blick übrig.

»Kannst du nicht einfach mal sitzenbleiben?«, fauchte Banu. »Du machst mich ganz kirre!«

»Vielleicht war es ein Fehler, das Konzert nicht abzublasen«, sagte LeyLa.

»Das fällt dir aber früh ein.« Banu war richtig sauer auf ihre kleine Schwester. »Du ziehst das jetzt durch, verstanden?«

LeyLa nickte nur. Plötzlich verschwand sie Richtung Toiletten.

»Ist sie immer so?«, wollte Charlotte wissen. »Ich war bisher nur bei einem Konzert dabei. Da war alles easy.«

»Nein«, sagte Banu. »Normalerweise ist sie die Coolness in Person. Dass ihr jemand nach dem Leben trachtet, lässt sie natürlich nicht kalt.«

»Verständlich«, murmelte Charlotte. »Wo steckt eigentlich Harry?«

»Pffff, der macht sich vermutlich wieder wichtig«, sagte Banu.

»Du kannst ihn auch nicht besonders leiden, oder?«

Banu grinste. »Ich weiß, ich komme nicht gerade rüber als eine, die die Welt umarmt. Aber wenn jemand meine kleine Schwester verarscht, kann ich richtig sauer werden.«

»Was meinst du, verarscht?«

Banu schaute Richtung Toiletten. Offensichtlich war die Luft rein. »Hat sie es dir nicht gesagt?«

»Was?«, fragte Charlotte ungeduldig. Sie hasste Menschen, die sie hinhalten wollten. Sie waren hier nicht bei einem Ratespiel, es ging um ein Menschenleben!

»Harry hatte überlegt, Lisa als neue Rapperin aufzubauen.«

»LeyLa hat erwähnt, dass Lisa gerne Rapperin geworden wäre, ihre Texte aber nicht gut genug waren.«

Banu machte eine abwertende Handbewegung. »Wer schreibt denn seine Texte heute noch selbst?«

»Ich dachte, LeyLa …«, warf Charlotte verwirrt ein.

»Ja klar, LeyLa tut es«, sagte Banu. »Denn LeyLa macht immer alles hundertprozentig. Also schreibt sie auch die Texte selbst. Fehlt noch, dass sie auch die Beats produziert.«

Charlotte fragte sich, was verkehrt daran war, die eigenen Texte zu verwenden, aber die Erklärung folgte auf den Fuß: »Als Harry LeyLa entdeckte, war sie eine der wenigen Rapperinnen in Deutschland, die anständige Texte schreiben konnte. Das hat ihm imponiert. Er sah das Potential und nahm sie unter Vertrag.«

Erzähl mir was Neues, dachte Charlotte.

»Dann kam Lisa«, fuhr Banu fort. »Da fiel ihm plötzlich ein, dass man mit dirty womöglich weiterkommt als mit brav. Er forderte härtere Texte von LeyLa, aber sie weigerte sich. Sie sagte, das sei nicht sie selbst und das wolle sie nicht singen. Kennst du den Song Macho-Bruder?«

Charlotte nickte. Inzwischen konnte sie sogar einen Teil des Textes mitsingen. Na ja, mitrappen.

»Unsere Mutter war schockiert, als sie ihn das erste Mal im Radio hörte. Sie dachte, es geht um Hamit. Wir haben stundenlang auf sie eingeredet und ihr erklärt, dass Hamit nichts damit zu tun hat. Aber erst, als LeyLa es bestätigt hat, hat sie es geglaubt.«

Banu lachte bitter. »Unser Vater ist in einem Verein engagiert, in dem auch viele Muslime sind. Sie wollten ihn rauswerfen, weil seine Tochter angeblich muslimische Männer verunglimpft.«

»Seid ihr nicht auch muslimisch?«, wagte Charlotte vorsichtig zu fragen.

Banu lachte. »Nein, wir sind Christen. Also zumindest auf dem Papier. Denk dir nichts, du bist nicht die erste, die diesem Denkmuster unterliegt. Und du wirst auch nicht die letzte sein. Araber sind Muslime. Punkt.«

»Worüber redet ihr?« LeyLa war inzwischen unbemerkt ins Zimmer gekommen.

»Geht's dir gut?« Banu strich ihr zärtlich über die Wange.

»Ja, ja, geht schon.« LeyLa drehte ihr Gesicht weg und setzte sich aufs Sofa. »Ich will, dass es endlich losgeht.«

»Ich schau mich mal um«, sagte Charlotte und flüchtete vor der bedrückenden Atmosphäre. Sie kam jedoch nicht weit. Vier kichernde Mädchen kamen direkt auf die Bühne zu. Sie trugen blaue Ausweise um den Hals. Charlotte runzelte die Stirn. Was hatte diese Farbe zu bedeuten? Ihre eigenen waren wieder grün, die der Security gelb.

»Hi. Wo wollt ihr denn hin?«, fragte sie freundlich.

»Wir dürfen die Künstlergarderobe benutzen«, sagte eines der Mädchen und hielt ihr den Ausweis vor die Nase. Es war höchstens fünfzehn, trug mehrere Piercings im Gesicht und ein buntes Tattoo am linken Arm.

»Wir sind die Vorband, sozusagen«, erklärte eine andere. Sie war der Typ Kumpel, in Jeans, Chucks und Hoodie.

Charlotte musterte die jungen Frauen. Davon hatte Harry nichts gesagt. Keines der Mädchen war älter als zwanzig, sie waren stark geschminkt und hatten sich extrem für den Auftritt gestylt. Oder zur Tarnung?

Charlotte sah sich mit den vieren kämpfen und musste grinsen. Das war lächerlich! Harry würde sie trotzdem die Meinung geigen.

»Wartet bitte einen Moment«, sagte sie und ging zurück in die Garderobe.

»Draußen stehen vier Mädchen und behaupten, sie seien die Vorband«, sagte sie zu LeyLa.

»Oh, das ist der örtliche Nachwuchs«, rief LeyLa. »Sorry, die hatte ich völlig vergessen.«

»Verstehe«, sagte Charlotte. »Das heißt, ich kann sie reinlassen?«

LeyLa schaute nicht besonders glücklich. Mit vier Leuten mehr wäre der Raum mehr als voll.

»Ich schau mal, ob ich ein anderes Plätzchen für sie finde.«

LeyLa lächelte sie dankbar an.

Charlotte tätschelte ihre Schulter und verließ die Garderobe.

»Ihr müsst leider noch ein bisschen warten«, sagte sie zu den vier Mädchen. Sie winkte Thomas zu, der gerade im Saal auftauchte. »Können wir diese vier Nachwuchskünstlerinnen standesgemäß unterbringen?«, fragte sie und löste damit einen Kicheranfall der Mädchen aus.

Thomas schien sofort zu verstehen, was sie meinte.

»Ja, natürlich. Die Garderobe in der Kellerbühne ist frei. Ich bringe euch hin.«

»Viel Glück für euren Auftritt«, rief Charlotte ihnen hinterher.

»Danke.« Die Vier liefen laut schwatzend und gackernd hinter Thomas her.

Der Saal füllte sich mehr und mehr, der Lärmpegel stieg. Kurz nach acht stieg ein Mitarbeiter des *E-Werks* auf die Bühne und kündigte an, dass sich alles um gut eine halbe Stunde verzögern würde.

»Aber dann geht's wirklich los«, rief er. Das Publikum johlte und pfiff.

Ist das Absicht oder gibt es ein Problem?, schoss es Charlotte durch den Kopf.

Ihr Handy vibrierte. Schon wieder eine SMS von Jacob. Sie löschte die Nachricht, ohne sie zu lesen.

Zehn Minuten später erschienen die vier Mädchen. Die Nervosität war ihnen ins Gesicht geschrieben.

Charlotte atmete tief durch. »Toi, toi, toi«, sagte sie, als sie an ihr vorbeigingen, und hielt die beiden gedrückten Daumen nach oben.

Zwei der Mädchen lachten, die anderen beiden beachteten sie gar nicht. Sie waren viel zu angespannt und stellten sich neben die Bühne, um dort zu warten. Der *E-Werk*-Mitarbeiter sprang wieder hinauf und stellte sie als Nachwuchsrapperinnen aus der Region vor.

Die Mädchen betraten nacheinander die Bühne und trugen jeweils zwei Lieder vor. Vom Text war wegen der zu lauten Musik kaum etwas zu verstehen, vielleicht stand Charlotte auch einfach nur ungünstig. Das Publikum war jedenfalls begeistert, nach jedem Auftritt gellten anerkennende Pfiffe durch den Saal.

Nach einer knappen Dreiviertelstunde war alles vorbei. Die vier Nachwuchs-Künstlerinnen standen mit hochroten Köpfen auf der Bühne und genossen den Applaus. Dann kamen sie giggelnd auf Charlotte zu.

»Super gemacht«, log sie und hielt den Daumen hoch. Diesmal schauten ihr vier strahlende Gesichter entgegen.

»Leute, wir machen fünfzehn Minuten Pause, dann kommt LeyLa.«

Die Ankündigung löste einen wahren Sturm der Begeisterung aus. Charlotte war beeindruckt.

In der Pause tauchte plötzlich Harry auf.

»Wieso haben Sie mir nichts von den Mädchen gesagt?«, fuhr sie ihn an.

Er hob abwehrend die Hände. »Tut mir leid. Ich habe es in dem Tohuwabohu vollkommen vergessen«, sagte er. »Mir wäre es auch lieber gewesen, sie wären nicht gekommen, aber hätte ich ihnen sagen sollen, sie können nicht auftreten? Die vier Mädchen sind aus der Umgebung, all ihre Freunde und Familien sind da. LeyLa legt großen Wert darauf, sich um den Nachwuchs zu kümmern.« Er wirkte ehrlich zerknirscht.

Charlotte musste ihm recht geben: Es wäre bei den Fans nicht gut angekommen, wenn er die vier Mädels nicht hätte auftreten lassen.

»Kein Problem«, sagte sie großzügig. »Es ist ja alles gut gegangen.«

Er wollte etwas erwidern, besann sich aber eines Besseren.

»Ist bei LeyLa alles in Ordnung?«, fragte er stattdessen.

»Alles unter Kontrolle.«

Er nickte und ging zu einer Gruppe von Leuten, um diese zu begrüßen.

Es war Viertel vor neun, in fünfzehn Minuten würde das Konzert beginnen. Charlotte betrat die Garderobe. »Ich dreh noch mal kurz eine Runde« gab sie Bescheid und verließ den Backstagebereich. Sie wollte vor allem sicher gehen, dass der dicke Mann nicht auftauchte.

Thomas und seine Leute hatten seine Beschreibung und würden sich umgehend bei ihr melden, sollte eine Person erscheinen, auf die diese passte.

So unauffällig wie möglich scannte Charlotte die Anwesenden. Wie sollte man bei schummrigem Licht und über hundert Anwesenden einen Verdächtigen finden? Aber niemand verhielt sich besonders nervös, im Gegenteil: Alle schienen sehr relaxt zu sein.

Inzwischen war sie selbst nicht mehr davon überzeugt, dass das Konzert eine gute Idee war. Sie hatte geglaubt, der Auftritt brächte für LeyLa ein Stück Normalität zurück. Immerhin war es das, wofür sie all die Strapazen auf sich nahm: Mit ihren Fans in direkten Kontakt treten.

Harry unterhielt sich inzwischen mit einem bärtigen Mann.

Da sie nichts Auffälliges bemerkte, ging sie zur Garderobe zurück.

»Alles im Lot«, rief sie fröhlich in den Raum. »In zehn Minuten geht es los.«

LeyLa verzog das Gesicht.

»Ist es blöd, wenn ich das Konzert Lisa widme?«, fragte sie plötzlich.

»Was?«, riefen Banu und Charlotte wie aus einem Mund.

»Aber nein«, fuhr Banu fort. »Das ist eine ganz süße Idee.«

Charlotte nickte bestätigend. »Das kommt bei den Fans sicher sehr gut an«, sagte sie.

»Okay.« LeyLa sprang auf, schwankte bedenklich, bekam sich aber schnell wieder in den Griff. »Ich geh jetzt raus. Ist mir egal, ob es zu früh ist.« Sie lief zur Tür.

Charlotte sprang ihr in den Weg. »Warte, du hast da was«, sagte sie und tat so, als wolle sie ihr etwas aus dem Gesicht streichen. »Jetzt ist es weg. Toi, toi, toi.« Da sie nicht ins Zimmer ausweichen konnte, musste sie vorgehen und sich vor die Schwingtür stellen, damit LeyLa auf die Bühne steigen konnte.

Banu grinste und hielt den Daumen hoch.

Charlotte grinste zurück. Was tat man nicht alles, um seinen Job ordentlich zu erledigen! Sie drehte sich um und schaute in die Halle.

Da das Mikro noch nicht an war, bekam das Publikum erst allmählich mit, dass LeyLa auf der Bühne stand. Dann aber gab es kein Halten mehr: Ohrenbetäubender Lärm setzte ein, LeyLa-Sprechchöre waren zu hören.

Zwei aus Thomas' Truppe nahmen ihren Platz vor der Bühne ein.

»Ist gut, Leute, ist gut«, versuchte LeyLa die Menge zu beruhigen und lachte. Es war, als hätte sie beim Betreten der Bühne einen Schalter umgelegt. Keine Spur von Nervosität oder Unsicherheit. »Hey Leute, krass, wie viele ihr seid. Schön, dass ihr da seid. Wir wollen heute den voll fetten Abend miteinander verbringen.«

Erneutes Gejohle und Geschrei war die Antwort.

»Okay. Okay.« LeyLa wartete, bis sich die Menge beruhigt hatte. »Bevor ich anfange, muss ich noch etwas erklären.« Ein paar Jungs pfiffen, aber LeyLa hob die Hand und es wurde augenblicklich still.

»Wie ihr vielleicht wisst, wurde meine …«, LeyLa senkte den Kopf, schwieg einen Moment lang, hob ihn wieder, fuhr fort: »Meine Kollegin Lisa ermordet.«

Vereinzelt waren Buhrufe zu hören.

»Ja genau. Buh«, nahm LeyLa sie auf. »Buh dem Mörder. Die Nürnberger Polizei tut alles, um ihn zu finden. Ihr wisst sicher, dass Lisa auf dem besten Weg war, ebenfalls eine erfolgreiche Rapperin zu werden.« LeyLa schluckte hörbar. »Wer immer das getan hat, hat eine gute Sängerin, eine Künstlerin, eine Freundin ermordet. Meine Gedanken sind bei ihrer Familie. Ich widme das folgende Konzert dir, Lisa.«

Charlotte musste LeyLa Respekt zollen dafür, wie locker sie all die Lügen über die Lippen gebracht hatte. Sie durfte sich wahrlich nicht über die Regeln des Showgeschäfts mokieren, sie nutzte sie selbst bis zur Perfektion.

Die Musikerin wartete den Applaus ab und rief den DJ auf die Bühne, der sie an diesem Abend begleiten würde. Ferhat war eine bekannte Lokalgröße und wurde mit gebührendem Beifall bedacht. LeyLa hatte erklärt, dass er vor allem dazu da war, die Beats einzuspielen. Dazwischen würde er ein bisschen scratchen.

»Es ist allemal besser, da steht einer auf der Bühne, als wenn ich die Beats vom iPod abspiele. Und wenn er nur das Knöpfchen drückt.«

Charlotte hatte nur verständnislos den Kopf geschüttelt. Sie würde die Hip-Hop-Welt nie verstehen.

Donnerstag, 27. Juli

I

Charlotte lag angezogen auf ihrem Bett, hielt die linke Hand eng an den Oberkörper gepresst und zappte sich mit der rechten durch die Fernsehkanäle. Sie brauchte dringend Ablenkung, damit der Schmerz nicht die Oberhand gewann. Hoffentlich wirkte die Tablette bald!

Entgegen ihrer üblichen Routine hatte LeyLa nach dem Konzert im *E-Werk* keine Autogramme mehr gegeben, sehr zum Missfallen einiger Anhänger. Aber Thomas und seine Crew brachten schnell alles unter Kontrolle und sorgten dafür, dass sich die Halle so rasch wie möglich leerte.

LeyLa, Banu, Harry und Charlotte verließen die Location über den Ausgang, vor dem Harry den SUV geparkt hatte. Er saß schon am Steuer, als ein junger Mann auf sie zurannte. Seinen ungelenken Bewegungen nach war er betrunken. In der Rechten hielt er eine Dose, vermutlich Bier.

Charlotte bugsierte LeyLa und Banu ins wartende Auto und sagte Harry, er solle verdammt nochmal losfahren. Mit quietschenden Reifen schoss er davon und wäre beinahe gegen die Wand gefahren.

»Zisch ab«, rief Charlotte dem Mann zu. »Es gibt nichts mehr zu sehen.«

»Ich will zu LeyLa«, rief er. »LeyLa, ich liebe dich.«

Charlotte seufzte. Ein verliebter, betrunkener Trottel. Das hatte ihr gerade noch gefehlt.

»Hey, geh nach Hause. LeyLa ist nicht mehr da.« Sie ging auf ihn zu, um ihn zu beruhigen.

»LeyLa!«, brüllte er.

»Sie ist weg«, wiederholte Charlotte. »Geh nach Hause.« Sie stand keine zwei Meter von ihm entfernt, als sie das Messer in seiner linken Hand entdeckte. Verdammt, war das vorher schon da gewesen? Sie wusste es nicht. Auch wenn das Messer nicht sonderlich groß war, wurde der betrunkene Typ damit unberechenbar.

»Oh, verflucht«, zischte Charlotte. »Musst du mir jetzt Ärger machen?« So laut sie konnte, schrie sie: »Thomas!« und zu dem Jungen gerichtet: »Lass das Messer fallen! Du tust dir nur selbst weh.«

»Wer bist denn du«, nuschelte er. Es klang wie Wäbissnu.

»Charly?«

»Hier draußen«, rief sie zurück. »Typ mit Messer.« Für einen Moment war sie abgelenkt, da traf sie etwas Schweres am rechten Handgelenk. Ein stechender Schmerz durchfuhr sie.

»Oh verdammt, du elender Hu …« Im letzten Moment schluckte sie das

Schimpfwort hinunter. Im selben Augenblick waren zwei Sicherheitsleute zur Stelle und überwältigten den Jungen.

»Alles in Ordnung?«, fragte Thomas.

Charlotte hob den rechten Arm und zuckte zusammen, weil ihr Handgelenk höllisch schmerzte.

»Alles gut«, sagte sie und grinste schief.

»Lass das anschauen«, empfahl er ihr. »Was hat er geworfen?«

»Keine Ahnung. Es fühlte sich schwer und hart an.« Charlotte suchte auf dem Boden und fand eine zerbeulte Dose, aus der das Bier herauslief.

»Schade darum«, witzelte sie. Ihr Handgelenk pochte. »Und wie komme ich jetzt nach Nürnberg?«

»Rolli soll dich fahren. Er muss nach Fürth. Das ist praktisch kein Umweg.«

Charlotte war zu k. o., um zu diskutieren. »Okay«, sagte sie.

Rolli war ein schweigsamer Typ, was ihr nur recht war. Er hatte sie bis zum Hotel gefahren und sie mit einem Kopfnicken verabschiedet.

Von LeyLa, Banu oder Harry war nichts zu sehen oder hören gewesen. Auch das war ihr recht. Hätte Harry sie in diesem Zustand gesehen, hätte er ihr auf der Stelle gekündigt.

Jetzt saß sie mit getaptem Handgelenk auf ihrem Bett, starrte auf die Bilder im Fernsehen und wartete auf die Wirkung der Schmerztablette.

II

In der Nacht war Charlotte ein paar Mal aufgewacht, weil die Hand wehtat, aber als am nächsten Morgen der Wecker klingelte, konnte sie sie beinahe schmerzfrei bewegen. Solange sie nicht erneut in eine Schlägerei verwickelt werden würde, sollte es keine Probleme geben.

Sie stand auf und warf einen Blick aus ihrem Zimmer. Wie immer war LeyLas Tür verschlossen. Charlotte ging zur Küche, um sich ein Glas Wasser zu holen. Auf dem Rückweg fiel ihr Blick auf ein Handy, das auf dem Esstisch lag. Sie zögerte. Es war LeyLas iPhone.

Sie nahm das Telefon an sich, legte es zurück, rang mit sich, nahm es erneut auf, drehte und wendete es. Natürlich verriet es ihr nichts.

Postgeheimnis!, dröhnte es in ihren Ohren. Was für Briefe galt, galt auch für Telefone.

Sie kannte die PIN, um das Handy zu entsperren. Oft genug hatte sie gesehen, wie LeyLa über den Monitor wischte. Eins-acht-drei-neun.

»Das kannst du nicht machen«, flüsterte Charlotte, legte das Handy aber nicht zurück auf den Tisch, sondern nahm es mit in ihr Zimmer. Sie schloss die Tür und drehte vorsichtshalber den Schlüssel um.

Zehn Minuten saß sie auf dem Bett und starrte das iPhone vor sich an. Sollte sie oder sollte sie nicht? Das Verbot war ihr egal, aber es war ein glatter Vertrauensbruch. War es das wert? Andererseits verschwieg LeyLa immer noch etwas – dessen war sich Charlotte sicher.

»Verdammt.« Entschlossen ergriff sie das Handy und gab die PIN ein. Die beiden Schwestern lachten ihr entgegen, im Hintergrund war die Burg zu sehen. LeyLa hatte das Selfie erst gestern auf der Terrasse geschossen.

Mit zitternden Fingern scrollte sich Charlotte durch die Apps. Die meisten waren ihr zumindest dem Namen nach bekannt, einige unbekannte konnte sie an Hand der Bezeichnung zuordnen.

»*Maps*, Notizen, PDF-Reader, *Snapchat, Spotify*, Telefonbuch, *Tinder*, Ultimate …«

Tinder? War das nicht …?

Charlotte ließ den Zeigefinger über der App schweben, drückte dann entschieden darauf. Halb hoffte, halb befürchtete sie, sie müsse sich einloggen, aber das war nicht notwendig. Rote, konzentrische Kreise bewegten sich nach außen. Darunter stand, dass nach Personen in der Umgebung gesucht wurde. Nach gut einer Minute erschienen diverse Miniaturen von Männern, darüber stand »Neue Matches«. Charlotte drückte auf eines der Fotos; ein junger Mann lachte sie fröhlich an.

Sie hatte von *Tinder* nur gehört und wusste nicht, was zu tun war. Deshalb drückte sie den Zurück-Button, bis die App geschlossen war, und warf das Telefon wie ein giftiges Insekt von sich.

Ihr Herz pochte, sie schwitzte.

Als sie Stimmen hörte, erschrak sie. Verflixt, Banu und LeyLa waren bereits wach. Es war noch nicht einmal acht Uhr. Vermutlich suchte LeyLa nach ihrem Handy. Obwohl ihr Zimmer abgeschlossen war, schob Charlotte das iPhone unter die Bettdecke.

Sie überlegte, griff zum eigenen Handy, rief Andi an und beichtete ihm, was sie getan hatte.

Er reagierte weniger sauer auf sie als auf LeyLa. »Wann wird diese Frau kapieren, dass sie uns alles sagen muss?« Er dachte nach, sagte: »Ich kümmere mich darum. Versuche, es so hinzudrehen, dass sie nichts merkt.«

Charlotte legte auf und suchte nach einem Versteck für das iPhone. So leise wie möglich entriegelte sie ihre Zimmertür und tauchte im Wohnzimmer auf, als sei sie soeben erst aufgewacht.

»Huch!«, rief sie überrascht. »Ihr seid schon auf? Ist es schon so spät?«

Banu gähnte ungeniert. »Im Gegenteil. Sie vermisst ihr Handy. Ohne kann sie nicht schlafen.«

LeyLa streckte ihrer Schwester die Zunge heraus.

»Wo hast du es denn zuletzt benutzt?«, fragte Charlotte und sah sich suchend um.

»Hier.« LeyLa zeigte auf den Esstisch. »Ich hab heute Nacht noch meine Mails gecheckt. Normalerweise nehme ich es mit ans Bett, aber da ist es nicht.«

»Es kann ja nicht weit sein«, sagte Charlotte. »Ich zieh mir schnell was über, mir ist kalt.«

Sie ging in ihr Zimmer, holte den Bademantel, steckte das iPhone in die Tasche und kehrte ins Wohnzimmer zurück.

»Und – schon Erfolg gehabt?«, fragte sie.

Banu schüttelte den Kopf.

»Habt ihr unter dem Bett geschaut? In der Hosentasche, Handtasche?«

»Natürlich, wir sind ja nicht blöd«, fauchte LeyLa.

Charlotte warf Banu einen Blick zu. Sie verdrehte die Augen. Jetzt nur nichts Falsches sagen!

»Ich setz mal Kaffee auf, okay?«, sagte Charlotte und ging zur Kitchenette, wo sie Wasser und Pulver in die Maschine füllte und dabei fieberhaft nach einem Platz suchte, wo sie das Handy deponieren könnte.

Was hatte sie sich nur dabei gedacht? Offensichtlich nichts. Sie hätte sich ohrfeigen können.

Immerhin besserte sich der Zustand ihrer Hand. Sie hatte die volle Kanne mit der rechten Hand gehalten und es kaum gespürt. Vielleicht war daran aber auch das Adrenalin schuld, das gerade durch ihren Körper gepumpt wurde.

»Verdammt, es muss doch irgendwo sein!«, schimpfte LeyLa. Plötzlich schlug sie sich mit der flachen Hand gegen die Stirn. »Ich Depp!«, rief sie.

Charlotte erstarrte. Ihr dämmerte, was LeyLa eingefallen sein könnte. Und tatsächlich: »Ruf mich mal an«, sagte sie zu ihrer Schwester.

Ein Versteck musste her! Schnell!

Banu musste ihr Telefon aus dem Schlafzimmer holen, was Charlotte ein paar Sekunden mehr Zeit gab. Sie klappte den Schrank mit den Tassen auf. Nein. Die Schubladen?

Ein Blick ins Wohnzimmer zeigte ihr, dass LeyLa nicht in ihre Richtung schaute. Sie zog die Schublade heraus, klapperte extra laut mit dem Besteck, zog leise das zweite Fach auf, legte das Handy hinein und schloss es in dem Moment, als es zu klingeln begann.

»Hoppla«, sagte sie und zog die Lade mit erstauntem Blick auf. Das Klingeln wurde lauter. Sie nahm das iPhone heraus, ging zu LeyLa und reichte es ihr. Das Klingeln stoppte.

»Da hat wohl heute Nacht jemand zu gut aufgeräumt«, sagte sie lachend.

LeyLa schien es nicht lustig zu finden. Sie warf ihr einen misstrauischen Blick zu.

»Wo war es?«, wollte Banu wissen.

»In einer der Schubladen«, sagte Charlotte und deutete hinter sich.

»Nanu?«, sagte Banu und lachte. »War ich das etwa?« Als ihre Schwester sie erstaunt anschaute, erklärte sie, dass sie nach ihrer Rückkehr noch aufgeräumt habe. »Du weißt, ich kann es nicht leiden, wenn es unordentlich ist. Vermutlich habe ich dein Handy aus Versehen da reingesteckt.«

LeyLa schien der Sache immer noch nicht ganz zu trauen und bedachte sowohl Banu als auch Charlotte mit einem argwöhnischen Blick. Als ihr Handy erneut klingelte, schreckte sie zusammen. Sie schaute auf das Display und runzelte die Stirn.

»Hallo?«, meldete sie sich, ging ins Schlafzimmer und schloss die Tür.

»Hast du was gefunden?«, fragte Banu.

»Was?« Charlotte wusste nicht, was sie meinte.

»Das Handy lag auf dem Tisch«, stellte Banu nüchtern fest.

»Es war ein Fehler«, gab Charlotte zu. »Aber ich habe tatsächlich etwas gefunden. LeyLa ist bei *Tinder*.«

Banu schien daran nichts Außergewöhnliches zu finden. »Das sind viele Leute. Ich war auch mal dabei.«

»Das ist es auch nicht«, gab Charlotte zurück. »Sie hat es nicht gesagt.«

»Vermutlich hat sie es einfach vergessen. Soweit ich weiß, nutzt sie es schon länger nicht mehr.«

»Sie hatte neue Matches«, sagte Charlotte. »Was immer das heißt.«

Sie verstummte, weil sich die Schlafzimmertür öffnete. LeyLa blieb nachdenklich im Türrahmen stehen.

»Wer war das?«, fragte Banu.

»Die Polizei. Sie wollen mein Handy checken.« Wieder bedachte sie Charlotte mit einem misstrauischen Blick.

Die hob beide Hände. »Ich bin unschuldig«, log sie und hoffte, nicht rot zu werden.

»Was wollen sie in deinem Handy finden?«, wunderte sich Banu.

LeyLa zuckte mit den Schultern. »Woher soll ich das wissen? Es geht offensichtlich darum, wo ich – oder vielmehr das Handy – zur Tatzeit war.«

Da konnte Charlotte helfen. »Anhand der GPS-Daten können sie ein Bewegungsprofil erstellen.«

»Und was beweist das?«, fragte LeyLa erbost. »Wie wir gerade gesehen haben, bin ich nicht immer da, wo mein Handy ist.«

»So exakt funktioniert das auch nicht«, erwiderte Charlotte. »Aber sie können ziemlich sicher feststellen, ob du hier im Hotel oder drüben auf dem Platz warst.«

»Was, wenn ich es nicht zulasse?«, wollte LeyLa provozierend wissen.

»Du machst dich verdächtig«, schlussfolgerte ihre Schwester. »Du hast nichts zu verbergen, oder?«

»Nein, natürlich nicht.«

»Wo ist dann das Problem? Wenn deine Daten irgendwo sicher sind, dann bei der Polizei.«

LeyLa starrte ihre Schwester an, ließ plötzlich die Schultern sacken und sagte: »Meinetwegen.«

Charlotte fühlte sich schuldig und unwohl.

»Was haltet ihr davon, wenn ich euch nachher die Stadt zeige? Es kann ja nicht sein, dass ihr in Nürnberg seid, ohne etwas gesehen zu haben.«

Banu schien zu ahnen, warum sie das vorschlug.

»Ich bin gestern schon mal ein Stück durch die Altstadt gelaufen«, sagte sie. »Als ihr bei der Polizei wart. Eigentlich wollte ich ins Museum, aber ich habe mich anders entschieden.«

»Du hast gar nichts davon erzählt«, wunderte LeyLa sich.

»Da gibt es nicht viel zu erzählen.« Banu lächelte verschmitzt. »Ich muss gestehen, ich habe auch weniger auf die Stadt als auf die Läden geschaut. Ich wollte einfach ein wenig shoppen.«

»Wir beide?«, fragte Charlotte LeyLa. »Ich werde langsam depressiv.«

LeyLa schaute sie an, sagte aber nichts. Offensichtlich überlegte sie, ob sie ihr weiterhin trauen könnte. Die Sache mit dem Telefon war noch nicht ausgestanden.

Charlotte hatte ihr Pokerface aufgesetzt und hielt ihrem Blick stand.

»Ja, mal sehen«, sagte LeyLa. »Ich geh wieder ins Bett.«

Sie wandte sich ab, ging in ihr Schlafzimmer zurück und schlug die Tür demonstrativ zu.

Charlotte wagte nicht, etwas zu dem brisanten Thema zu sagen.

»Ich geh duschen«, verkündete sie. »Der Kaffee ist übrigens fertig.«

Sie hörte Banu noch »Danke« sagen und schloss auch ihre Tür.

III

Schade, dass Banu nicht dabei ist«, bedauerte LeyLa. Sie nahm einen großen Schluck von ihrer heißen Schokolade und hatte hinterher einen verschmierten Mund.

Charlotte lachte und fuhr sich mit dem Finger um die Lippen. »Du siehst aus wie eine Naschkatze«, erklärte sie.

Wie eine Katze schleckte LeyLa mit der Zunge ihren Mund sauber.

Charlotte war froh, dass sie den Vorschlag mit der Tour durch die Altstadt gemacht hatte. Zwar hatte LeyLa kein allzu großes Interesse an Nürnbergs Geschichte gezeigt, ließ sich aber von den zauberhaften Ecken der Altstadt begeistern.

Gerade saßen sie am Henkersteg in einem Café und genossen die Sonne, die sich nach den Regentagen endlich wieder zeigte. Für das Wochenende war sogar richtiges Sommerwetter vorhergesagt, perfekt für das Bardentreffen.

LeyLa schien sehr gelöst und lachte viel. Das lag vielleicht auch daran, dass sie seit gut zwei Stunden kein Handy hatte. Charlotte fragte sich, wie lange es dauern würde, bis sie erste Entzugserscheinungen zeigte.

Wie auf Kommando klingelte Charlottes Telefon. Es war Andi.

»Ihr könnt das Handy wieder abholen«, sagte er. »Wir haben alles, was wir brauchen. Wir haben auch einen Treffer gelandet. Es wäre gut, wenn wir LeyLa dazu noch einmal befragen könnten.«

»Das sollte machbar sein«, erwiderte Charlotte. »Grade ist es schlecht, aber später geht es. Ich ruf dich an.«

»Wer war das?«, wollte LeyLa wissen.

»Andi. Dein Handy liegt bereit.« Den Rest erwähnte Charlotte nicht. Sie wollte die gute Stimmung nicht zerstören.

»Oh, gut.« LeyLa reagierte weniger enthusiastisch als erwartet. »Allmählich komme ich mir nackt vor.« Sie trank ihre Schokolade aus. »Wie habt ihr euch kennengelernt?«

»Es war bei meinem ersten Einsatz im Personenschutz«, begann Charlotte zu erzählen. »Ich war vorher in München, bei der Kripo. Aber das hat einfach nicht funktioniert, also suchte ich etwas Neues und fand die Stelle als Bodyguard. Vielleicht erinnerst du dich; ich habe neulich erwähnt, dass während meines ersten Einsatzes jemand ums Leben kam. Es war eine Paketbombe. Andi und sein Team haben ermittelt. Er hat mich natürlich in die Mangel genommen, du kennst ihn ja mittlerweile. Ich habe ihn dafür gehasst, schließlich gehörte ich zu den Guten.« Sie lachte. »Gleichzeitig war da aber etwas an ihm, das mich anzog. Als der Fall gelöst war, haben wir uns zum Essen getroffen. So fing alles an.«

»Seid ihr verheiratet?«

Charlotte schüttelte den Kopf. »Andi ist erst seit knapp zwei Jahren geschieden. Er lebte aber schon getrennt, als wir uns über den Weg liefen.«

»Klingt kompliziert«, meinte LeyLa.

»Das war es am Anfang auch. Seine Frau hatte ihn verlassen, wollte aber nicht in die Scheidung einwilligen, als sie von mir erfuhr. Inzwischen ist alles geklärt.«

»Wollt ihr heiraten?«

Charlotte lächelte. »Es war bisher nie ein Thema. Ich binde mich nicht gerne. Seit einigen Wochen denke ich seltsamerweise darüber nach.«

LeyLa beugte sich vor und strich ihr über den Arm. »Tu es. Du weißt nie, wie viel Zeit dir mit jemandem bleibt.«

Charlotte erinnerte sich an den Versprecher, als sie von ihren Geschwistern erzählte. »Das klingt, als hättest du Erfahrung damit«, sagte sie vorsichtig.

»Haben wir das nicht alle?«, gab LeyLa geheimnisvoll zurück. Ihre gute Laune war dahin.

Charlotte fragte sich, ob sie nachhaken sollte, entschied sich dagegen. »Sollen wir dein Handy holen?«, schlug sie vor.

»Okay.« LeyLa schien nicht erpicht darauf, es wiederzubekommen. Befürchtete sie, die Polizei hatte ein Überwachungsprogramm installiert?

Charlotte zahlte und führte sie über den Henkersteg, den Unschlittplatz und die Hintere Ledergasse zum Polizeipräsidium. Unterwegs rief sie Andi an.

»Sie haben noch ein paar Fragen«, warnte sie LeyLa vor.

»Ich hab's befürchtet«, kam als Antwort. »Es hilft ja nichts. Sie tun auch nur ihren Job.«

Andi holte sie persönlich ab. »Können wir gleich reden?«, fragte er LeyLa.

Sie zuckte mit den Schultern. »Kann sie mit?« Sie zeigte auf Charlotte.

Andi lächelte. »Natürlich.«

In seinem Büro gab er der Rapperin das Handy zurück. »Bitte überprüfen Sie es und unterschreiben hier, dass Sie es unversehrt zurückerhalten haben. Wir haben nur ein paar Daten gecheckt, wir haben nichts aufgespielt. Absolut nichts.«

»Okay«, erwiderte LeyLa gleichmütig, steckte das Handy unbesehen in die Hosentasche und unterschrieb.

Andi nahm das Schreiben, legte es in eine Akte und gab ihr eine Kopie davon.

»Wieso haben Sie uns nicht gesagt, dass Sie *Tinder* nutzen?«

»Weil ich seit ewigen Zeiten nicht mehr in der App war«, sagte LeyLa. »Ich hab's einfach vergessen.«

»Sie haben neue Matches«, sagte Andi.

»Mag sein, keine Ahnung. Ich hab kein Interesse mehr daran.«

»Möglich, dass mein Zeitverständnis ein anderes ist als Ihres«, sagte Andi ruhig. »Aber drei Tage ist für mich keine Ewigkeit.«

Zum ersten Mal schien LeyLa interessiert. »Was soll das heißen?«

»Das soll heißen, dass Sie am Montag auf *Tinder* waren.«

»Nein, war ich nicht. Wie ich schon sagte: Ich habe kein Interesse mehr. Ich war seit Wochen nicht mehr drin.«

»Ihre Daten sagen etwas anderes.«

»Dann lügen die Daten«, sagte LeyLa bockig.

»Darf ich?« Andi hielt die Hand auf. Sie reichte ihm das Telefon. Er tippte ein paar Mal darauf herum und hielt ihr den Bildschirm hin. »Hier: Sie haben diese drei Typen am Montag um sechzehn Uhr vierunddreißig nach rechts gewischt, also geliked.« Andi drehte das Display zu sich, drückte erneut zwei Mal und las ab: »Einer hat sie sofort zurückgeliked, die anderen beiden einen beziehungsweise zwei Tage später.«

»Quatsch.« LeyLa saß mit gerunzelter Stirn da und starrte ihn an.

»Steht hier, schwarz auf weiß.« Er hielt ihr das Telefon vor die Nase.

LeyLa starrte nun auf den Bildschirm. »Diese Mistkröte«, sagte sie leise.

»Wie bitte?«

»Das kann nur Lisa gewesen sein. Diese ganze *Tinder*-Sache war ihre Idee. Sie fand es witzig, dass ich mich mit Typen verabredete und sie hinging. Ich machte das ein, zwei Monate mit, brach das Ganze am Ende aber ab. Nicht, dass ich Mitleid mit den Kerlen gehabt hätte, aber ich traute Lisa nicht. Immerhin ging es um meinen Ruf.«

»Klingt plausibel«, sagte Andi.

»Es ist die Wahrheit.«

»Okay. Das Problem an der Sache ist – wir haben einen ›Ihrer‹ Kontakte in unserer Datenbank gefunden.«

LeyLa schaute ihn weiter ausdruckslos an, aber Charlotte sah, wie sie die Schultern hochzog und verspannte.

»Soll heißen?«

Andi schmunzelte, wurde aber sofort wieder ernst. »Soll heißen, dass ich Sie bitten möchte, sich ein paar Fotos anzusehen. Eventuell kommt Ihnen jemand bekannt vor.«

LeyLa seufzte laut und vernehmlich. »Wenn's denn sein muss.«

»Es muss nicht sein. Aber Sie würden uns sehr damit helfen«, erklärte Andi freundlich, aber bestimmt. »Mein Kollege wird Sie gleich abholen und Ihnen alles erklären.«

Er rief Marius an, der ein paar Minuten später auftauchte und sie mitnahm.

»Was habt ihr gefunden?«, wollte Charlotte wissen, sobald sich die Tür hinter ihnen geschlossen hatte.

Andi hatte die ganze Zeit auf der Schreibtischkante gesessen und nahm nun auf seinem Drehstuhl Platz. Er lehnte sich zurück und schloss für einen Moment die Augen, öffnete sie wieder und gähnte.

»'tschuldigung. Zu wenig Sauerstoff. Es ist ein amtlich bekannter Spanner. Die Kollegen von der Streife haben ihn am Wöhrder See entdeckt, nachdem einige Beschwerden reingekommen waren.«

»Ist es der dicke Mann?«, fragte Charlotte.

»Nein. Ich weiß, du willst wissen, wer der Typ ist, aber zu ihm haben wir immer noch nichts gefunden.«

»Was ist mit dem Spanner?«

»Derzeit noch nicht viel«, sagte Andi. »Er behauptet, LeyLa nicht zu kennen, außerdem hat er für die Tatzeit ein Alibi. Wir suchen gerade nach einer Verbindung zu LeyLa. Außer der in *Tinder*.«

»Diese Lisa scheint ein ganz durchtriebenes Früchtchen gewesen zu sein«, meinte Charlotte. »Was sagt eigentlich der Manager dazu?«

»Wenig. Als er ahnte, dass wir über sein Verhältnis Bescheid wissen könnten, gab er es zu. Freiwillig hätte er es wohl kaum erwähnt. Ansonsten war alles eitel Sonnenschein. Lisa und LeyLa waren wie Schwestern, er wollte Lisa neben LeyLa als Rapperin aufbauen. Demnächst hätte sie als Backgroundsängerin bei LeyLa auftreten sollen.«

»Wie bitte?« Charlotte wollte nicht glauben, was sie da hörte. »Das ist Unfug. Das hätte LeyLa nie zugelassen.«

»Die Frage ist, ob er sie gefragt hätte.« Andi schaute sie ausdrucklos an.

»Du willst damit nicht andeuten, dass LeyLa …?«

»Ich deute gar nichts an, ich muss nur nach allen Seiten offen sein. Du bist es nicht.«

Es klopfte, Marius steckte den Kopf herein. »Sie kennt keinen der Typen. Unser Subjekt hat sie noch nie gesehen. Sie schwört.« Er grinste.

»Nicht witzig«, beschied ihm Charlotte.

»LeyLa fand es lustig«, erwiderte Marius. »Die ist echt cool drauf.«

»Dann macht es dir ja nichts aus, noch fünf Minuten mit ihr zu verbringen. Ich muss noch was mit Andi klären.«

»Klar, kein Thema«, sagte Marius hoch erfreut und verschwand wieder.

Vermutlich feixten jetzt alle über sie, aber es war Charlotte egal. Wo, wenn nicht hier im Präsidium, konnte sie mit Andi allein sein? Wozu brauchten sie eigentlich eine Wohnung? Oder gar zwei?

»Was gibt's?«

»Ich weiß, du hast nicht viel Zeit, aber ich will, dass du es von mir hörst«, begann sie. »Ich habe mich gestern mit Jacob getroffen. Du weißt, der Musiker aus Manchester.«

»Ja, klar.« Andi hörte nur mit halbem Ohr zu, war in Gedanken schon wieder bei seinen Mordermittlungen. Charlotte konnte es ihm nicht verdenken. »Und, war es nett?«

»Nein, es war nicht nett. Der Typ scheint vollkommen auf mich fixiert zu sein.«

»Na, jetzt übertreibst du aber. Nur, weil er sich mal mit dir treffen will?«

»Nein, nicht, weil er sich mal mit mir treffen will.« Charlotte schlug mit der flachen Hand auf den Tisch. »Er will, dass wir wieder zusammenkommen.«

»Was?«

Jetzt hatte sie seine volle Aufmerksamkeit.

»Genau. Er trifft mich nach sieben Jahren zufällig in Nürnberg und bildet sich ein, wir könnten wieder ein Paar werden.« Charlottes Stimme war laut geworden, so empört war sie.

»Und? Was wirst du tun?« Seine Stimme war ruhig, aber sie spürte, dass es in Andi brodelte. Sie wusste nur nicht, warum genau.

»Was meinst du mit ›Was wirst du tun?‹?«

Der einsachtzig große Andi wirkte plötzlich wie ein Häufchen Elend.

»Na ja, ich weiß ja, dass du hier nicht glücklich bist«, begann er. »Du hasst den Job und mit der Stadt bist du auch nie richtig warm geworden. Ich dachte, du …«

»Sag mal, spinnst du?« Charlotte war fassungslos. Das war Andis Meinung von ihr? Was war da in all den Jahren schiefgelaufen?

»Ich hasse nicht den Job, ich hasse meinen Chef. Das ist ein großer Unterschied. Und die Stadt – ach je. Ich schätze, ich bin mit keiner Stadt wirklich warm geworden, weil es mir im Endeffekt egal ist, wo ich lebe, solange ich dort Menschen kenne, die ich mag und die mir wichtig sind. Menschen wie Marita zum Beispiel. Oder du natürlich.« Sie schüttelte den Kopf. »Und wie kommst du auf die Idee, dass ich nicht glücklich sei?«

Andi zuckte nur mit den Schultern.

»Lass uns heiraten.«

»Was?« Nun war er an der Reihe mit der Fassungslosigkeit.

»Ich sagte: Lass uns heiraten«, wiederholte Charlotte langsam und deutlich. »Ich denke schon länger darüber nach. Es ist vermutlich nicht der perfekte Moment und ich falle ganz sicher nicht vor dir auf die Knie, aber ich frage dich, ob du mich heiraten willst. Muss ja nicht gleich sein«, fügte sie grinsend hinzu, um ihre eigene Rührung zu verbergen.

»Bist du sicher? Ich meine, du sagtest doch, du wolltest nie mehr heiraten.«

Charlotte seufzte. »Ich weiß, was ich sagte. Ich habe meine Meinung geändert. Frauen sind so.« Sie lachte. »Nein, das nehme ich zurück. Frauen sind nicht so.« Sie beugte sich vor und griff nach seiner Hand. »Ich habe wirklich lange darüber nachgedacht. Und ich finde, es ist an der Zeit, dass wir auch nach außen zeigen, dass wir zusammengehören.«

Andi kam um den Tisch herum, nahm sie in die Arme und küsste sie lang und innig.

Als sie wieder Luft bekam, schaute sie ihn schelmisch an und sagte: »Und, was ist jetzt? Sagst du Ja?«

»Ja.«

IV

LeyLa bestand auf eine Flasche Champagner, um die gute Nachricht gebührend zu feiern.

»Ich schreibe einen Hochzeits-Rap für euch«, sagte sie und strahlte über das ganze Gesicht. Man hätte meinen können, der Antrag hatte ihr gegolten.

»Dann musst du ihn aber auch live vortragen«, forderte Charlotte.

»Kein Problem. Du wirst hinterher keine Gäste mehr haben, aber ich tu's.«

Sie hatten viel Spaß und alberten herum. Sogar Harry ließ sich von ihrer Fröhlichkeit anstecken. Für ein paar wenige Stunden war der Mord an Lisa vergessen.

Patrick holte Charlotte zurück in die Realität. Er rief gegen zwanzig Uhr an.

»Sorry, dass ich mich erst heute melde, aber ich musste unbedingt einen Auftrag fertigstellen und war gestern Abend …«

»Ist gut, du musst dich nicht rechtfertigen«, versuchte sie ihn zu beruhigen. »Was ist denn los? Du klingst, als hätten dir die Hühner die Wurst vom Brot gestohlen.«

»Bist du allein?«, fragte er.

»Nein. Warte einen Moment.« Sie sagte den anderen, dass der Anruf wichtig sei, und ging in ihr Zimmer. »Okay, ich bin allein. Jetzt bin ich aber mal gespannt.«

»Setz dich am besten.«

Charlotte runzelte die Stirn, setzte sich aber folgsam auf ihr Bett.

»Nun schieß schon los«, sagte sie.

»Ich habe zu LeyLa und dieser XXL Luna recherchiert«, begann Patrick.

»Ich sollte dir vielleicht sagen, dass sich hinter XXL Luna niemand Geringerer als Lisa verbarg. Sorry, ich habe in all dem Tohuwabohu vergessen, dir das zu sagen.«

Patrick lachte. »Das weiß ich längst. Zum Glück bin ich ein schlaues Kerlchen.« Er machte eine Pause, als erwarte er, dass sie widersprach. Als sie nicht reagierte, fuhr er fort: »Ich war auf diversen Plattformen unterwegs, ich erspare dir die Details, du kennst das eh alles nicht.«

»Vielen Dank auch«, sagte Charlotte trocken, musste aber schmunzeln. Ihr Sohn kannte sie sehr gut.

»Zunächst fand ich nicht viel zu den beiden Damen. Es war vor allem dieser Beef, also dieser Streit, den du schon entdeckt hattest. Das ging zwar auf mehreren Plattformen viral, aber …«

»Was heißt, es ging viral?«, unterbrach Charlotte ihn. »Kannst du bitte Deutsch mit mir reden?«

Patrick lachte. »Das heißt, dass es sich überall im Netz verbreitete. Du solltest wirklich bei mir in Nachhilfe gehen.«

»Ja, ja«, murrte Charlotte. »Was hast du entdeckt?«

»Diese Lisa hatte noch einen weiteren Namen. Zum Glück hat sie dafür auch Luna verwendet, deshalb bin ich durch Zufall darauf gestoßen. Es ist eine Art Blog, das ist ein Tagebuch im Internet.«

»Ich weiß, was ein Blog ist«, stellte Charlotte klar.

»Gut.« Patrick lachte. »Ich schick dir den Link auf dein Handy, dann kannst du dir das selbst mal anschauen. Da ist starker Tobak dabei. Das Fiese ist, dass sie LeyLa nie beim Namen genannt hat, sie hat immer nur L. geschrieben. Aber wenn man die Hintergründe kennt, weiß man sofort, dass es sich dabei nur um LeyLa handeln kann.« Er klang entrüstet.

»Okay, schick mir den Link. Was muss ich tun?« Charlotte kam sich vor, als sei sie aus dem Mittelalter direkt in die Neuzeit katapultiert worden. Zum hundertsten Mal nahm sie sich vor, endlich in Sachen *Neue Medien* aufzuholen. Aber sie wusste, sie würde es wieder nicht tun. Sie hatte einfach so gar nichts damit am Hut. Und zum Glück gab es Menschen wie Patrick oder Marius, die sich damit bestens auskannten.

Ihr Handy plingte, im selben Moment sagte Patrick. »Hast du's bekommen?«

»Warte.« Charlotte zog das Telefon vom Ohr. In der obersten Zeile stand ein Symbol, das vorher nicht da war. Das Zeichen für ungelesene Textnachrichten ignorierte sie geflissentlich. Sie hielt das Handy wieder ans Ohr. »Bist du noch da? Ich habe was bekommen. Was muss ich jetzt tun?«

»Die Nachricht öffnen und auf den Link klicken, der darin steht. Du bist doch im WLAN, oder?«, fragte er vorsichtig.

»Ähm«, machte Charlotte. »Ich denke schon. Lass mal, ich frage LeyLa, die kennt sich damit aus.«

»Nein, keinesfalls LeyLa!« Patrick schrie beinahe. »Sie sollte das nicht lesen, zumindest nicht, ohne darauf vorbereitet zu sein. Gibt es noch jemanden, den du fragen könntest?«

Charlotte dachte kurz nach. Konnte sie Banu damit behelligen?

»Was ist mit LeyLas Schwester?«

»Grenzwertig«, erwiderte Patrick. »Sag ihr keinesfalls, worum es geht. Lass dir nur helfen, bis du bei dem Blog bist, okay?«

Charlotte bekam es mit der Angst zu tun. Was um Himmels willen stand in diesem Online-Tagebuch?

»Soll ich kommen?«, bot Patrick an.

Einen Augenblick lang war Charlotte versucht, das Angebot anzunehmen, aber dann stellte sie sich vor, welchen Eindruck das auf LeyLa und die anderen machen würde. »Das ist lieb, aber ich glaube, es ist besser, wenn ich das so unauffällig wie möglich hinbekomme. Danke für deine Hilfe, ich revanchiere mich, sobald das hier zu Ende ist. Grüße und Küsse an Lara«, fügte sie hinzu und legte auf.

War sie im WLAN? Offensichtlich nicht, auf dem Handy war das vertraute Zeichen dafür nicht zu sehen. Sie hörte die anderen nebenan lachen.

Seufzend stand sie auf, öffnete die Tür und bat Banu, ihr kurz zu helfen.

Diese kam mit einem fröhlichen Gesicht in ihr Zimmer. »Was kann ich tun?« Als sie Charlottes Miene sah, erstarb ihr Lächeln. »Was ist passiert?«, fragte sie alarmiert.

»Nichts Schlimmes«, versicherte ihr Charlotte. »Wirklich. Mein Sohn hat etwas entdeckt, das ich überprüfen muss. Wie du weißt, kann ich mit diesen Dingern nicht wirklich umgehen.« Sie deutete auf ihr Handy. »Kannst du mir das WLAN einstellen?«

»Klar.« Banu nahm das Telefon, drückte ein paar Mal und gab es ihr zurück. »Hier, bitte schön.«

»Das war alles?« Charlotte schaute sie fassungslos an.

Banu lachte. »Natürlich. Das ist kein Hexenwerk. Ich kann dir das gerne zeigen.« Sie wollte das Handy wieder an sich nehmen, aber Charlotte winkte ab.

»Vielleicht später. Patrick, mein Sohn, hat mir eine *WhatsApp* geschickt. In der ist ein Link. Den müsste ich – wie sagt man dazu? – aufmachen?«

»Man folgt einem Link«, erwiderte Banu. »Lass mal sehen.«

Charlotte reichte ihr erneut das Telefon.

»Okay, das ist einfach.« Banu hielt das Handy so, dass Charlotte das Display sehen konnte.

»Wenn hier oben etwas auftaucht, heißt das in der Regel, dass du eine Mitteilung hast. Da ist übrigens eine neue Nachricht.«

»Ich weiß«, erwiderte Charlotte. »Ignorier sie einfach.«

Banu schaute sie einen Moment lang forschend an, wandte sich dann wieder dem Handy zu.

»Das hier ist die *WhatsApp* von deinem Sohn. Sie öffnet sich, indem du draufdrückst. Das blau Unterstrichene ist der Link. Auch da gehst du wieder drauf und schon öffnet sich die Seite. Hier, bitte schön.«

Im Gegensatz zu ihr hielt Banu sich an die Regel, dass man nicht in fremden Handys herumschnüffelte. Charlotte schämte sich.

»Danke. Das ist so einfach«, staunte sie.

Banu lachte. »Vergiss nicht. Wir sind damit aufgewachsen.«

»Du willst also sagen, ich bin alt.« Charlotte lächelte.

»Nein, natürlich nicht«, versuchte Banu zurückzurudern. »Wir haben es quasi mit der Muttermilch aufgesogen. Obwohl unsere Mutter damit auch nicht viel anfangen kann. Sie sagt immer, wozu sie das brauche, sie habe doch ein Telefon.«

Charlotte hielt ihr Handy hoch und sagte: »Ich prüfe das schnell und komme wieder rüber, ja?«

Banu lachte. »Hab verstanden, ich soll mich verziehen. Bis gleich.«

Charlotte wartete, bis die Tür wieder zu war, und schaute auf die Seite, die sich geöffnet hatte.

Es war alles viel zu klein geschrieben, um es auf dem Handy lesen zu können. Sie versuchte, die Seite zu vergrößern, was den Effekt hatte, dass sie jetzt zwar den Text erkennen konnte, aber immer hin- und herscrollen musste.

Sie nahm ihren Laptop, aktivierte ihn und tippte die Internetadresse aus dem Handy ab. Es gab sicher eine bessere Möglichkeit, aber sie wusste keine. Sie drückte Enter und sah nun die Webseite in lesbarer Form.

»Na, geht doch«, murmelte sie.

Der Blog war betitelt mit »Lovely Lunas Blog« und zeigte ein Foto von Lisa, wie Charlotte sie von der kurzen Begegnung auf dem Flur in Erinnerung hatte: kurze blonde Haare, stark geschminkt, weit ausgeschnittenes Top, riesige Ohrringe; alles in allem eine normale junge Frau mit Hang zum Ordinären.

Sie atmete tief durch und sagte: »Na, dann wollen wir mal.«

Zunächst stellte Lisa sich als angehende Rapperin vor, die gerade ihren ersten Plattenvertrag unterschrieben habe.

Ey, Loide, jetzt geht's ab!

Charlotte suchte nach einem Datum. Der Eintrag war vom April. Danach kamen ein paar ältere, allgemein gehaltene Einträge über den Alltag einer Musikerin: Texte schreiben, Probeaufnahmen, Tour vorbereiten, Fanpost bearbeiten.

Charlotte runzelte die Stirn. Was hier beschrieben wurde, war LeyLas Arbeitstag, aber sicher nicht der von Lisa. Hatte sie einfach alles eins zu eins übernommen? Sie scrollte nach unten, konnte aber nur Banalitäten aus dem Leben einer jungen Frau finden: ein geiler Lippenstift, ein hyperfettes Outfit, die Megaschuhe schlechthin, krasser Modeschmuck bis zum Abwinken.

Wo waren die Einträge über LeyLa?

Charlotte entdeckte oben links die Menu-Auswahl. Ein Punkt hieß *Das geheime Leben der L.*

Sie wählte diesen aus und kam auf eine Seite, die ähnlich aufgebaut war wie die erste. Nur Lisas Foto fehlte.

Was ihr schon immer über L. wissen wolltet

L. ist eine Angeberin und Egoistin.
L. ist die Tochter eines Kameltreibers und einer Hure.
L.'s Vater ist ein Ziegenficker.
L.'s Mutter macht für jeden die Beine breit. Nicht umsonst hat sie so viele Kinder.
L. ist eine dumme Fotze. Du kannst ihr nicht trauen.
Diese Bitch fickt sich durch die ganze Rapper-Parade. Loide ich schwör. Je Gangsta-Rapper, je doller.
Ich kriege das Kotzen, wenn ich L. sehe. Leider sehe ich sie derzeit jeden einzelnen beschissenen Tag!
Ich frag mich, warum das Label ihr Gesicht auf das Cover stellt? Das muss ja ein Flop werden!

Zu sehen war ein zerkratztes Gesicht auf einem Plattencover; dennoch war Ley-La deutlich zu erkennen. Wie krank musste jemand sein, der so etwas online stellte?

Mal wurde L. als Schlampe, Nutte, Bastard, Ausländerhure und ähnliches bezeichnet, mal wollte Lisa alias Lovely Luna ihr die Augen auskratzen oder wahlweise die Haare und Nägel ausreißen. Das war alles widerwärtig und ekelhaft, aber nichts, um sich so aufzuregen, wie Patrick es getan hatte. Es musste noch eine weitere Seite geben.

Charlotte drückte erneut auf die Striche und las die Menüpunkte sorgfältig durch.

Ein Punkt lautete *Privat.* Charlotte klickte darauf und fand weitere Beschimpfungen *einer gewissen Person namens L.* Sie waren wenige Tage alt.

Unter anderem erzählte Lisa davon, wie L. sich über Ewa mokierte und wie sie den Hund dazu brachte, auf L.s Teppich zu pinkeln.

Sie hasst den Köter. Ich übrigens auch. Das Vieh ist lästig. Wenn ich gewusst hätte, wie viel Arbeit das blöde Tier macht, hätte ich es nicht gekauft. Aber um L. zu ärgern, ist es praktisch.

Sie beschrieb, wie sie L. ein halbes Dutzend T-Shirts abgeluchst hatte.

Sie war so fertig, dass sie sich nicht wehren konnte. Gut, dass ich diesen Typen getroffen habe. Er hat seine Sache offensichtlich gut gemacht. Dabei war nicht mal sicher, dass sie das Haus verlässt. Harrharr!

Darunter war die grinsende Fratze des Horrorclowns abgebildet.

Charlotte stockte der Atem. Hatte Lisa den dicken Mann engagiert? Sie scrollte nach unten, konnte aber nichts mehr dazu finden. Natürlich nicht. Denn zwei Tage später war Lisa tot.

Der letzte Eintrag war Sonntagnacht erfolgt:

Alles dreht sich um L. L. hier, L. da. L. Superstar! Lächerlich! Konkurrenz belebt das Geschäft. Jaha! Aber im Endeffekt für mich, nicht für Fräulein Superstar! Zum Glück hat sie keinen Bock auf Facebook und so, das kann ich gut steuern. Klar hat sie grad mehr Follower als Luna, aber das wird sich ändern. Schon sehr bald!

Niemand sollte mich unterschätzen!

Charlotte war klar, was sie zu tun hatte. Sie rief Andi an und berichtete ihm von der Seite. Sie gab ihm die Adresse durch und bat darum, zuerst mit ihr zu reden, bevor er sich an LeyLa wandte.

»Du weißt schon, welche Konsequenzen das haben könnte?«, fragte er leise.

Natürlich wusste Charlotte es: LeyLa war gerade an die Spitze der Verdächtigen gerückt.

V

Charlotte lag im Bett und versuchte einzuschlafen, aber zu viele Gedanken tobten in ihrem Kopf herum. Sie hatte mehrmals mit Andi telefoniert, der LeyLa mit den Einträgen in Lisas Blog konfrontieren wollte.

Obwohl er selbst immer wieder versicherte, die Musikerin nicht für die Täterin zu halten, durfte er sich nicht von seiner persönlichen Meinung leiten lassen. Immerhin hatte Charlotte eine Frist bis zum nächsten Morgen erwirken können.

Während sie langsam in den Schlaf driftete, dachte sie an den Mann, den Lisa engagiert hatte. Hoffentlich würde Andi mit Hilfe des Blogs etwas über ihn herausfinden. War er der Mörder?

Laute Stimmen störten ihren Traum. Charlotte schreckte hoch.

Eine Frauen- und eine Männerstimme stritten miteinander. Sofort dachte sie an den dicken Mann. War es ihm erneut gelungen, in den fünften Stock zu gelangen? Und jetzt auch noch in LeyLas Zimmer? Und wo war Banu?

Charlotte schüttelte den Kopf, um richtig wach zu werden. Nein, das konnte er nicht sein. LeyLa hätte um Hilfe gerufen.

Sie versuchte, etwas zu verstehen, aber die Zimmer waren zu gut isoliert. Sie glitt aus dem Bett, schlich zur Tür und presste ihr Ohr dagegen. Die beiden Streithähne waren lauter, aber immer noch zu undeutlich.

Konnte sie es wagen, die Tür zu öffnen? Natürlich konnte sie! Sie war LeyLas Bodyguard, sie hatte sogar die Pflicht nachzusehen. Ihr Instinkt hielt sie davon ab, ins Wohnzimmer zu stürmen. Leise drückte sie die Klinke nach unten, zog die Tür auf und schlich in den Vorraum der Badezimmer.

Charlotte seufzte erleichtert, als sie LeyLas und Harrys Stimmen erkannte. Die Alarmglocken schrillten jedoch sofort wieder, als sie LeyLas aggressiven Ton vernahm.

»Hast du gedacht, ich krieg das nicht mit, das mit dir und Lisa? Ich bin nicht blöd.«

Harry, defensiv: »Das weiß ich doch. Ich halte dich nicht für blöd. Ich wollte es nur nicht kompliziert machen.«

LeyLa lachte hart. »Nicht kompliziert machen? Der war gut! Trotz aller ›Verliebtheit‹ oder was immer es war, was dich bei Lisa angezogen hat, musst du gemerkt haben, dass wir beide nicht miteinander können. Zumindest in den letzten Wochen war das mehr als offensichtlich. Aber du musstest dich ja wie ein verknallter Teenager auf ihre Seite stellen. Komplizierter hätte es kaum werden können!«

»Ich«, begann Harry, stockte, fuhr dann leiser fort: »Es tut mir leid. Ich hätte früher mit dir reden sollen. Immer, wenn ich Lisa gefragt habe, hat sie gesagt, es ist alles bestens. Sie meinte, du seist gestresst wegen der Tour.«

Da LeyLa nichts erwiderte, vermutete Charlotte, dass sie erst einmal sprachlos war. Doch sie fand ihre Stimme schnell wieder.

»Wie lange kennen wir uns?« Da Harry nicht sofort antwortete, wiederholte sie: »Sag, wie lange?«

Harry druckste herum. »Sieben oder acht Jahre«, sagte er schließlich.

»Wie lange kanntest du Lisa?«

Diesmal kam die Antwort schneller. »Zehn Monate.«

LeyLa lachte wieder, aber es klang böse. »Zehn Monate gegen acht Jahre. Ich fasse es nicht.«

»Es, es tut mir leid. Du kennst mich. Ich kann eben manchmal nicht widerstehen.«

Charlotte verzog angewidert das Gesicht. Manche Männer machten es sich wirklich leicht!

LeyLa drückte ihre Verachtung durch einen abfälligen Ton aus.

»Was ich nicht verstehen kann«, sagte sie, »ist, dass du unsere Beziehung wegen so einer aufs Spiel setzt.«

»Sprich bitte nicht so abfällig über sie«, bat Harry. »Sie ist tot.«

»Ja ja, keine schlechten Dinge über Tote«, erwiderte LeyLa abfällig. »Schon klar, sie war ein Engel.«

»Nein, das war sie sicher nicht«, gestand Harry ein. »Aber man muss sie auch nicht schlechter machen, als sie war.«

LeyLa gab wieder einen abfälligen Laut von sich.

»Du weißt schon, dass sie mir damit gedroht hat, mich zu ersetzen?«

»Was?« Der Manager klang überrascht.

»Tja, das wusstest du nicht. Natürlich nicht.« LeyLa triefte vor Spott. »Hast sie ja vor allem mit deinem Schwanz gesehen.«

»Das ist nicht wahr, ich …«, versuchte Harry sich zu verteidigen, aber LeyLa ließ ihn nicht zu Wort kommen.

»Vor gut zwei Wochen kam sie zu mir und meinte, du würdest sie jetzt ebenfalls als Rapperin aufbauen. Und es sei klar, dass sie viel besser sei als ich. Immerhin liefere sie die Texte, die du haben willst, während ich Weichei immer nur herumjammere und Larifari-Texte schreibe.«

»Aber sie hat doch kaum eigene Texte geschrieben«, warf Harry ein.

»Natürlich, das ist mir bekannt. Aber sie wusste nicht, dass ich es wusste. Sonst hätte sie es nicht behauptet.« LeyLa klang mit einem Mal müde. »Hör zu. Mir ist es wirklich egal, was du in deiner Freizeit treibst und mit wem. Aber wenn es unsere Beziehung beeinträchtig, geht das auch mich etwas an.«

»Ich kann nur immer wiederholen, dass es mir leid tut«, sagte Harry. »Ich weiß nicht, was in mich gefahren ist.«

»Midlife-Crisis?«, schlug LeyLa vor. Der Stimme nach war sie nicht mehr wütend.

»Schon wieder?«, antwortete Harry und klang ebenfalls gelöster.

Sie lachten.

Charlotte schüttelte den Kopf. Die beiden hatten ein seltsames Verhältnis zueinander.

»Hast du eine Vorstellung, wer sie getötet haben könnte?« LeyLas Frage kam nicht nur für Charlotte unerwartet. Da keine Antwort kam, konnte sie nur annehmen, dass Harry den Kopf schüttelte.

»Wie konnte es so weit kommen?«, sagte LeyLa leise.

»Ich weiß es nicht.«

»Wolltest du sie wirklich aufbauen?«

Harry zögerte. »Ich habe darüber nachgedacht, ja. Deshalb kam sie damals zu mir; sie wollte Rapperin werden. In letzter Zeit hat sie immer wieder davon angefangen. Ich habe sie erst einmal damit vertröstet, dass sie bei dir Background singen soll.«

»Ach ja, diese dämliche Idee«, sagte LeyLa abfällig.

Charlotte war überrascht, dass die Rapperin tatsächlich von den Plänen wusste.

»Ich wollte sie einfach noch eine Weile hinhalten«, erklärte Harry.

»Sie ist dir also auch auf die Nerven gegangen«, stellte LeyLa mit Genugtuung fest.

»So würde ich es nicht ausdrücken«, versuchte der Manager zu beschwichtigen. »Sie wollte zu schnell zu viel.«

Jemand gähnte ungeniert. Charlotte vermutete, dass es Harry war. Und tatsächlich: »Es ist spät, wir sollten schlafen«, sagte er.

»Es ist noch nicht mal Mitternacht«, protestierte LeyLa.

Charlotte grinste. *Diese Nachteule!*

»Ich hau mich aufs Ohr, ich muss Schlaf nachholen. Gute Nacht. Bleib nicht zu lange auf. Wer weiß, wann die Bullen wieder auftauchen. Du solltest dann fit sein.«

»Ja, ja. Ich arbeite noch ein bisschen. So früh kann ich einfach nicht schlafen.«

»Wann kommt Banu?«

»Sie hat keine Uhrzeit genannt. Aber wenn sie mit Freunden unterwegs ist, kann es spät werden.«

»Was ist mit ihr?«

Charlotte sah förmlich, wie Harrys Kopf in Richtung ihres Zimmers schnellte.

»Ich hoffe, sie schläft«, erwiderte LeyLa. »So ein Twentyfourseven-Job ist kein Zuckerschlecken. Schon gar nicht mit Chaoten wie uns.«

Charlotte wurde warm ums Herz. Am liebsten wäre sie hinausgelaufen und hätte LeyLa umarmt. Sie hauchte ein Küsschen in die Luft.

Harry brummte etwas, das sie nicht verstehen konnte. Es folgten schmatzende Geräusche, eine Tür schlug zu und ein Schloss wurde verriegelt.

Höchste Zeit, sich zurückzuziehen. Charlotte huschte in ihr Zimmer zurück, blieb aber mit dem Ohr an der Tür stehen. Minuten später hörte sie zunächst Schritte nebenan, schließlich die Dusche. Sie ging zurück in ihr Bett.

An Schlaf war nicht zu denken. Immer wieder ging sie das belauschte Gespräch durch, suchte nach Anhaltspunkten, fand keine. Sowohl LeyLa als auch Harry hatten ihre Konflikte mit Lisa. Aber keiner davon war stark genug, um als Mordmotiv durchzugehen.

Was übersahen sie?

Freitag, 27. Juli 2017

I

Andi nahm keine Rücksicht auf LeyLas Schlafgewohnheiten. Um acht Uhr rief er Charlotte aus der Lobby an und sagte ihr, dass er und Marius da seien.

»Ich gebe ihr zehn Minuten, dann muss sie wach sein.« Er legte auf, bevor sie etwas erwidern konnte.

Charlotte gähnte herzhaft, stand auf, schlüpfte in den Bademantel und betrat LeyLas Schlafzimmer.

Banu lag eingerollt auf der linken Bettseite, LeyLa diagonal im Rest des Betts. Beide schliefen tief und fest. LeyLas Kopf lag am Rücken ihrer Schwester, ihr rechtes Bein hing halb über der Bettkante. Theo, das Nilpferd, wurde nur noch durch die Bettdecke im Bett gehalten. Auf dem Boden lagen verstreut mehrere Blätter, Stifte und ihr Textbuch.

Charlotte rüttelte LeyLa sanft an der Schulter. Sie bewegte sich, wachte aber nicht auf.

»LeyLa«, flüsterte Charlotte und rüttelte erneut. »Wach auf.«

»Wassn«, murrte die Musikerin und drehte sich um. Dabei fiel das Nilpferd aus dem Bett.

Charlotte hob das Plüschtier auf und betrachtete es nachdenklich. Offensichtlich war LeyLa ein sensibler, anlehnungsbedürftiger Mensch. Hatte sie eine unbekannte dunkle Seite, der ihre harten Texte entsprangen, oder zwang Harry sie zu einem Image, das sie selbst nie wollte?

Vier von den zehn Minuten waren um. Sie hatte keine Zeit für Spekulationen. Notfalls musste sie eben beide Schwestern wecken.

»LeyLa«, sagte Charlotte laut. »Die Polizei ist da. Wach auf.«

Banu schoss hoch. »Was ist los?«

Charlotte erklärte es ihr. »In fünf Minuten sind sie da.«

»Lass mich das machen«, sagte Banu. »Ich habe Erfahrung darin.« Sie zog eine Grimasse.

Charlotte dankte ihr, ging in ihr eigenes Schlafzimmer zurück und schlüpfte in ihre Klamotten. Waschen kam später dran.

Tatsächlich klopfte Andi erst nach fünfzehn Minuten, wofür Charlotte dankbar war.

Da sie im anderen Schlafzimmer Stimmen hörte, waren die Schwestern zumindest wach. Charlotte wollte gerade nachsehen, als sie auftauchten. LeyLa sah müde aus, aber sie bemühte sich um ein freundliches Gesicht. Banu wirkte frischer, obwohl sie den Abend und vermutlich die halbe Nacht auf einer Party verbracht hatte.

»Guten Morgen. Ihnen ist schon klar«, schäkerte LeyLa in Andis Richtung, »dass Sie um diese Uhrzeit nichts Vernünftiges aus mir herausbekommen? Morgens bin ich selten zurechnungsfähig.«

Andi lächelte. »Das ist mir durchaus bewusst«, erwiderte er im selben Plauderton. »Wenn es nicht so wichtig wäre, hätten wir Sie natürlich ausschlafen lassen.« Er zeigte auf den Laptop, den Marius auf den Esstisch gelegt hatte. »Ich fürchte aber, dafür haben wir keine Zeit.« Diesmal war der Ton ernst. Er zog einen Stuhl heraus, setzte sich und bedeutete Marius und LeyLa, ebenfalls Platz zu nehmen.

»Soll ich gehen?«, fragte Banu.

»Nein, Sie können ruhig bleiben. Ich möchte Sie aber bitten, nicht dazwischenzureden«, sagte Andi.

Banu nickte und setzte sich aufs Sofa.

»Ich mache Kaffee«, bot Charlotte an. »Für dich heißes Wasser?«, wandte sie sich an LeyLa.

»Wir brauchen nichts, danke«, sagte Andi.

»Nein danke«, lehnte LeyLa ab.

»Auch gut«, meinte Charlotte und setzte sich zu Banu.

»Okay, legen Sie los«, forderte LeyLa.

Marius öffnete den Laptop, rief eine Seite auf und drehte ihn so, dass Andi den Monitor einsehen konnte.

»Kennen Sie eine Lovely Luna?«, begann dieser.

LeyLa zögerte. »Nein. Ich kenne XXL Luna, das war Lisas – wie soll ich sagen? – Pseudonym? Es war der Name für ihren Auftritt im Netz. Lovely Luna?« Sie senkte den Kopf, schüttelte ihn dann, sagte: »Nein, habe ich nie gehört. Zumindest nicht bewusst.«

»Das heißt also, Sie kennen auch den Blog von Lovely Luna nicht«, stellte Andi fest.

»Nein.«

»Haben Sie folgende Sätze schon einmal gehört?« Andi beugte sich vor und las eine kurze Passage aus Lisas Blog. LeyLas Augen weiteten sich, zunächst vor Schreck, dann vor Wut.

»Was soll denn diese Scheiße? Sorry, sagt man nicht. Schon gar nicht um diese Uhrzeit. Wer, um Himmels willen, schreibt denn so einen Müll?«

»Lovely Luna«, erwiderte Andi ruhig.

»Okaaaaay«, antwortete LeyLa.

Andi sagte nichts, sondern wartete ab. Und trotz der ungewohnt frühen Uhrzeit funktionierte LeyLas Gehirn erstaunlich gut. An ihrer Mimik war gut zu erkennen, was in ihrem Kopf vor sich ging.

Gerunzelte Stirn: Sie war solche Posts gewohnt. Welcher Irre steckte diesmal dahinter?

Weit geöffnete Augen: Es konnte nicht sein, dass XXL Luna und Lovely Luna identisch waren. Das musste Zufall sein.

Ungläubiger Blick zu Andi: Das Erkennen, dass dem so war.

»Wollen Sie damit sagen, dass Lisa Lovely Luna war?«

Andi nickte. »Sie haben es nicht gewusst?«

LeyLa stieß ein kurzes, hartes Lachen aus. »Machen Sie Witze? Wenn ich das gewusst hätte, wäre sie die längste Zeit ein Mitglied dieses ›Teams‹ gewesen. Harrys Vorlieben hin oder her – das hätte ich garantiert nicht geduldet.«

»Aber von Lisa als XXL Luna, die sich mit Ihnen im Netz einen …«, er wandte sich an Marius: »Wie heißt das?«

»Beef.«

»Die sich mit Ihnen einen Beef nach dem anderen lieferte, wussten Sie?«, fuhr Andi fort.

»Ja, natürlich«, gab LeyLa ohne Umschweife zu. »Habe ich auch schon gesagt. Es war Harrys Idee. Nach dem Motto *Konkurrenz belebt das Geschäft*. Hat ja auch funktioniert.«

»Kann es sein, dass Sie das ausreizen wollten? Nach dem Motto *Mehr bringt mehr*?«

»Wen meinen Sie mit ›Sie‹?«, wollte LeyLa wissen.

»Sie als Person oder Sie als Team«, gab Andi ungerührt zurück. »Suchen Sie sich was aus.«

LeyLa schüttelte empört den Kopf. »Ich ganz sicher nicht! Ein bisschen Aggressivität gehört zum Rap dazu. Sonst könnte ich ja gleich Schlager singen. Aber es gibt Grenzen.«

»Wo ziehen Sie diese?«, wollte Andi wissen.

»Spätestens da, wo es persönlich wird oder meine Familie involviert ist«, sagte LeyLa. »Meine Geschwister und ich sind mit den sozialen Medien aufgewachsen. Ich war ein Teenager, als *Facebook* gegründet wurde. Natürlich waren wir alle dabei. Es war aufregend, weil es so etwas Ähnliches noch nie gegeben hatte. Und es war cool. Aber damals war es überschaubar. Mein Bruder hatte den alten Computer unseres Vaters bekommen und hütete ihn wie einen wertvollen Schatz, der er ja auch war. Wir Mädchen mussten immer betteln und ihm irgendetwas geben, damit wir auch mal ran durften.« Sie schaute zu Banu und lächelte in Erinnerung an diese vergangenen Zeiten.

»Die wenigsten unserer Freunde durften den PC der Eltern benutzen, waren also auch nicht online«, fuhr sie fort. »Deshalb blieb das mit *Facebook* weitestgehend in der Familie. Es war alles so harmlos. Wir schimpften über Lehrer oder über die blöden Englischvokabeln, und auch mal über die Mutter, die den Rock zu kurz fand, oder Vater, der den aktuellen Freund nicht akzeptieren wollte. Aber es war nichts, was wir nicht auch zueinander gesagt hätten, wenn wir zusammen waren.« Wieder wandte sie sich an ihre Schwester. »Ist doch so, oder?«

Banu bestätigte es und ergänzte: »Unser Vater kontrollierte alles. Prinzipiell haben unsere Eltern uns vertraut. Aber *Facebook* war etwas Neues, von dem man nicht wusste, wie es sich entwickeln würde. Damals waren wir natürlich sauer, als wir es herausfanden. Aus heutiger Sicht hatte er recht.« Banu grinste. »Ich höre mich an wie eine alte Rentnerin, die über die Jugend schimpft, oder?«

»Nein, tun Sie nicht«, sagte Andi. »Wie sehen Sie das heute?«, fragte er LeyLa. Charlotte hörte an seinem Tonfall, dass es ihn wirklich interessierte.

»Zwiespältig«, erwiderte LeyLa. »Vor ein paar Jahren, es war zu Beginn meiner Zeit als Rapperin, gab es eine Phase, da war ich sehr aktiv. Ich habe all den angeblichen Marketingexperten geglaubt, die sagten, man müsse ständig präsent sein, im Gespräch bleiben, um Platten zu verkaufen. Also war ich ständig präsent. Ich habe mir Geschichten ausgedacht und wie eine Weltmeisterin Fotos gepostet. Es wurde trotzdem nicht mehr gekauft.«

»Wann kam die Wende?«

LeyLa lachte. »Falls Sie jetzt hören wollen: mit Lisa, muss ich Sie enttäuschen. Es war schon vorher. Eigentlich mit dem Release meines dritten Albums. Das war Ende 2015. Lisa kam erst ein Jahr später.«

»Woran könnte es gelegen haben, dass Sie mehr verkauft haben?«

»Ich glaube fest daran, dass es an der Qualität meiner Texte liegt«, sagte LeyLa leise. »Was anderes wäre ja auch Blödsinn. Sonst wäre ich nicht Rapperin, sondern würde irgendwas mit Werbung machen.«

Andi drehte sich zu Banu um. »Was sagt Ihre Familie zu all den Sachen, die man im Internet über Sie findet?« Andi deutete auf den Laptop und ergänzte: »Von dieser Seite mal abgesehen.«

Banu nahm sich Zeit für ihre Antwort. »Anfangs fanden unsere Eltern es schrecklich, vor allem, weil LeyLa ständig als dreckige Muslima beschimpft wurde. Dabei sind wir Christen.« Banu lachte. »Sagt sogar unser Name: *Nasrani* bedeutet *sie sind christlich*. Weiß nur keiner. Wie auch – es spricht ja kaum jemand arabisch in Deutschland.« Sie hob die Hände. »Verstehen Sie mich nicht falsch«, sagte sie. »Ich mache niemandem einen Vorwurf. Höchstens den, dass die meisten Menschen einen nach dem Äußeren beurteilen. Dunklere Haut und dunkle Haare ist gleich Araber, ist gleich Muslim.« Banu stoppte, fuhr sich durch die Haare. »Ich bin hier in Deutschland geboren, wie auch meine Geschwister. Wir sind Deutsche, meine Eltern haben den deutschen Pass. Und dennoch werden wir immer als Ausländer behandelt. Das ist leider etwas, woran ich mich nie gewöhnen werde. Aber ich schweife ab.«

»Ich kann Sie sehr gut verstehen«, sagte Andi. »Und die Zeiten werden sicher nicht einfacher.«

LeyLa mischte sich ein. »Sie wollen wissen, wie sich unsere Eltern fühlen, wenn sie solche Posts über mich lesen? Sie sind schockiert. Sie verstehen nicht, warum jemand, der mich gar nicht kennt, solche Dinge über mich schreibt. Wir haben versucht, es ihnen zu erklären.« Sie beugte sich zur Seite und hielt Banus Hand. »Es dauerte etwas, aber schließlich verstanden sie, was im Netz abgeht. Sie finden es nach wie vor nicht prickelnd, aber sie akzeptieren es. Inzwischen bewegen sie sich selbst kaum noch im Internet, sie bekommen also zum Glück das meiste nicht mehr mit. Seit ich in Berlin bin, ist es besser geworden. Also nicht, was die Posts angeht, sondern, dass meine Eltern nicht mehr so viel erfahren«, fügte LeyLa hinzu.

»Wir halten so viel wie möglich von ihnen fern«, ergänzte Banu.

»Kennen Sie einen Werner Baumann?«, wechselte Andi abrupt das Thema.

»Was?« LeyLa reagierte entsprechend irritiert. »Wer ist das denn nun wieder?«

»Sie haben den Namen nie gehört oder gelesen?«

LeyLa zuckte mit den Schultern. »Beschwören würde ich es nicht. Der Name ist nicht so außergewöhnlich, dass man ihn sich merken würde. Mag sein, dass ich ihn mal irgendwo gehört habe, aber ein Gesicht dazu habe ich definitiv nicht. Wer ist das?«

Andi griff in sein Jackett, zog ein Foto heraus und schob es über den Tisch. LeyLa nahm es hoch, warf einen Blick darauf und sagte: »Oh.«

Aus LeyLas angewidertem Gesichtsausdruck schloss Charlotte, dass es sich um den dicken Mann handelte.

»Sie kennen ihn?«, hakte Andi sofort ein.

»Kennen wäre übertrieben«, antwortete LeyLa. Sie schilderte in knappen Worten ihre Begegnung mit dem Mann und bestätigte damit Charlottes Vermutung. »Wie haben Sie ihn gefunden?«, wollte LeyLa wissen.

»Das kann ich Ihnen zum jetzigen Zeitpunkt noch nicht sagen«, gab Andi zurück. »Sie wissen, dass er«, er zeigte auf das Foto, »am Montag auch bei der Pressekonferenz war?«

LeyLa nickte. »Charly hat es mir gesagt. Ich habe ihn nicht gesehen. Bei solchen Sachen habe ich meist einen Tunnelblick. Rein, ein bisschen reden, Fragen beantworten, raus. Ich hasse diese Termine, aber Harry meint, es müsse sein.«

»Ist er der Täter?«, fragte Banu.

»Auch das kann ich Ihnen nicht sagen«, erwiderte Andi nicht unfreundlich.

»Stehe ich auch auf der Liste der Verdächtigen?«, wollte LeyLa wissen.

Andi zögerte, antwortete dann: »Ja, Sie stehen immer noch drauf. Aber nicht an erster Stelle.« Er beugte sich über den Tisch und ergriff LeyLas Hand. »Sie brauchen sich keine Sorgen zu machen. Wir müssen allen Hinweisen nachgehen, aber niemand von uns glaubt ernsthaft, dass Sie es waren.«

Charlotte war mehr als überrascht. Sie hatte noch nie erlebt, dass Andi sich zu so einer Aussage hatte hinreißen lassen. Im Privaten ja, aber quasi offiziell? Er musste sich seiner Sache sehr sicher sein.

»Gut«, sagte er jetzt und erhob sich. »Das war's. Die frühe Störung tut mir wirklich leid, aber wir können es uns nicht leisten, Zeit zu verlieren.«

»Das ist doch selbstverständlich«, sagte Banu an LeyLas Stelle. »Wir haben auch ein Interesse daran, dass das so schnell wie möglich aufgeklärt wird.« Sie stellte sich neben ihre Schwester und legte den Arm um deren Schultern. »Es wird Zeit, dass sie wieder ein normales Leben führen kann.«

»Das verstehe ich«, erwiderte Andi. »Sobald wir etwas wissen, geben wir Ihnen Bescheid.« Er reichte beiden die Hand. »Ich fürchte, wir sehen uns bald wieder.«

Charlotte folgte Andi und Marius auf den Gang hinaus.

»Ihr habt etwas herausgefunden«, sagte sie ohne Umschweife.

»Ich geh schon mal runter.« Es waren, von einem mageren Guten Morgen abgesehen, die einzigen Worte, die Marius gesagt hatte. Er nickte ihr zu und nahm statt des Lifts die Treppe. Erst als seine Schritte nicht mehr zu hören waren, wandte Andi sich ihr zu und sagte: »Ja, ich denke, wir haben heute Nacht einen Durchbruch erzielt.«

»Aber du kannst nicht darüber sprechen?«

Er seufzte, schaute sich um. »Kann man hier irgendwo ungestört reden?«

Charlotte zeigte auf die Konferenzräume. »Der erste ist für uns reserviert. Das Frühstück ist dort immer aufgebaut.«

»Kein schlechter Service«, murmelte Andi, als sie den Raum betraten. Er zog einen Stuhl heraus und setzte sich.

»Willst du jetzt einen Kaffee?«

»Ja, das wäre nicht schlecht.« Er fuhr sich übers Gesicht. »Ich frage mich, ob ich mich jemals wieder entwöhnen kann.«

Charlotte reichte ihm eine Tasse und setzte sich ihm gegenüber. Andi trank einen Schluck.

»Wir haben Lisas Handy gefunden«, begann er. »Der Täter steckte es offenbar zusammen mit der Perücke, den Ohrringen und einem Schal in einen Abfalleimer eines der Restaurants in der Gegend. Dummerweise – oder vielmehr zu unserem Glück – erwischte er den für Lebensmittelabfall. Die Entsorgerfirma entdeckte die Perücke und informierte uns. Den Rest fanden wir.«

»War das Handy noch zu gebrauchen?«

Er nickte. »Sie haben die halbe Nacht daran gearbeitet und die Daten ausgewertet. So sind wir auf Baumann gestoßen.« Er trank die Tasse aus. »Kann ich noch einen haben?«

»Natürlich.« Charlotte brachte ihm eine zweite Tasse.

»Wir haben auch ihre Mutter gefunden. Sie hat seit zwei Jahren nichts mehr von Lisa gehört.«

»Du lieber Himmel.« Charlotte mochte sich nicht vorstellen, wie man sich fühlte, wenn man zwei Jahre lang nichts vom eigenen Kind erfuhr.

»Sie gibt teilweise sich selbst die Schuld, dass Lisa so verkorkst war. Ihre Worte, nicht meine«, fügte Andi hinzu. »Sie war alleinerziehende Mutter, der Vater hat sich schon während der Schwangerschaft verdrückt. Lisa muss schon als Kind ziemlich aufsässig gewesen sein. Mit fünfzehn verschwand sie das erste Mal, später in regelmäßigen Abständen. Vor zwei Jahren schließlich auf Nimmerwiedersehen.«

»Die Mutter wusste demnach nichts von ihrer ›Karriere‹ als Rapperin?«

»Nein. Weder wusste sie, wo Lisa lebte, noch, wovon. Sie vermutete, dass sie sich von einem Mann aushalten ließ.«

»Klingt nach einem harmonischen Verhältnis.«

Andi nickte und trank die Tasse aus. »Die Mutter arbeitet in einem Supermarkt und kann sich gerade so selbst über Wasser halten. Sie meinte noch, Lisa habe schon immer etwas Besseres sein wollen.«

»Ist Rapperin etwas Besseres?«, zweifelte Charlotte.

Andi lachte und erhob sich. »Wenn man Erfolg hat, bringt es zumindest Kohle. Und die hilft, ein besseres Leben zu führen. Was auch immer man darunter verstehen mag.« Er trat an sie heran und küsste sie. »Danke für den Kaffee. Ich muss los.«

»Da ist noch mehr«, mutmaßte Charlotte.

»Ja«, gab er ohne Umschweife zu. »Du weißt, wie das ist.«

Charlotte seufzte. »Manchmal ist es verdammt hart, auf der anderen Seite zu stehen.«

Andi lachte. »Solange es die richtige Seite ist«, sagte er. »Tut mir leid, aber ich muss los. Womöglich können wir den Fall schon heute lösen.« Eilig verließ er den Konferenzraum.

Charlotte folgte ihm ein Stück, lauschte auf seine Schritte und ging, als sie verklungen waren, in das Apartment zurück.

Banu und LeyLa schauten sie erwartungsvoll an.

»Tut mir leid, er hat mir nichts verraten«, schwindelte Charlotte. »Das kann aber nur bedeuten, dass sie nah dran sind an der Lösung.« Sie wandte sich der Küchenzeile zu. »Ich brauche jetzt dringend einen Kaffee.«

»Ich auch«, stimmte Banu zu. »Mach ihn stark!«

Während Charlotte Kaffeepulver in den Filter löffelte, verkündete LeyLa, dass sie zurück ins Bett gehen würde. »Schlafen werde ich vermutlich nicht können, aber ich muss ein paar Minuten für mich sein.«

Die Schwestern umarmten sich. Als sich die Schlafzimmertür hinter LeyLa schloss, sagte Banu: »Es nimmt sie mehr mit, als sie zugeben will. Sie war schon immer so, hat alles in sich hineingefressen, anstatt mit uns zu reden. Besonders, als Rayhan gestorben ist.«

»Wer ist Rayhan?« Charlotte war sich sicher, diesen Namen noch nie gehört zu haben.

»Unser kleiner Bruder«, erklärte Banu. »Er starb mit knapp sechs. Er hatte eine seltene Form von Leukämie, zumindest haben sie uns das damals so erklärt.« Banu nahm dankend eine Tasse Kaffee entgegen und setzte sich an den Esstisch. Charlotte blieb stehen.

»Wie alt wart ihr?«, fragte sie.

»Ich war neun, Luja, also LeyLa, sieben. Sie hat es am härtesten getroffen, sie war von klein an sehr eng mit Rayhan.« Gedankenverloren starrte sie in ihren Kaffee. »Er war so ein lieber Kerl. Die Krankheit wurde festgestellt, als er viereinhalb war. Ich weiß noch, wie fassungslos unsere Eltern an dem Tag waren, als sie die Diagnose erfuhren. Rayhan hat immer wieder versucht, sie zu trösten. Unser Vater wollte uns anderen Kindern erst nichts davon sagen, aber natürlich bekamen wir mit, dass etwas nicht stimmte. Eines Abends stellte Hamit die Eltern zur Rede. Mein Vater sagte ihm, er als Ältester dürfe es erfahren, aber er solle uns Mädchen verschonen. Doch Hamit widersprach und verlangte, dass wir das gemeinsam als Familie durchstehen.«

Banu blickte auf, sie hatte Tränen in den Augen.

»Ich bin sicher, dass meinen Eltern damit eine kleine Last von den Schultern genommen wurde. Nicht auszudenken, wie unser Leben gewesen wäre, wenn sie alles vor uns hätten verheimlichen müssen. Immerhin hat Rayhans Kampf gegen die Krankheit fast zwei Jahre gedauert. Es hat uns als Familie zusammengeschweißt. Auch deshalb vertrauen sie uns, wenn wir sagen, dass man die Posts gegen LeyLa nicht so ernst nehmen darf.«

»Wissen sie von den Briefen?«

Banu lachte. »Gott bewahre! Meine Mutter hätte keine ruhige Minute mehr.«

»So viel zum Thema Familienzusammenhalt«, bemerkte Charlotte trocken.

»Es ist doch normal, dass Kinder Geheimnisse vor ihren Eltern haben, oder?« Sie lächelten sich an.

»Wie geht es jetzt weiter?«, wollte Banu nach einer Weile wissen.

»Das hängt davon ab, wie schnell sie den Täter zu fassen kriegen«, erwiderte Charlotte. »Da ich nicht weiß, welchen Spuren sie nachgehen, kann ich auch nicht beurteilen, wann es soweit ist. Und oft genug meint man, kurz vorm Ziel zu sein, und fängt dann wieder von vorne an.«

»Lass uns hoffen, dass das hier nicht der Fall sein wird.«

»Ja, es wäre nicht gut für LeyLa.«

»Wo ist eigentlich Harry? Hat er so einen festen Schlaf, dass er von all dem nichts mitbekommen hat?«

Charlotte hatte sich auch schon gewundert, aber nichts gesagt. Sie war für jede Minute ohne den aufgeblasenen Manager dankbar. Das belauschte Gespräch zwischen ihm und LeyLa fiel ihr wieder ein.

»Wie siehst du das Verhältnis zwischen den beiden?«

Banu stieß einen tiefen Seufzer aus. »Schwer zu sagen. LeyLa behauptet steif und fest, dass sie ohne Harry nie da wäre, wo sie jetzt ist. Und es stimmt schon: Soweit ich das beurteilen kann, hat er sehr viele Kontakte in der Branche. Er hat LeyLa zu einem anderen, bekannteren Label gebracht; seither geht es langsam, aber stetig aufwärts. In manchen Foren wird sie schon als die neue Schwester S gefeiert. Frauen sind nicht nur in Deutschland im Rap unterrepräsentiert. Da kommt schnell ein Hype auf. Aber LeyLa hätte es verdient. Sie arbeitet sehr hart.«

»Es gab offensichtlich Streit zwischen ihr und Lisa wegen der Texte«, sagte Charlotte.

Banu lachte bitter. »Oh ja. LeyLa war so sauer, weil Harry ihre Fassung von Macho-Bruder nicht akzeptieren wollte. Immer war sie zu langweilig, zu weich, zu – was weiß ich. Im Streit hatte er ihr offenbar an den Kopf geworfen, dass er den Text eben von Lisa schreiben lasse. Die wisse wenigstens, wie das Geschäft funktioniere.«

»Wie hat LeyLa reagiert?«

»Sie hat den Text mehrmals überarbeitet, bis zu dem Punkt, an dem sie sagte: Bis hierhin und nicht weiter. Sie kann sehr stur sein und ich bin sicher, sie hätte sich im Ernstfall von Harry getrennt.«

»Aber er hat eingelenkt?«

Banu nickte. »Ihm ist klar geworden, dass er sie verlieren könnte. Da hat er nachgegeben und diese Version freigegeben.«

»Ist es üblich, dass Künstler und Manager so eng zusammenarbeiten?«, wollte Charlotte wissen.

»Ich bin keine Expertin auf diesem Gebiet, weiß nur, was LeyLa mir erzählt«, erklärte Banu. »Es gibt wohl alle möglichen Konstellationen.« Sie lachte. »Anfangs hatten wir den Verdacht, LeyLa könne etwas mit Harry haben. Als wir ihn getroffen haben, war sofort klar, dass das ganz sicher nicht der Fall war.«

»Er ist nicht ihr Typ?«

»Ganz und gar nicht. Weder äußerlich noch vom Charakter her«, erwiderte Banu. »Aber die beiden ticken ähnlich. Harry stammt ebenfalls aus dem Ruhrpott, wie wir auch, das verbindet. Wenn du so willst, sprechen sie dieselbe

Sprache. Ich habe sehr schnell gemerkt, dass uns vieles zwischen ihnen entgeht, weil sie sehr häufig nonverbal miteinander kommunizieren.«

»Du wusstest, dass sie bei *Tinder* ist.«

»Ja, natürlich. Sie hat mich gefragt, was ich davon halte. Ich hatte es selbst ein paar Monate lang ausprobiert, fand aber die Typen, die sich für mich interessierten, mehr als unpassend. So viel zum Thema *Der Algorithmus findet den Richtigen*. Mag sein, dass ein paar Männer dieselben Interessen wie ich hatten, aber es hat nie gefunkt.« Sie hielt Charlotte die leere Tasse hin. »Ist noch einer da?«

Charlotte schenkte ihr und sich selbst nach und setzte sich zu Banu an den Tisch.

»Es war Lisas Idee«, fuhr Banu nach den ersten Schlucken fort. »Wie der meiste Blödsinn, der im letzten Jahr so gelaufen ist. Ich erfuhr erst später, dass sie LeyLa nur ausnutzte, um selbst an die Typen ranzukommen. Hätte ich es früher gewusst, hätte ich natürlich davon abgeraten.«

»Hast du eine Vorstellung, wie das abgelaufen ist?«

Banu schüttelte den Kopf. »Nur vage. Zumindest am Anfang hat LeyLa die Typen ausgesucht, zu den Treffen, die nach einem längeren Chat zustande kamen, ist aber Lisa gegangen. Zunächst als LeyLa, später wohl als sie selbst. Ich kann nur vermuten, dass sie LeyLas Handy missbraucht hat, um Typen aufzureißen.«

»Harry war ihr offenbar nicht genug«, stellte Charlotte sarkastisch fest.

»Ach, der war doch nur der Idiot, der ihre Karriere vorantreiben sollte«, erwiderte Banu böse. »Würde mich nicht wundern, wenn er es endlich kapiert hätte.«

»Und sie deswegen umgebracht hat?«, fragte Charlotte leise.

Sie starrten sich sekundenlang an.

»Quatsch«, unterbrach Banu die Stille und wischte Charlottes Behauptung mit einer Handbewegung beiseite. »Er mag laut und oft genug aggressiv sein. Ein Mörder ist er deswegen noch lange nicht.«

Es gehört nicht viel dazu, zu einem Mörder zu werden, wusste Charlotte, behielt den Gedanken aber lieber für sich. Stattdessen erhob sie sich. »Ich schau mal nach ihm.«

Sie verließ das Apartment, ging zum anderen, kleineren und klopfte.

»Harry, sind Sie da?«

Sie klopfte mehrmals, aber es kam keine Reaktion. War ihm vielleicht etwas passiert? Lag er womöglich mit einem Herzinfarkt im Zimmer und war unfähig, Hilfe zu rufen?

Sie tastete nach ihrem Handy, das sie vorhin automatisch in ihre Jeanstasche geschoben hatte, und wählte die Nummer des Hotels. Sandra meldete sich.

»Guten Morgen, Sandra«, begann Charlotte. »Könnten Sie bitte im Zimmer von Herrn Härrlich anrufen? Ich stehe seit ein paar Minuten davor und klopfe, aber er öffnet nicht.«

»Er ist nicht da«, erwiderte Sandra. »Er hat das Haus vor gut einer Stunde verlassen. Der Kleidung nach ist er zum Joggen gegangen.«

»Oh, richtig«, erwiderte Charlotte. »Er sagte mir, dass er morgens immer läuft. Danke Sandra.«

Sie legte erleichtert auf und ging zurück zu Nummer 501, als sie plötzlich stutzte. Statt ins Zimmer zu gehen, stellte sie sich mit dem Rücken gegen die Fensterfront und schaute von einem Zimmer zum anderen.

Was hatte Harry gesagt? LeyLas eigentlicher Bodyguard hatte sich kürzlich verletzt und deshalb nicht mit nach Nürnberg kommen können. Harry musste aber die Zimmer lange vorher gebucht haben.

Sie rief erneut an der Rezeption an.

»Hallo Sandra, ich noch mal. Können Sie mir sagen, wann Herr Härrlich diese Zimmer hier gebucht hat und wie viele es ursprünglich waren?«

Sie trommelte mit den Fingern auf das Fenstersims, bis Sandra sich mit dem Ergebnis meldete.

»Das war im März und er hat nur die beiden Apartments im fünften Stock gebucht.«

Charlotte bedankte sich, legte auf und ging langsam zurück ins Zimmer.

»Schläft LeyLa?«, fragte sie Banu.

»Keine Ahnung.«

»Ich muss sie stören, es ist wichtig.« Charlotte ging ins Schlafzimmer. LeyLa saß mit geschlossenen Augen auf dem Bett, die Kopfhörer übergestülpt. Mit dem linken Fuß wippte sie im Takt mit. In den Armen hielt sie das Nilpferd. Sie sah friedlich und gleichzeitig verletzlich aus.

Charlotte stupste sie sacht am Bein an. Als sie ihre Aufmerksamkeit hatte, fragte sie: »Wo schläft der Bodyguard üblicherweise, wenn ihr unterwegs seid?«

LeyLa schaute sie verständnislos an.

»Hat er ein Zimmer in eurer Nähe oder schläft er woanders?«, schob Charlotte ungeduldig nach.

LeyLa runzelte die Stirn. »Natürlich wohnt er bei uns. Alles andere wäre Quatsch.«

»Hast du ihn vor eurer Abreise nochmal gesehen?«, bohrte Charlotte weiter.

Obwohl LeyLa sichtlich irritiert war, dachte sie nach, schüttelte den Kopf. »Nein. Wir waren nur ein paar Tage in Berlin, bevor wir hierherfuhren. Harry sagte mir, dass Rico sich den Arm schwer verletzt habe, deshalb nicht mitkommen könne und wir hier jemanden engagieren würden.« Sie grinste. Als Charlotte ernst blieb, fragte sie: »Was soll denn das Ganze?«

Charlotte ging nicht darauf ein, fragte stattdessen: »War Lisa immer dabei, wenn ihr unterwegs wart?«

LeyLa nickte. »Zumindest seit einigen Monaten. Deshalb wurde es auch immer schwieriger. Wir hingen permanent wie die Kletten aneinander.«

»Das heißt, sie wäre auch mit nach Nürnberg gekommen?«

»Ich vermute es, ja. Harry sagte zwar, Nürnberg solle mehr Erholung werden nach all dem Stress der letzten Wochen. Ich bin mir aber nicht sicher, ob er mitbekommen hatte, dass es ständig Krach zwischen Lisa und mir gab.« LeyLa seufzte. »Ich schätze, er wollte es einfach nicht sehen. Typisch Mann eben.« Sie schaute Charlotte verwirrt an. »Aber worauf willst du eigentlich hinaus?«

»Ich bin mir selbst noch nicht sicher«, gab diese zu und fasste kurz zusammen: »Die beiden Apartments hier wurden im März gebucht. Drei Schlafzimmer für vier Leute – was sagt uns das?«

LeyLa schaute sie verblüfft an. »Du meinst ...?«

»Ich meine erst mal gar nichts. Mir fiel nur vorhin auf, dass es eigentlich noch ein weiteres Zimmer geben müsste. Das war aber von vornherein nicht gebucht. Ich habe momentan keine Ahnung, was ich mit dieser neuen Erkenntnis anfangen soll.«

Dass Harry den Mord an Lisa bereits im März geplant hatte, hielt sie für äußerst unwahrscheinlich.

LeyLa schwieg eine Weile und sagte schließlich: »Vielleicht hat Harry Lisa entgegen der ursprünglichen Planung mitgenommen, weil Rico nicht konnte?«

»Möglich«, erwiderte Charlotte.

»Warum rufen wir Rico nicht einfach an und fragen ihn?«, schlug LeyLa vor. »Vielleicht weiß er es ja.« Sie zog ihr Handy hervor und suchte den entsprechenden Kontakt.

»Hi Rico, ich bin's, LeyLa«, begann sie in fröhlichem Plauderton.

Charlotte konnte eine tiefe Stimme am anderen Ende hören, verstand aber nichts.

»Du weißt es noch gar nicht, oder?«, fragte LeyLa vorsichtig. »Lisa wurde ermordet!«

Das entsetzte »Was?« auf der anderen Seite war mehr als deutlich.

»Hör zu«, erwiderte LeyLa. »Ich kenne die Details nicht, aber Charly, die hier in Nürnberg auf mich aufpasst, hat ein paar Fragen. Ich geb sie dir mal, ja? Danke. Wir sehen uns hoffentlich bald.« Sie reichte Charlotte das Telefon.

»Hallo, hier ist Charlotte Braun. Darf ich Ihnen eine Frage stellen?«

»Ist es wahr, dass Lisa ermordet wurde?«, kam sofort entsetzt die Gegenfrage.

»Ja, leider.« Sie fragte sich, warum LeyLa sich so etwas ausdenken sollte. »Herr Härrlich, also Harry, sagte mir als Grund für mein Engagement, dass

Sie sich den Arm verletzt hätten und deshalb nicht mitkommen konnten. Ist das korrekt?«

»Das hat er wirklich gesagt?« Rico lachte. »Na, er hatte schon immer eine blühende Fantasie.«

»Sie haben sich den Arm also nicht verletzt«, schlussfolgerte Charlotte.

»Ja und nein«, erwiderte Rico. »Ich war eine Woche vor Abfahrt in einen Streit verwickelt. Dabei habe ich mir eine Schnittwunde zugezogen. Sie war harmlos, ich hätte den Job locker machen können. Aber Harry kam zwei Tage vorher zu mir und meinte, es sei nicht nötig, dass ich mitkomme. Nürnberg sei ein ungefährliches Pflaster und sie hätten nur drei Auftritte. Dafür würde er stundenweise jemanden engagieren.« Er lachte. »Mir war das nur sehr recht. Ich habe gerade ein bisschen Stunk mit meiner Freundin, müssen Sie wissen – da kamen mir die paar Tage Auszeit wie gerufen. Außerdem hat Harry mich ganz normal weiter bezahlt.«

»Er hat Ihnen Geld dafür gegeben, dass Sie nicht mitfahren?«

»So würde ich das jetzt nicht sagen. Da ich in den letzten Monaten mehr oder weniger rund um die Uhr auf LeyLa aufpassen musste, hatten wir eine monatliche Pauschale vereinbart. Ich bot ihm an, diese eine Woche zurückzuzahlen, aber er meinte, ich könne es ruhig behalten.«

»Ist er immer so großzügig?«, wollte Charlotte wissen.

Rico lachte erneut. »Sagen wir mal so: Es kommt ganz auf seine Tagesform an.« Er machte eine kurze Pause, fragte dann leise: »Können Sie mir etwas zu Lisas Tod sagen?«

»Nein, die Polizei schweigt sich aus«, erwiderte Charlotte. Sie dachte einen Moment lang daran, den Bodyguard nach der Beziehung zwischen Lisa und Harry zu fragen, unterließ es aber. Auch sein Verhältnis zu LeyLa hätte sie sehr interessiert, aber in ihrer Anwesenheit wagte sie nicht, ihn darauf anzusprechen.

»Ich vermute mal, Sie haben keine Hinweise, wer Lisa getötet haben könnte?«, fragte sie stattdessen.

Dass er zunächst schwieg, hieß nicht, dass er ernsthaft nachdachte. »Ich will nicht spekulieren«, sagte er endlich. »Lisa hätte sicher nicht den Ich-bin-die-beliebteste-Person-der-Welt-Preis gewonnen, aber deswegen muss man niemanden umbringen, nicht wahr?«

»Nein, muss man nicht«, stimmte Charlotte zu.

»Gibt es schon einen Verdächtigen?«

»Ich vermute ja«, sagte Charlotte. »Aber wie gesagt, die Polizei hält sich erwartungsmäßig bedeckt.«

LeyLa zog eine Grimasse.

»Wenn man vom Teufel spricht«, log Charlotte, um das Gespräch zu beenden. »LeyLa sagt mir gerade, dass sie schon wieder vor der Tür stehen. Danke für Ihre Hilfe und schöne Grüße nach Berlin.« Sie legte schnell auf und gab LeyLa das Handy zurück.

»Für einen Personenschützer redet er ganz schön viel«, stellte Charlotte fest.

»Wenn ich mit ihm zusammen bin, nicht«, erwiderte LeyLa. »Er nimmt seinen Job sehr ernst, genau wie du.«

»Du fühlst dich sicher mit ihm?«

LeyLa nickte. »Er ist seit fast einem Jahr bei uns. Anfangs fand ich es seltsam, immer einen Fremden um mich herum zu haben.« Sie lachte leise. »Da nahm ich ihn auch nicht wirklich ernst. Er ist nicht sehr groß und sieht nicht aus, wie unsereins sich einen Bodyguard vorstellt. Er hatte weder einen Knopf im Ohr, noch trug er einen dunklen Anzug und eine Sonnenbrille. Im Gegenteil: Er hätte auch ein Rapper sein können. Mir wurde erst allmählich klar, dass Harry ihn genau deswegen ausgesucht hatte. Mit Rico fielen wir nicht auf. Inzwischen vertraue ich ihm hundertprozentig.«

»Gut«, sagte Charlotte nur und wiederholte für LeyLa noch einmal, was Rico ihr gesagt hatte.

»Das verstehe ich nicht. Was hatte Harry vor?«, fragte LeyLa. Im selben Moment schien sie zu begreifen. »Du glaubst doch nicht etwa, dass er Lisa …?«

»Hatte er einen Grund?«

LeyLa starrte sie mit großen Augen an. Lange Zeit sagte sie nichts, aber es war ihr deutlich anzusehen, dass es in ihrem Kopf arbeitete.

»Dass Lisa kein Engel war, ist ja nun hinlänglich bekannt«, begann sie. »Und auch Harry hat seine Macken. Aber Lisa hätte alles getan, um Karriere zu machen. Welchen Grund hätte er also haben sollen?«

In Charlotte stieg langsam ein Verdacht auf. Aber sie wollte zuerst mit Andi darüber reden, bevor sie ihn LeyLa gegenüber äußerte. Sie tätschelte das Knie der Rapperin und sagte: »Ich lass dich jetzt wieder allein. Mach dir nicht allzu viele Gedanken. Andi und sein Team werden es herausfinden.«

LeyLa seufzte ein »Okay« hervor und stülpte sich wieder die Kopfhörer über.

Banu schaute Charlotte fragend an, als sie ins Wohnzimmer zurückkehrte. Sie gab ihr einen kurzen Bericht über das Telefonat mit Rico. Banu bestätigte den Eindruck ihrer Schwester: Der Bodyguard war auf den ersten Blick nicht als solcher zu erkennen, aber er war absolut vertrauenswürdig.

»Seit ich weiß, dass er in ihrer Nähe ist, schlafe ich wieder besser.«

»Wusstest du, dass er nicht mit nach Nürnberg kommen würde?«

Banu schüttelte den Kopf. »Über solche Details reden wir normalerweise nicht.«

»Hältst du es für möglich, dass Harry hinter den Drohbriefen steckt?«

Banu war nicht überrascht, im Gegenteil. »Wir, Hamit und ich, haben uns schon oft darüber unterhalten. In den Briefen stehen Dinge, die nur ein Insider wissen kann. Harry war oft bei uns zu Gast, er kennt nicht alle, aber viele Details. Hamit denkt, dass es Lisa und Harry gemeinsam waren, aber mir klingt das zu sehr nach Verschwörungstheorie. Wenn du mich fragst, würde ich es eher Lisa zutrauen als Harry.«

»Die Drohbriefe kamen, bevor Lisa auftauchte, oder?«

Banu nickte. »Wegen der Drohbriefe hatte Harry die Idee mit der Doppelgängerin.«

»Trotzdem hätten sie sich vorher kennen können«, sagte Charlotte. Als sie Banus Miene sah, lachte sie. »Ja, ja, ich weiß. Klingt total nach Verschwörungstheorie.« Dennoch wollte sie den Gedanken nicht ad acta legen.

Dass Lisa LeyLa von ihrem Platz als erfolgreiche Rapperin verdrängen wollte, war Fakt. LeyLa selbst hatte gesagt, Lisa hätte dafür alles getan. Die Frage war: Wie weit wäre Lisa tatsächlich gegangen? Und welche Rolle spielte Harry dabei?

»Ich rufe Andi an«, sagte Charlotte. »Ich muss etwas mit ihm klären.« Sie ging in ihr Schlafzimmer, um ungestört reden zu können, und wählte Andis Nummer.

»Ja?« Er klang gehetzt.

»Ich störe«, stellte sie fest.

»Nein«, rief er. »Warte eine Minute, ich bin gleich für dich da.« Offensichtlich hielt er die Hand vor das Mikrofon, denn Charlotte hörte gedämpfte Stimmen.

»Jetzt«, sagte er zwei Minuten später.

Charlotte erzählte ihm von ihrer Entdeckung mit den drei Zimmern und ihrem Gespräch mit Rico.

»Wir konzentrieren uns inzwischen mehr oder weniger komplett auf den Manager«, sagte Andi. »Der *Tinder*-Mann ist vom Haken, sein Alibi ist wasserdicht: Er wurde mal wieder beim Spannen erwischt und saß zur Tatzeit bei den Kollegen in Süd.«

»Was ist mit dem Dicken? Wie heißt er? Baumann?«

»Auch den konnten wir ausfindig machen und auch er kann nicht der Täter sein. Lisa hat ihn übers Netz angeheuert. Sie hat ihm was von einem Streich unter Kolleginnen erzählt. Dafür hat er tausend Euro kassiert. Er sollte LeyLa ein bisschen erschrecken, mehr aber nicht. Die Pralinen waren übrigens nicht präpariert, der Bericht kam gestern Nachmittag.«

»Bleibt also nur noch Harry«, stellte Charlotte fest.

Andi lachte. »Außer, du zauberst noch einen dunklen Unbekannten aus dem Hut.«

»Ich bin mir nicht sicher, ob ich das möchte«, antwortete Charlotte und hatte ein schlechtes Gewissen. Nur, weil man jemanden nicht mochte, hieß das noch lange nicht, dass er automatisch der Täter sein musste. Aber zu vieles sprach für den Manager. »Habt ihr ihn schon festgenommen?«

Eigentlich hatte sie mit einem Ja gerechnet und war überrascht, als Andi stattdessen antwortete: »Hätten wir gerne. Aber er ist verschwunden.«

»Was heißt verschwunden?«

»Nicht auffindbar.«

»Angeblich ist er heute Morgen zum Joggen gegangen.« Charlotte schaute auf die Uhr. Es war noch nicht mal zehn Uhr. Hatte Harry den Besuch von Andi und Marius mitbekommen und sich aus dem Staub gemacht?

»Ich weiß. Als wir ihn festnehmen wollten, sagte man uns an der Rezeption, dass er kurz nach acht das Haus in Sportkleidung verlassen habe. Die Fahndung läuft.«

»Kann ich etwas tun?«, wollte Charlotte wissen.

»Nein«, sagte Andi. »Jetzt heißt es nur noch abwarten. Wir kriegen ihn, früher oder später.«

»Ich weiß«, sagte Charlotte.

»Ach, übrigens«, schob Andi nach. »Ich glaube, dein Ex-Lover lungert unten in der Lobby herum.«

»Jacob?« Charlotte war fassungslos.

»Hast du noch andere Ex-Lover, von denen ich wissen müsste?« Andi lachte.

»Haha.« Charlotte fand das überhaupt nicht witzig.

»Er kam mir etwas verwirrt vor«, meinte Andi. »Wenn ich mehr Zeit hätte, würde ich mich gerne mal mit ihm unterhalten.«

»Was? Dazu wird es hoffentlich nicht kommen. Ich werde ihm gründlich die Meinung geigen«, schimpfte sie.

»Du solltest dich geehrt fühlen, dass jemand nach so langer Zeit noch an dir hängt.«

Charlotte wusste, dass Andi es witzig meinte, dennoch konnte sie nicht darüber lachen. »Er muss endlich kapieren, dass es aus ist. Das kann doch nicht so schwer sein«, fauchte sie.

»Hey, don't kill the messenger«, bat Andi.

»Ich versuch's«, gab Charlotte zurück und bemühte sich um ein Lächeln. »Pass auf dich auf.«

»Du auch.«

Sie verabschiedeten sich.

Als Charlotte ins Wohnzimmer zurückkam, saß LeyLa neben ihrer Schwester.

»Geht es dir gut?«, fragte Charlotte.

LeyLa nickte. »Ich bin müde, aber das ist ja auch kein Wunder. So früh wie in diesen Tagen bin ich zuletzt zu Schulzeiten aufgestanden.« Sie schaute Charlotte ernst an. »Wo ist Harry?«

Charlotte hob die Schultern.

»War er es?«

Charlotte ging vor der Rapperin in die Hocke und nahm deren Hände. »Ich weiß es nicht. Mich nervt das alles genauso sehr wie dich.«

»Wir sollten etwas essen«, schlug Banu vor, wie immer praktisch veranlagt. »Mit leerem Bauch denkt es sich schlecht.«

»Gute Idee«, stimmte Charlotte zu, stand auf und zog LeyLa mit sich. »Na komm, ein paar Bissen werden dir gut tun.«

Sie gingen nach nebenan in den Konferenzraum.

»So einen Service hätte ich gerne immer«, murmelte Banu, häufte sich Rührei, Tomaten und Gurken auf einen Teller, ging zum Tisch zurück, setzte sich und begann mit Genuss zu essen.

»Du könntest dich mit Harry zusammentun«, stellte LeyLa mit Abscheu fest.

»Nur, weil du morgens nie Hunger hast, muss das nicht für den Rest der Welt gelten«, gab Banu gutmütig zurück.

Charlotte nahm sich ein Croissant, Butter und Marmelade, während LeyLa nach einem Apfel griff, ihn aber nicht aß.

Eine Zeit lang saßen sie schweigend da. Es war so leise, dass man sogar die Schluckgeräusche hören konnte.

»Es ist nicht mal eine Woche her, dass wir hier alle zusammensaßen«, sagte LeyLa nachdenklich in die Stille hinein. »Ich hatte die halbe Nacht an einem Text gearbeitet. Lisa war wie üblich gehässig und meinte ironisch, ich sähe aus wie das blühende Leben.« Sie stockte und starrte auf den Apfel vor sich, vermutlich ohne ihn zu sehen.

Banu und Charlotte warfen sich einen vielsagenden Blick zu. Schweigend vereinbarten sie, LeyLa einfach reden zu lassen.

»Später kam er zu mir, um den Text zu besprechen«, fuhr LeyLa leise fort. »Er roch nach Rauch. Bevor wir hierher fuhren, hatte er sich zum hundertsten Male vorgenommen, weniger zu rauchen oder endlich ganz aufzuhören. Aber das Gegenteil war der Fall: Er rauchte mehr denn je.« LeyLa schaute auf, ihre Augen schimmerten feucht. »Ich hätte es merken müssen. Aber ich war nur genervt, weil er immer so intensiv nach den Glimmstängeln roch. Und nach ihr. Ich habe dieses billige Parfüm gehasst. Noch mehr als den kalten Rauch. Er wusste, wie sehr ich beides verabscheute.«

»Was hättest du merken müssen?«, fragte Banu leise.

»Dass er enorm unter Druck stand«, erwiderte LeyLa. Scheu schaute sie von ihrer Schwester zu Charlotte. »Die beiden hatten in den letzten Wochen häufig Krach. Sie dachten, ich bekomme es nicht mit. Je mehr sie sich stritten, desto aufmüpfiger war Lisa mir gegenüber. Es war diese typische Reaktion von jemandem, der seine Felle davonschwimmen sah.«

LeyLa spielte mit dem Apfel.

»Worum ging es bei den Auseinandersetzungen?«, wollte Charlotte wissen.

»Details habe ich nicht verstanden. Ich konnte nur ihre lauten Stimmen hören.« Ein Schluchzer entfuhr LeyLa. »Ich hätte mit ihm reden müssen.«

Banu rückte neben ihre Schwester und legte den Arm liebevoll um ihre Schultern. »Aber das hatte doch nichts mit dir zu tun«, versuchte sie, LeyLa zu beruhigen.

LeyLa lehnte den Kopf an Banus Schulter. »Doch«, sagte sie leise. »Ich denke, es ging dabei auch um mich.«

»Wie kommst du darauf? Ich dachte, du hast nichts verstanden?«, mischte sich nun auch Charlotte ein.

»Ich schloss es aus Lisas Verhalten mir gegenüber. Sie wurde immer selbstbewusster. Am Montagmorgen sagte sie etwas Seltsames zu mir.«

Charlottes Hand mit dem letzten Bissen schwebte in der Luft. Ungeduldig wartete sie darauf, dass LeyLa weiterredete.

»Sie sagte: ›Bald wird alles anders ein, wirst schon sehen.‹ Ich dachte, es ist nur wieder einer ihrer blöden Sprüche, aber tatsächlich war bald alles ganz anders.«

Charlotte erinnerte sich an den letzten Blog-Eintrag von Lovely Luna. Lisa hatte sich offenbar am Ende ihrer Ziele gesehen. Um ihren eigenen Tod konnte es sich dabei kaum gehandelt haben.

Banu fragte ihre Schwester: »Was könnte sie damit gemeint haben?«

An LeyLas Stelle antwortete Charlotte: »Sie hat Harry erpresst.«

II

Charlotte lief durch die Flure des Hotels, auf der Suche nach den Zimmermädchen beziehungsweise ihren Wäschewagen.

Sie hatten heftig darüber diskutiert, ob Charlottes Idee nachvollziehbar war. LeyLa hatte Harry verteidigt und gesagt, in diesem Fall hätte er sich ganz sicher von Lisa getrennt. Eher beiläufig hatte sie erwähnt, dass er und Lisa an jedem Abend zum Essen aus waren und dass er Streichholzbriefchen von Restaurants sammelte.

Charlotte erinnerte sich daran, diese Sammlung in Harrys Zimmer gesehen zu haben.

In einem Anfall von Wut hatte LeyLa am Tag zuvor die aus den Nürnberger Restaurants weggeworfen.

»Ich wollte nicht ständig daran erinnert werden, dass sie rauskonnte und ich nicht.«

Die Zimmermädchen hatten die Papierkörbe eine Stunde zuvor geleert.

Wie so oft war es nur ein Bauchgefühl, aber Charlotte wollte nicht mehr untätig im Hotelzimmer herumsitzen. Wenn sie den Manager richtig einschätzte, war er ein Nostalgiker. Die Streichholzschachteln sollten ihn an schöne Stunden erinnern. Und natürlich hätte er immer Feuer parat.

Nachdem sie Banu und LeyLa eingeschärft hatte, das Zimmer nicht zu verlassen und außer ihr und der Polizei niemanden hereinzulassen, machte sie sich auf die Suche nach den Streichhölzern.

Die Vorstellung, in fremdem Müll herumwühlen zu müssen, behagte ihr ganz und gar nicht. Aber das Gefühl, sie könnten ihr einen entscheidenden Hinweis geben, war zu stark, um ignoriert zu werden.

Charlotte arbeitete sich von oben nach unten durch die Stockwerke. Sobald sie einen Wagen entdeckte, wartete sie, bis das Zimmermädchen den Staubsauger anwarf, und machte sich über den Abfallbehälter her.

Einmalhandschuhe gehörten zu ihrer Standardausrüstung, dennoch war es alles andere als angenehm, in einer Mischung aus gebrauchten Wattepads, vollgeschnäuzten Taschentüchern, zerknitterter Zeitung, Haarbüscheln, Schminktüchern mit Lippenabdruck und – igitt! – gebrauchten Kondomen nach den Streichholzbriefchen zu suchen.

In der zweiten Etage und dem fünften Wagen wurde sie fündig. Triumphierend hielt sie zwei Briefchen hoch. Bei den Aufdrucken handelte es sich um Lokale in der Altstadt.

»Na dann«, sagte sie, streifte die Handschuhe ab und entsorgte sie.

Den Adressen nach lagen beide Lokale dicht beieinander. Sie rief LeyLa an, um ihr mitzuteilen, dass sie sich die Restaurants anschauen würde.

»In spätestens einer Stunde bin ich wieder da.«

Zunächst aber wurde sie von Jacob aufgehalten, der tatsächlich in einem der Sessel in der Lobby saß. Als er sie sah, sprang er sofort auf.

»Charlotte, können wir reden? Bitte.«

Charlotte richtete sich auf, streckte den Rücken durch, hob den Kopf und fixierte Jacob mit den Augen. Kampfstellung, um den Gegner einzuschüchtern. Er war nur unerheblich größer als sie.

Es dauerte nicht einmal zehn Sekunden, bis er einknickte und den Kopf hängen ließ.

»Es gibt nichts mehr zu reden, Jacob. Ich habe alles gesagt.« Ihre Stimme war leise, aber bestimmt. »Ein für allemal, Jacob: Lass mich in Ruhe. It's over. For good.«

Schnell verließ sie das Hotel, schüttelte den Kopf, um ihn frei zu bekommen und sich auf ihre eigentliche Aufgabe zu konzentrieren. Da Täter gerne an den Ort der Tat zurückkehrten, lief sie zunächst zum Kornmarkt. Zwei verwelkte Blumensträuße lagen in der Nähe der Stelle, wo Lisa gefunden worden war. Sonst wies nichts mehr auf die grausige Tat hin.

Charlotte hatte nicht damit gerechnet, Harry am Brunnen vorzufinden, dennoch war sie enttäuscht. War es wieder nur eines ihrer Hirngespinste, wenn sie vermutete, er würde an Orte gehen, an denen er zuletzt mit Lisa war? Er mochte viele Bettgeschichten gehabt haben, aber Charlotte war sich sicher, dass der Manager der jungen Frau gegenüber mehr empfunden hatte. Und sie war sich sicher, dass er den Mord ungeschehen machen würde, gäbe man ihm die Chance dazu.

Wird nur nicht passieren, dachte sie, während sie durch die Königstraße an der Lorenzkirche vorbei Richtung Hauptmarkt trabte. Es war noch relativ ruhig in der Innenstadt, die Läden und Kaufhäuser hatten erst seit einer halben Stunde geöffnet.

Sie überquerte die Museumsbrücke und warf einen Blick auf das Heilig-Geist-Spital, in dessen Innenhof LeyLa am nächsten Nachmittag hätte auftreten sollen. Laut Andi herrschte dort immer eine ganz besondere Atmosphäre. Schade drum, aber nicht zu ändern. Vielleicht konnte sie ja im nächsten Jahr noch einmal kommen.

Am Hans-Sachs-Platz hielt Charlotte kurz an, um zu verschnaufen. Sollte sie tatsächlich auf den Manager treffen, müsste sie fit sein.

Sie holte die Streichholzbriefchen aus der Hosentasche und überprüfte die Adressen. Der Obstmarkt lag direkt vor ihr. Sie warf einen Blick in die Bäckerei am Eck. Vier Müllmänner, eine Frau im Businesskostüm, ein Jogger und eine

Mutter mit einer Dreijährigen an der Hand und einem Säugling im Kinderwagen standen an der Theke. Der Jogger war zu jung, um Harry zu sein.

Langsam näherte sich Charlotte dem Mexikaner. Als sie davor stand, stellte sie verblüfft fest, dass das *Bratwurst Röslein* quasi gegenüberlag.

»Viel habt ihr von der Stadt nicht gesehen«, murmelte Charlotte.

Von dem Manager weit und breit keine Spur. Soviel zu ihrer Intuition.

Immerhin habe ich meinen Frühsport absolviert, dachte Charlotte sarkastisch.

Vorsichtshalber umrundete sie das gesamte Areal, aber Harry war nirgends zu entdecken. Vermutlich war er längst über alle Berge, immerhin hatte er mehr als zwei Stunden Vorsprung.

Auf dem Hauptmarkt herrschte lebendiges Treiben. Die Bauern aus dem Knoblauchsland priesen ihre frischen Waren an, die von wählerischen Kunden kritisch beäugt, letztendlich aber doch meist gekauft wurden.

Charlotte schlenderte an den Ständen vorbei und genoss die Vielfalt des Angebots. Spontan kaufte sie ein Pfund Zwetschgen und aß gleich ein paar der süßen Früchte.

Der Schöne Brunnen war inzwischen komplett renoviert und erstrahlte in neuem Glanz. Charlotte beschloss, sich ein paar Minuten Auszeit zu gönnen und auf seinen Stufen die Sonne zu genießen, bevor sie ins *Adina* zurückkehrte.

Sie hätte ihn beinahe übersehen. Er saß mit geschlossenen Augen auf der obersten Stufe, mit dem Rücken gegen das schmiedeeiserne Gitter gelehnt. Charlotte trat schnell zwei Schritte zurück in den Schutz eines Gemüsestandes. Zum Glück war die Bäuerin gerade mit einer Kundin beschäftigt und kümmerte sich nicht um sie.

Ohne Harry aus den Augen zu lassen, zog sie ihr Handy heraus und wählte Andis Nummer. »Er ist auf dem Hauptmarkt«, flüsterte sie ohne Umschweife, als er sich meldete. »Am Schönen Brunnen.«

»Du unternimmst nichts«, beschwor Andi sie eindringlich, bevor er auflegte.

Das würde sie auch nicht müssen, denn der Manager machte keine Anstalten, sich zu bewegen.

War er tot?

Er trug eine Jogginghose, Laufschuhe und ein T-Shirt, das seine durchtrainierte Figur erkennen ließ. Seine Glatze glänzte im Sonnenlicht.

Charlotte zögerte. Sie wusste, wenn sie jetzt etwas Falsches tat, konnte sie Andis Arbeit mit einem Schlag zunichtemachen.

Plötzlich öffnete er die Augen, hob den Kopf, schaute sich um, als spüre er ihre Blicke.

Charlotte hielt die Luft an und drückte sich noch enger in den Schatten des Standes.

»Wat kann ick Ihnen jeben?«

Charlotte war so verblüfft, statt des breiten fränkischen Dialekts, der auf dem Markt üblich war, plötzlich astreines Berlinerisch zu vernehmen, dass sie herumfuhr und den jungen Mann anstarrte. Er grinste sie an und zeigte eine breite Zahnlücke in der oberen Zahnreihe.

»Nichts«, stotterte sie. »Danke, ich möchte nichts.«

Das Grinsen verschwand.

Charlotte schaute wieder zum Brunnen. Harry saß noch immer dort.

»Geben Sie mir drei Äpfel«, entschied sie und kramte Kleingeld aus der Hosentasche.

»Drei Äpfel«, wiederholte er und reichte ihr eine gefüllte Papiertüte. Sowohl Ton als auch Miene drückten deutlich sein Missfallen angesichts des mageren Einkaufs aus. »Macht eins siebzig.«

Charlotte drückte ihm zwei Euro in die Hand. »Stimmt so. Das nächste Mal kaufe ich mehr.«

Da sie jetzt zwei Papiertüten hatte, bat sie um eine Tragetasche.

»Macht zehn Cent«, sagte der Verkäufer ungerührt.

Charlotte war sprachlos. Hatte sie ihm nicht gerade dreißig Cent mehr gegeben?

»Vergessen Sie's«, erwiderte sie sauer, füllte die Zwetschgen zu den Äpfeln um und reichte ihm die zerknüllte Tüte.

»Sie haben doch sicher einen Abfalleimer?«, fragte sie und lächelte zuckersüß.

Als sie zum Brunnen blickte, durchfuhr sie ein eisiger Schreck. Harry saß nicht mehr da.

Verdammt! Da ließ man sich für ein paar Sekunden ablenken!

Panisch schaute sie sich suchend um, konnte den Manager aber in der Menge nirgends entdecken. Zerknirscht rief sie Andi an und beichtete es ihm.

»Kein Problem. Wir durchkämmen die Innenstadt. Weit kann er nicht kommen.«

Charlotte gab ihm die Details von Harrys Kleidung durch. »Ich suche mit«, erklärte sie zum Abschied und lief zurück zu den Restaurants, war aber nicht überrascht, den Manager dort nicht zu sehen.

Links oder rechts? Sie schloss die Augen und stellte sich vor, wie er und Lisa nach dem Abendessen über den Hauptmarkt Richtung Schöner Brunnen schlenderten, sich dort für ein paar Minuten niederließen, schließlich weitergingen. Wohin? Richtung Burg oder zurück ins *Adina*?

Charlotte sprintete auf die andere Seite des Hauptmarkts, schaute nach rechts hoch zur Sebalduskirche und nach links Richtung Fleischbrücke. In Nürnbergs Altstadt gab es zahlreiche romantische Ecken, allerdings war das Wetter der letzten Tage nicht zum gemütlichen Flanieren geeignet gewesen. Also zurück ins trockene, warme Hotel. Direkt oder auf Umwegen?

Charlotte lief nach links, schaute in die Tuchgasse, rannte weiter. Unten an der Pegnitz gab es im Winter die angeblich größte Feuerzangenbowle der Welt.

Charlotte stieg die Treppen hinunter, lief an verwaisten Tischen und Stühlen vorbei weiter zum Schleifersteg. Eine asiatische Touristengruppe versperrte ihr einen Moment lang den Weg, aber endlich waren alle Selfies geschossen und sie konnte weiter zum Trödelmarkt.

Da stand er! Vor der Bühne, die für das Bardentreffen aufgebaut war. Charlotte fand den Gedanken, dass am Abend das Musikfestival starten würde, vollkommen absurd. Wie konnte man angesichts der Tragödie, die sich abgespielt hatte, Musik hören und fröhlich sein?

Während sie noch überlegte, ob sie sich Harry nähern sollte, drehte er sich um und entdeckte sie. Er rannte los.

»Verflucht, so viel Sport wollte ich eigentlich nicht machen«, schimpfte Charlotte und lief hinterher.

»'tschuldigung«, sagte sie mehrmals, weil sie einige Passanten anrempelte. Da die Tüte mit dem Obst hinderlich war, drückte sie sie einer verdutzten Frau in die Hand. »Hier, Vitamine!«, rief sie und lief weiter.

Am Ende der Insel, kurz vor dem Henkersteg, blieb Harry stehen.

Charlotte schritt vorsichtig auf Rufnähe heran, blieb neben dem Café stehen. Hatte sie hier tatsächlich erst gestern mit LeyLa gesessen?

»Geben Sie auf«, rief sie. »Die Altstadt ist abgeriegelt. Sie kommen nicht mehr raus.«

»Lassen Sie mich in Ruhe«, schrie Harry. Er schaute sich um, fand keinen anderen Ausweg und ging auf die Holzbrücke zu. Charlotte rückte Schritt für Schritt nach, bis sie sich beide auf dem Henkersteg befanden.

Am anderen Ende tauchte ein junges Pärchen auf.

»Verschwinden Sie!«, rief Charlotte ihnen zu und scheuchte sie mit Handbewegungen davon. Der Mann wollte zuerst nicht auf sie hören, aber die Frau zog ihn mit angstvollem Gesicht zurück.

Harry blieb in der Mitte der Brücke stehen.

Charlotte versuchte, ihre Chancen einzuschätzen. Die Entfernung betrug ein paar Meter. Wenn er weiterlief, würde sie ihn locker einholen, er war ein langsamer Läufer. Ein Kampf in der Enge der Brücke könnte zu erheblichen Verletzungen auf beiden Seiten führen. Sie hoffte, Andis Aussage, sie durchkämmten die Stadt, entsprach der Wahrheit und die Polizei tauchte jeden Moment auf.

Minutenlang standen sie bewegungslos da.

»Warum geben Sie nicht auf?«, versuchte Charlotte es noch einmal.

»Ich kann nicht in den Knast«, sagte Harry. »Ich war da schon mal, es hat mich kaputtgemacht.«

»Die Zeiten haben sich geändert.«

»Aber die Menschen nicht.«

Wohl wahr, dachte Charlotte und rückte millimeterweise näher. Aus den Augenwinkeln heraus nahm sie auf der anderen Uferseite eine Bewegung wahr. Zwei Männer tauchten auf. Sie hoffte inständig, dass es Polizisten waren.

Harry schien etwas zu ahnen, denn er drehte sich um und sah die Männer ebenfalls.

Bevor Charlotte reagieren konnte, war er auf die Holzbrüstung geklettert und sprang in die Pegnitz.

»Verflucht! Bleibt mir heute denn gar nichts erspart?«, schimpfte sie, schlüpfte aus Schuhen und Jeans und sprang hinterher.

Harry trieb ein paar Meter vor ihr auf die Karlsbrücke zu. Dieser Teil der Stadt wurde oft als Klein-Venedig bezeichnet, aber Charlotte hatte keinen Blick dafür. Mit kräftigen Schwimmbewegungen versuchte sie, sich dem Manager zu nähern.

Kurz vor der Fleischbrücke, wo sich die beiden Arme der Pegnitz wieder vereinten, holte sie ihn ein. Sie griff nach ihm und erwischte einen Zipfel seines T-Shirts, zog sich zu ihm heran und fasste nach seinem Arm.

»Geben Sie auf«, keuchte sie und schluckte Wasser. Sie musste husten.

Er nutzte ihre Schwäche aus, bekam sie zu fassen und umklammerte sie mit den Beinen. Sie spürte die Kraft seiner Muskeln.

»Wenn ich untergehe, gehst du mit«, hörte sie ihn sagen, dann umschloss sie das trübe Wasser der Pegnitz.

Charlotte hatte kaum Luft in den Lungen und kämpfte um ihr Leben. Harrys Beine hielten sie eisern umklammert, dennoch schaffte sie es, wieder an die Wasseroberfläche zu kommen und nach Luft zu schnappen. Bevor er sie wieder unter Wasser zog, sah sie zahlreiche Neugierige an den Ufern stehen.

Ruft die Polizei, dachte sie. *Helft mir!*

Sie verlor jegliches Zeitgefühl. Da sie sich nicht anders zu helfen wusste, biss sie den Manager kräftig in den Arm. Sie verlor Luft dabei, aber für einen Moment lockerte er die Umklammerung. Sie verabreichte ihm einen Schlag in die Nierengegend. An Land wäre er dabei in die Knie gegangen, aber das Wasser bremste die Wucht des Schlages. Dennoch schaffte sie es, ihn so zu irritieren, dass er vergaß, die Beine zusammenzupressen. Charlotte schraubte sich mit Schlängelbewegungen heraus und schoss nach oben.

Luft!

Kaum hatte sie kurz eingeatmet, wurde sie von hinten gepackt. Ein starker Arm legte sich um ihren Hals und drückte unbarmherzig zu.

Sie japste. So sehr sie auch strampelte und um sich schlug, sie bekam ihn nicht zu fassen.

Charlotte spürte, wie ihre Kräfte allmählich nachließen. Sie bekam keine

Luft mehr, der Sauerstoffgehalt in ihrem Gehirn wurde zu niedrig, sie war der Bewusstlosigkeit nahe. So wollte sie nicht sterben.

Ein letztes Mal bäumte sie sich auf und trat um sich, traf etwas Weiches. Der Griff um ihren Hals lockerte sich, Luft strömte in ihre Lungen.

»Ruhig, ruhig«, sagte kurz darauf eine männliche Stimme neben ihrem rechten Ohr. »Es ist vorbei. Wir haben ihn.«

Charlotte versuchte, den Sinn der Worte zu verstehen, aber sie war zu erschöpft. Alles, was sie wollte, war schlafen. Sie schloss die Augen und ließ sich fallen. Sie spürte nur noch, wie sie gezogen und getragen wurde.

Ich muss nichts mehr tun, dachte sie dankbar und überließ sich der Dunkelheit.

III

LeyLa und Banu besuchten sie im Krankenhaus, um ihr für ihren Einsatz zu danken.

»Du hast dein Leben riskiert«, stellte LeyLa besorgt fest.

»Ach, so schlimm war es gar nicht«, erwiderte Charlotte und musste husten, weil das Sprechen sehr anstrengte.

Ihr ganzer Körper fühlte sich geschunden an, vor allem aber der Hals. Sprechen, Schlucken, ja selbst Atmen tat weh.

Dennoch war sie der Ansicht, dass LeyLa es wesentlich schlimmer getroffen hatte. Sie musste nicht nur damit leben, dass ihr Manager ein Mörder war, sondern auch den Verlust eines jahrelangen Unterstützers, Freundes und Vertrauten verkraften.

Andi hatte nur kurz angerufen und ihr mitgeteilt, dass Harry gestanden hatte.

»Ich denke, ich habe es geahnt«, bemerkte die Musikerin. »Ich wollte nur nicht wahrhaben, dass Lisa so einen großen Einfluss auf ihn hatte.« Sie zögerte. »Was wird mit ihm geschehen?«

»Ich weiß es nicht«, antwortete Charlotte wahrheitsgemäß. »Es hängt viel davon ab, wie kooperativ er ist. Und natürlich, ob die Anklage auf Mord oder auf Totschlag lautet.«

LeyLa schluckte hörbar. Sie hatte Tränen in den Augen.

»Wie konnte ich nur so blind sein.«

Charlotte griff nach ihrer Hand. »Mach dir bitte keine Vorwürfe. Du bist hier auch ein Opfer.«

»Ich weiß. Kann ich etwas für dich tun?«

Charlotte versuchte zu lachen, was in einem Hustenanfall endete.

»Nein. Oder vielleicht doch. Es ist aber eigentlich etwas, das du für dich selbst tun solltest. Ich finde, du solltest deinen eigenen Weg gehen und nicht einen, den dir ein Manager oder Berater vorgibt. Deine Texte sind nicht schlecht, aber das bist nicht du. Hör auf dein Inneres.«

LeyLa schaute zu Banu und lächelte.

»Witzig, das hat mir meine Schwester heute Morgen auch schon gesagt. Ich werde darüber nachdenken, versprochen.«

Sie stand auf, beugte sich vor und gab Charlotte einen Kuss auf die Wange.

»Schade, dass du morgen nicht beim Konzert dabei sein kannst.«

»Du trittst auf?«, fragte Charlotte entsetzt.

»Ja. Ich weiß, viele Leute werden das nicht verstehen, aber ich möchte das Konzert Harry widmen. Er hat viel für mich getan, das ist eine Tatsache. Dass er diesen – Fehler gemacht hat, schmälert nicht seine Leistung als Manager. Und als Freund«, fügte sie leiser hinzu. »Immerhin wollte er mich nur schützen.«

Charlotte unterließ es, LeyLa darauf hinzuweisen, dass es da auch andere Möglichkeiten gegeben hätte. Zum einen wusste die Rapperin das selbst, zum anderen schmerzte ihr Hals inzwischen so sehr, dass sie nicht mehr sprechen wollte.

Nachdem sich die Schwestern verabschiedetet hatten, döste Charlotte vor sich hin.

Patrick und Lara kamen und brachten einen riesigen Blumenstrauß mit.

»Noch bin ich nicht gestorben«, versuchte Charlotte zu witzeln.

»Dann hättest du auch einen Grabstein bekommen«, gab Patrick trocken zurück.

Sie wusste, er hätte ihr gerne Vorwürfe gemacht, aber Laras Anwesenheit hinderte ihn daran. Mit dem Hinweis auf ihren verletzten Hals warf sie die beiden nach einer halben Stunde hinaus.

Charlotte schlief, wachte auf, als eine Ärztin vorbeischaute, um ihren Hals zu untersuchen. Später kam eine Krankenschwester und gab ihr ein Schmerzmittel, das sie noch müder machte, als sie ohnehin schon war. Sie hatte Albträume, sah Jacob neben ihrem Bett sitzen, zwang sich aufzuwachen. Sie war allein im Zimmer.

Am späten Abend kam Andi mit einer langstieligen roten Rose.

Lange saß er neben dem Bett und hielt ihre Hand. Er sah noch erschöpfter aus als in den letzten Tagen.

»Und?«, fragte sie schließlich.

Andi wischte sich über die Augen. »Er hat alles gestanden«, erzählte er. »Anfangs hat er noch versucht zu leugnen, aber nach zwei Stunden ist er eingeknickt und hat es zugegeben. Du hast richtig vermutet: Lisa hat ihn erpresst. Sie verlangte von ihm, dass er sie als Rapperin aufbaut und sie anstelle von LeyLa fördert. Er hat immer wieder versucht, ihr klarzumachen, dass sie nicht zur Rapperin taugt, aber sie wollte das offensichtlich nicht hören. Es muss eine wahre Obsession gewesen sein. Als es ihr zu lange gedauert hat, hat sie ihm damit gedroht, die Geschichte mit der Doppelgängerin an die Öffentlichkeit zu bringen.«

»Hat sie auch die Drohbriefe geschrieben?«

Andi zuckte mit den Schultern. »Wir wissen es nicht. Angeblich hat sie es ihm gegenüber ein oder zwei Mal behauptet, aber er ist sich nicht sicher, ob sie es nicht nur als Druckmittel benutzen wollte. Wir werden es wohl nie erfahren, nicht einmal, wenn keine Briefe mehr kommen.«

»Ich hoffe so sehr für LeyLa, dass endlich Ruhe damit ist«, sagte Charlotte. »Sie hat es verdient, wieder ein normales Leben führen zu können.«

»Das kann dauern«, erwiderte Andi. »Die Presse wird den Prozess ausschlachten und LeyLa wird die Leidtragende sein.«

Sie schwiegen eine Weile, doch ihre Neugier war größer als die Angst vor der schmerzenden Kehle. »Was ist Montagnacht geschehen?«, wollte Charlotte wissen.

»Er behauptet, er kann sich nicht mehr an alles erinnern«, berichtete Andi. »Fakt ist, dass sie am Abend gestritten haben. Das hat auch LeyLa bestätigt. Vermutlich waren sie gemeinsam essen, also Harry und Lisa. Es floss reichlich Alkohol. Lisa forderte wiederholt, LeyLa endlich abzusägen und sie an ihre Stelle zu setzen, Harry lehnte es wie üblich ab und bat sie um Geduld. Ich vermute mal, dass das keine von Lisas hervorstechendsten Eigenschaften war«, sagte er leise.

»Irgendwann in der Nacht hat sie ihn angerufen«, fuhr er fort. »Das bestätigen auch die Telefondaten. Sie bat ihn um ein Treffen. Harry glaubt, sich erinnern zu können, dass er sagte, er sei zu müde und habe zu viel getrunken. Aber sie habe darauf bestanden, also habe er nachgegeben, aus Angst, sie könnte etwas Unvernünftiges tun.«

»Wie kamen sie auf den Kornmarkt?«

»Das müssen wir noch klären. Uns ist auch noch nicht klar, warum Lisa die Perücke trug. Vielleicht finden wir es nie heraus. Soweit Harry sich erinnern kann – oder will –, stand er auf der Terrasse und entdeckte Lisa vor dem Museum. Vielmehr glaubte er, es sei LeyLa, denn Lisa trug die Perücke. Er machte sich Sorgen, weil sie sich mitten in der Nacht auf der Straße herumtrieb. Er lief nach unten, stellte sie zur Rede und erkannte, dass es Lisa war.«

Charlotte runzelte die Stirn. »Etwas weit hergeholt, oder? Er hätte nur in LeyLas Zimmer schauen müssen.«

Andi nickte. »Vieles an dem, was er bisher gesagt hat, klingt noch nicht schlüssig. Ich glaube ihm aber, dass er sich bis zu einem gewissen Grad nicht mehr daran erinnern kann. Ob es am Alkohol liegt oder an einer Art Amnesie, müssen die Gutachter klären. An die Tat selbst kann er sich erstaunlich gut erinnern, und das ist es, was bei unserer Arbeit zählt.«

Charlotte schaute ihn erwartungsvoll an.

»Sie stritten sich wieder und Lisa warf ihm Dinge an den Kopf, die er nur als Bedrohung verstehen konnte. Es tut mir leid, aber diese Details darf ich dir nicht sagen. Tatsache ist, dass er sie zunächst ohrfeigte, dann mit dem Schal, den sie trug, erdrosselt hat. Er sagt, er wollte nur, dass sie den Mund hielt. Als sie endlich still war, stellte er schockiert fest, dass sie tot war. Zumindest dachte er das. Er brach in Panik aus und versteckte sie unter der Holzbrücke im Brunnen. Dort ist sie dann ertrunken.«

»Und niemand hat es gesehen?«, fragte sie.

»Nein«, bestätigte Andi. »Es gibt auch einen Grund dafür. An dieser Seite des Museums befinden sich Arkaden, die nachts ziemlich dunkel sind. Harry hatte Lisa dorthin gezogen, damit nicht jeder ihren Streit mitbekommt. Aus demselben Grund hat aber auch niemand den Mord gesehen. Es war Montag, das Wetter war schlecht.« Er zuckte mit den Schultern. »Es ist durchaus denkbar, dass wenig los war.«

»Hm«, machte Charlotte. »Und wer hat gepostet, dass LeyLa tot ist?«

»Vermutlich auch er. Wir sind noch dabei, seinen Laptop und sein Handy auszuwerten. Er selbst kann sich nicht daran erinnern, hält es aber selbst für möglich.« Andi schüttelte den Kopf. »So ganz werde ich aus dem Mann nicht schlau. Wie kann man so kaltblütig sein und nach einem Mord diesen im Internet posten?«

»Vielleicht war es eher ein Hilferuf?«, schlug Charlotte vor. »Vielleicht wollte er, dass Lisa so schnell wie möglich entdeckt wird.«

»Und schlachtet das gleich als PR aus?«

»Es würde zu ihm passen. Ich fand Harry die ganze Zeit über sehr widersprüchlich«, stellte Charlotte nachdenklich fest. Sie sah, dass Andi fast einnickte und nahm seine Hand. »Geh nach Hause.«

»Ja, das werde ich machen. Ich bin erledigt. Alles, was ich möchte, ist eine heiße Dusche und ein schönes Bett. Ich kann mich nicht erinnern, wann ich das letzte Mal geschlafen habe.«

Er küsste sie und stand auf. »Ich komme morgen vorbei, sobald es irgendwie möglich ist. Schlaf gut.«

Samstag, 29. Juli

I

Bist du ganz sicher?«, fragte Andi zum wiederholten Male. Alles an ihm drückte Besorgnis aus.

»Ja, ich bin ganz sicher«, erwiderte Charlotte und räusperte sich. »Um nichts in der Welt würde ich dieses Konzert verpassen wollen.«

»Es ist Wahnsinn«, schimpfte Andi. Charlotte wusste, dass es nicht auf sie bezogen war, sondern auf LeyLa.

»Es ist ihre Entscheidung. Sie ist einfach nur froh, dass alles vorbei ist.« Charlotte hielt sich am Schrank fest, bis das Schwindelgefühl nachließ. Der Arzt hatte sie gewarnt, aber sie hatte ihren Kopf durchgesetzt und das Krankenhaus auf eigene Verantwortung verlassen.

Ihr Körper schmerzte immer noch, aber immerhin hatte sich ihr Hals gebessert. Die roten Stellen, die Harrys Arm hinterlassen hatte, überdeckte sie mit einem leichten Tuch. Sprechen war immer noch mühsam, aber sie musste ja vor allem zuhören.

Andi hatte mit LeyLa gesprochen und versucht, sie davon zu überzeugen, dass das Konzert keine gute Idee war. Auch wenn der Mord tatsächlich Lisa und nicht ihr gegolten hatte, konnten sie nicht sicher sein, dass nicht doch noch irgendein Irrer da draußen herumlief. Aber LeyLa hatte nur geantwortet, sie sei das Verstecken leid und werde das Konzert geben. Ohne es ihr zu sagen, hatte Andi zwei Kollegen zu ihrem Schutz angefordert.

»Ich bin soweit«, verkündete Charlotte und kämpfte gegen den Schwindel an.

Andi schaute ernst, sagte jedoch nichts, und reichte ihr stattdessen seine Hand. Sie umklammerte sie dankbar.

Im Treppenhaus hörten sie Marita und Ewa.

»Geh weida, Waggerla. Es is ja glei soweid. Horch! Sie kumma.«

Charlotte winkte ihrer Vermieterin zu und gab Ewa ein paar Streicheleinheiten. Sie war froh, dass der Hund nicht mehr auf sie fixiert war. Marita hatte ganze Arbeit geleistet, nachdem klar geworden war, dass sie das Tier behalten durfte. Lisas Mutter hatte wie erwartet kein Interesse gezeigt; da sie die einzige lebende Verwandte Lisas war, hatte sich der Fall damit erledigt.

»Du schausd ned aus wie's blühende Lebn«, sagte Marita zu Charlotte.

»Spar dir den Atem«, erwiderte Andi und zog eine Grimasse. »Sie ist stur wie eh und je.«

»Die Schalodde halt.«

Andi hatte darauf bestanden, mit dem Taxi in die Stadt zu fahren, um Charlotte so weit wie möglich zu schonen. Der Fahrer setzte sie hinter der Lorenzkirche ab.

Es war ein traumhafter Sommertag mit einem tiefblauen Himmel, an dem sich nur ein paar vereinzelte Wölkchen verirrt hatten. In der Fußgängerzone strömten die Menschen zu den einzelnen Veranstaltungsorten, die quer über die ganze Innenstadt verteilt waren.

Vor der Lorenzkirche standen vier Männer, die eine Mischung aus Hardrock und mittelalterlicher Musik spielten. Das Publikum klatschte und wippte mit.

Ewa fand hingegen den Klang des Dudelsacks nicht sonderlich attraktiv; sie knurrte und jaulte und wollte auf den Musiker losgehen, sehr zur allgemeinen Erheiterung der Zuhörer. Marita konnte sie nur mit Mühe festhalten und schaffte es nicht, sie zu beruhigen.

»Dann gemma hald weida«, sagte sie.

In der Königstraße standen alle paar Meter Musiker, um sich zu präsentieren. Manche standen so dicht beieinander, dass sie sich gegenseitig störten, da sie unweigerlich in den Klangraum des anderen eindrangen. Zusammen bildeten sie eine spannende, oft chaotische Kakofonie.

Ein Mann – oder womöglich eine Frau? – mit grünem *Shrek*-Kopf hoffte auf eine milde Gabe in eine Konservenbüchse zu seinen Füßen, in der auch schon eine Rose steckte.

Im Eingang zum *Karstadt* standen zwei asiatische Mädchen im Grundschulalter und spielten hingebungsvoll Geige. Charlotte hoffte, sie würden nicht von einer Art Tiger Mom gedrillt.

Am Hans-Sachs-Platz bearbeitete ein circa vierzehnjähriger Junge sein Schlagzeug, gut bewacht von seinem Vater.

Die Bardentreffen-Profis erkannte man an den Sitzkissen, den Klappstühlen und dem Sonnenhut. Andi, Charlotte und Marita mit Ewa im Schlepptau schlossen sich den Menschenmassen an, die Richtung Kreuzigungshof strömten.

»Gott, wie zauberhaft.« Charlotte war überwältigt vom Anblick der Fachwerkhäuser und der Gartenanlage im Innern des Spitals. »Warum war ich noch nie hier?«, fragte sie.

»Weilsd immer so viel ärberdsd«, gab Marita ungerührt zurück. »Du brauchsd mehr Freizeid.«

Ausnahmsweise konnte Charlotte nicht widersprechen. Sie stiegen die Treppe hoch und gelangten in den Hof, in dem das Konzert stattfinden sollte. Auch hier blieb Charlotte vor Staunen der Mund offen stehen. Seit über sieben Jahren lebte sie nun in Nürnberg und sah erst heute, welche Schätze sich hinter den Mauern der Altstadt verbargen.

Eine Hälfte des Hofs lag im Schatten, die andere in der prallen Sonne. Natürlich waren alle Schattenplätze längst belegt, aber Marita hatte vorgesorgt. Sie zog einen kleinen Schirm aus ihrer Tasche und hielt ihn über ihre Köpfe.

An den Längsseiten und am hinteren Ende befanden sich Arkaden; die linke Seite war für die Musiker reserviert, während in den anderen Teilen die Menschen Schutz vor der Sonne suchten.

Das Publikum war gemischter als bei den Konzerten im *Hirsch* und im *E-Werk*, was Charlotte nicht verwunderte. Das Bardentreffen war eine gute Gelegenheit für die Nürnberger, in Musikstile hineinzuschnuppern, die sie bisher nicht kannten. Viele Menschen nahmen dieses Angebot wahr. Charlotte fragte sich, ob sie mehr an LeyLas Musik oder an der Person, die in einen Mordfall verwickelt war, interessiert waren.

Andi schlug vor, sich ans Ende des Hofes zu begeben, als plötzlich jemand Charlottes Namen rief. Banu winkte ihnen zu und bedeutete ihnen, dass es vorne Plätze für sie gebe.

Sie begrüßten sie und setzten sich dankbar auf die Stühle, die sich komplett im Schatten befanden.

»Es hat doch Vorteile, wenn man die Künstlerin persönlich kennt«, stellte Andi lachend fest. Er schaute sich suchend um. »Wollte Patrick nicht auch kommen?«

Charlotte hielt ihm ihr Handy hin. Ihr Sohn hatte eine SMS geschickt, dass sie sich verspäten, es aber hoffentlich noch vor Konzertbeginn schaffen würden. Dabei entdeckte sie eine Nachricht von Jacob. Sie löschte sie ungelesen.

LeyLa lugte hinter einer Säule vor und winkte ihnen zu. Charlotte warf eine Kusshand zurück. Ein paar Minuten vor Konzertbeginn tauchten Patrick und Lara auf. Charlotte war dankbar, dass deshalb kaum Zeit für ein Gespräch blieb. Ihre Kehle schmerzte.

Ein junger Mann trat zwischen den Arkaden hervor und bedankte sich beim Publikum für das zahlreiche Erscheinen und beim Hauptsponsor für die jahrelange Unterstützung. Danach kündigte er LeyLa an. Charlotte war überrascht, dass er den Mord mit keinem Wort erwähnte, erfuhr aber den Grund dafür, als LeyLa die Bühne betrat. Sie war kaum wiederzuerkennen; sie trug ein helles Sommerkleid und hatte ein Tuch um die Haare geschlungen.

Charlotte befürchtete, sie habe den Ratschlag zum Neuanfang zu wörtlich genommen.

LeyLa dankte dem Mann für die freundliche Ankündigung und an das Publikum gerichtet: »Ich möchte auch Ihnen dafür danken, dass Sie zu meinem Konzert gekommen sind. Wie sicher die meisten von Ihnen wissen, habe ich einige sehr schwere Tage hinter mir. Ich fürchte, weit schlimmere liegen vor mir. Menschen, die in dieser schweren Zeit zu Freunden wurden, rieten mir, das Konzert ausfallen zu lassen. Zu riskant sei es immer noch für mich aufzutreten. Zunächst stimmte ich zu, aber schließlich dachte ich: Wie soll das weitergehen? Soll ich mich jetzt ständig verstecken, nur weil womöglich jemand vorhat, mir etwas anzutun? Was für ein Leben wäre das? Ich kann es Ihnen sagen, denn ich lebte dieses Leben in der letzten Woche. Ich durfte nur noch in Begleitung aus dem Haus, saß den ganzen Tag im Hotel und wurde beinahe verrückt dabei. Und dabei hatte ich es noch gut, denn ich war in einem ganz wunderbaren Haus untergebracht. Das Personal vom *Adina* Apartment Hotel hat sich rührend um uns gekümmert; auch dafür ein großes Dankeschön.«

Vereinzelt klatschte jemand. LeyLa lächelte und nickte.

»Ja, ich finde, das ist einen Applaus wert.«

Mehr und mehr Menschen klatschten nun, einige riefen sogar »Bravo«. Als der Beifall allmählich verebbte, nahm LeyLa das Mikrofon in die Hand und fuhr fort: »Wer noch nicht weiß, was letzte Woche geschehen ist, möge es bitte in der Zeitung oder im Internet nachlesen. Ziehen Sie achtzig Prozent davon ab, dann kommen Sie der Wahrheit nahe.«

Das Publikum lachte.

»Ich hoffe, Sie verzeihen mir, dass ich nicht näher darauf eingehen möchte. Immerhin wollen wir eine fröhliche Stunde miteinander verbringen. Ich möchte nur noch eines hinzufügen: Ich widme dieses Konzert meinem langjährigen Manager, der immer an mich glaubte, mich immer förderte, aber auch forderte, der mich immer beschützen wollte und am Ende genau daran gescheitert ist. Das ist für dich, Harry.«

Als einige Leute zu klatschen begannen, machten andere »Schsch«. Viele Menschen schauten irritiert.

LeyLa ließ sich davon nicht beeindrucken. Sie zog einen kleinen schwarzen Kasten zu sich heran und schaltete ihn ein.

»Ich werde heute ohne Unterstützung performen, deshalb muss ich mich selbst um die Musik kümmern«, erklärte sie und drückte einen Knopf. Im selben Moment ertönten die ersten Beats aus den Lautsprechern.

LeyLa spulte ihr Programm routiniert herunter. Wer es nicht wusste, hätte niemals etwas von der Tragödie geahnt, die sich in ihrem Leben abgespielt hatte.

Das Publikum reagierte zunächst verhalten auf ihre Musik, nur Patrick war von Anfang Feuer und Flamme. LeyLa lächelte ihn an, wann immer er ein lautes »Bravo« hören ließ.

Kurz vor Schluss stoppte sie die Musik.

»Vielen Dank, dass Sie mir so lange zugehört haben«, sagte sie. »Bevor ich zu meinem letzten Song komme, möchte ich noch etwas erzählen. Ich habe seit einigen Monaten immer einen Menschen um mich, der auf mich aufpasst. Früher nannte man so etwas Leibwächter, heute heißt es neudeutsch Bodyguard.«

Charlotte spürte, wie sie rot wurde. Sie würde doch nicht …?

»… hatte sich verletzt, deshalb mussten wir für den Aufenthalt in Nürnberg einen Ersatz finden. Harry, mein Manager, war nicht gerade erbaut, dass man ihm eine Frau schickte, aber ich schätze, er hat schnell kapiert, dass Frauen nicht unbedingt die schlechteren Beschützer sind.« Sie lachte leise. »Mein Bodyguard sitzt hier vorne. Sie hat im wahrsten Sinne des Wortes ihr Leben riskiert, um mich zu beschützen. Ich finde, das muss belohnt werden.« Sie forderte das Publikum auf zu applaudieren, was dieses auch sofort bereitwillig tat.

Natürlich musste Charlotte aufstehen und sich zeigen. Andi ergriff dabei ihre Linke, Patrick ihre Rechte. Als sie sich mit hochrotem Kopf setzte, flüsterte Andi: »Wir sind stolz auf dich.«

LeyLa drückte wieder eine Taste auf ihrem schwarzen Kasten und eine bekannte Melodie ertönte. Die Leute begannen zu tuscheln.

»Ist das nicht …?«

»Das kenn ich doch!«

»Moment, gleich hab ich's.«

Charlotte wusste sofort, was es war, immerhin gehörte der Film, aus dem die Musik stammte, zu einem ihrer Lieblingsfilme: *The Bodyguard* mit Whitney Houston und Kevin Costner.

Statt Houston begann allerdings LeyLa passend zur Melodie zu rappen.

»Das Lied trägt den Titel *Danke Charly*.«

»I would run to you« – Halte mich in deinen Armen
»You Keep me save« – Du bewahrst mich vor Gefahren
Die Leute denken, ich sei die Königin der Nacht
Aber niemand weiß, dass du das alles möglich machst
»You got the stuff that I want, you got the thing that I need«
Bitte bleib an meiner Seite, dafür sing ich dir ein Lied
»I would have nothing« – ohne Bodyguard wie Whitney Houston
Charly, ich hab von dir gelernt – einfach machen, nicht versuchen
Chaka ich Khan das, denn »I'm every woman«
Unsere Beziehung hat gerade erst begonnen
Und »I will always thank youuuuu«

Charlotte wusste nicht, ob sie vor Stolz platzen oder vor Scham im Erdboden versinken sollte.

»Das ist so cool!«, rief Patrick immer wieder. Da beschloss sie, dem Stolz den Vorrang zu geben.

II

Sie waren auf dem Heimweg, voran Marita mit Ewa, dahinter Charlotte, Hand in Hand mit Andi, sowie Patrick mit Lara.

Bis auf Charlotte plapperten alle glücklich vor sich hin, welch schönes Konzert es gewesen sei, welch fulminantes Ende.

Sie hatten sich nach dem Konzert an einem der Food-Trucks getroffen, wo LeyLa ihre größte Überraschung präsentierte: kurze Haare.

»Es ist ungewohnt, aber es gefällt mir! Ich brauchte das.« Sie schien sehr glücklich mit ihrer neuen Frisur.

Charlotte hatte ihr das Versprechen abgenommen, dass sie sich vor ihrer Abreise noch einmal sehen würden. Banu wollte sich darum kümmern.

Plötzlich hörte Charlotte Marita zu Ewa sagen: »Was hast'n, Waggerla? Da is doch nix.« Der Hund ließ sich nicht beirren und knurrte weiter.

Bevor sie nachschauen konnte, was das Tier so sehr irritierte, fiel ein Schatten auf sie. Ein Mann sprang wie aus dem Nichts hervor, in den Augenwinkeln konnte Charlotte seine erhobene Hand sehen. Metallenes blitzte in der Sonne.

Während sie dachte, dass LeyLa doch gar nicht hier sei, hob sie instinktiv den Arm und spürte einen stechenden Schmerz.

»She is mine!«, rief jemand und hob und senkte den Arm mehrere Male.

Erst als Lara zu schreien begann, verstand Charlotte, was los war. Vor ihr stand Jacob und hieb mit einem Messer auf Andi ein. Der sank langsam und mit einem erschreckend schnell größer werdenden Blutfleck im Bauchraum zu Boden.

Ihr Arm schmerzte, aber sie durfte Andi jetzt nicht im Stich lassen. Sie trat nach Jacob und schaffte beim zweiten Versuch, ihm das Messer aus der Hand zu schlagen. Er schien sich erst in diesem Moment bewusst zu werden, was er da getan hatte.

»Bolizei, Bolizei!«, schrie Marita gellend.

Der Hund kläffte wie verrückt und wollte Jacob anspringen. Nur die Leine in Maritas Hand hielt ihn davon ab.

Lara stand mit schreckgeweiteten Augen da, die Hand vor dem offenen Mund.

Patrick telefonierte und sagte etwas von »Zwei Verletzte … leicht … schwer … Notarztwagen … großer Blutverlust … bewusstlos.«

Charlotte schaute auf Andi, der gekrümmt und mit schmerzverzerrtem Gesicht auf dem Boden lag. Das Messer lag einen halben Meter daneben. Ihre Ohren rauschten.

Jacob stand einfach nur da und starrte vor sich hin.

Jemand schüttelte sie so sehr, dass ihr Arm schmerzte.

»Mama!«, schrie Patrick aus Leibeskräften. »Mama, tu was. Er verblutet sonst.«

Charlotte erwachte aus ihrer Lethargie. Sie schnappte sich Jacob, schob ihn zu zwei Männern und befahl ihnen, sie sollten ihn festhalten, bis die Polizei käme. Dann kniete sie sich neben Andi. Er war bei Bewusstsein, aber sie fürchtete, lange würde er nicht mehr durchhalten.

»Du schaffst das, hörst du?«, beschwor sie ihn eindringlich. »Du kannst mich jetzt nicht im Stich lassen! Du hast Ja gesagt!«

Andi verzog den Mund zu einem misslungenen Lächeln.

Vorsichtig hob sie sein T-Shirt an und musste all ihre Kraft zusammennehmen, um nicht laut aufzuschreien. Sein Bauch war eine einzige riesige Wunde. Am liebsten wäre sie Jacob an die Gurgel gegangen, aber Andi war jetzt wichtiger.

»Hat jemand zufällig Verbandszeug da?«, rief sie in die Runde.

»Sanitäter kommen gleich«, sagte jemand.

Tatsächlich kniete kurz danach jemand in weißen Klamotten und roter Jacke neben ihr und bat sie, Platz zu machen. »Wir kümmern uns, versprochen.«

Im selben Moment ertönte das Martinshorn. Charlotte war noch nie so dankbar für diesen Klang gewesen.

Sie wurde zur Seite gedrängt, als Notarzt und Rettungssanitäter sich um Andi kümmerten. Sie bedeckten die Wunde, legten einen Zugang, setzten ihm eine Maske auf das Gesicht, hoben ihn vorsichtig auf die Trage und schoben ihn ins Fahrzeug.

»Sie sind verletzt«, sagte jemand zu Charlotte und zeigte auf ihren Arm. Als sie nachschaute, hatte sie einen langen, aber oberflächlichen Schnitt am linken Oberarm. »Ja, ja«, erwiderte sie. »Ich werde es überleben.« Ihr Hals kratzte.

Der Rettungswagen fuhr fort, kurz darauf sah sie nur noch das rotierende Blaulicht und hörte das Martinshorn. Leben in Gefahr.

Ihr Magen verkrampfte sich, sie sank in die Knie.

»Mama? Alles in Ordnung?« Patrick hockte neben ihr und schaute sie sorgenvoll an.

»Andi?«, war alles, was sie noch hervorbrachte.

Patrick zögerte. »Der Arzt sagte, es sehe schlimm aus, aber Genaueres könne er erst sagen, wenn er Andi untersucht hat. Sie bringen ihn in die Erlerklinik, die ist am nächsten.«

Charlotte bekam nur schemenhaft mit, wie Jacob von zwei Polizeibeamten festgenommen wurde. Er ließ es widerstandslos geschehen, schien selbst wie in Trance zu sein.

Plötzlich fand sie sich in einem Taxi sitzend, neben ihr Patrick, vorne Lara. Marita war nicht mehr zu sehen.

»Ewa hat es gespürt«, murmelte Charlotte.

»Wer ist Ewa?«, wollte Patrick wissen.

»Der Hund. Der Hund hat gespürt, dass von ihm Gefahr ausging.« Sie brachte es nicht fertig, Jacobs Namen laut auszusprechen. »Er hat gebellt und geknurrt, aber wer nimmt schon so einen kleinen Hund ernst?« Sie lächelte und war überrascht, dass sie gleichzeitig weinte.

In der Klinik wurde zunächst ihr Arm versorgt, da sie sowieso nichts anderes tun konnten, als warten.

Später, Charlotte hatte keine Ahnung, ob es Minuten oder Stunden waren, kam ein Arzt auf sie zu und sagte: »Die OP ist gut verlaufen, aber sein Zustand ist immer noch kritisch. Wenn er die Nacht überlebt, besteht berechtigte Hoffnung.«

Mit sanftem Druck zwang Patrick sie, nach Hause zu fahren. Hier könnte sie nichts für Andi tun und sie bräuchte dringend selbst Ruhe.

Charlotte ließ es willenlos geschehen. Sie fuhren in die Ammanstraße, wo Lara sie ins Bett brachte und Patrick ihr eine Schlaftablette gab.

Dennoch war Charlotte die meiste Zeit wach. In ihrem Kopf dröhnte pausenlos Whitney Houston, die sang: »Wenn er die Nacht überlebt, besteht berechtigte Hoffnung.«

Sonntag, 10. September

Epilog

»Lange war sie in der Versenkung verschwunden, was aber kein Wunder ist, bei dem, was sie im Sommer durchmachen musste. Endlich ist sie wieder da: LeyLa. Wer ihren neuen Song hört, weiß, dass sie in den letzten Wochen gereift ist. Wir spielen jetzt Kleiner Bruder.«

»Andi«, sagte Charlotte. »Hör doch, sie spielen LeyLas neues Lied.«

Kleiner Bruder
Du hast uns geschmückt und die Familie zum Palast gemacht
Heute träumen wir von dir – den ganzen Tag und die ganze Nacht
Schon als Kind warst du bekannt als der Schönste im ganzen Land
Mein kleiner Bruder, wie gern hätt' ich dich als Mann gekannt
Aber alles, was mir bleibt, sind die Gedanken an dich
Im Himmel seh' ich dann alle Verwandten – und dich
Mir wird warm ums Herz, wenn ich in die Zukunft blicke
Wenn der Vater und Herr uns ruft und verbindet
Bis dahin will ich das Beste aus meinem Leben machen
Für meinen Bruder, der ein viel zu kurzes Leben hatte

Mein Bruder, mein kleiner Bruder ist weg
Doch wir sind ständig in Verbindung wie zwei Computer im Netz
Mein Bruder, mein kleiner Bruder, du fehlst
Darum schreib ich dieses Lied als Abschiedsgruß und Gebet

Mein Bruder, mein kleiner Bruder ist weg
Doch wir sind ständig in Verbindung wie zwei Computer im Netz
Mein Bruder, mein kleiner Bruder, du fehlst
Darum schreib ich dieses Lied als Abschiedsgruß und Gebet

Nachwort und Danksagung

Als ich vor einigen Jahren die Idee zu diesem Krimi hatte, wusste ich nur, dass es um das Bardentreffen, also um das Thema Musik, gehen sollte. Spontan entschied ich mich für eine Rapperin, die meine »Heldin« Charlotte Braun beschützen soll.

Ich gebe zu, ich hatte von dieser Musikrichtung wenig Ahnung. Ich kannte Eminem und den Film »8 Mile«, diverse andere Rapper aus den USA, aber auch aus Deutschland, wie »Fanta 4«, »Bushido« oder »Sido«. Letztere waren mir vor allem bekannt, weil sie immer wieder in der Presse auftauchten.

Inzwischen sind HipHop und Rap in (fast) aller Munde, ausgelöst durch den Eklat bei der Echo-Verleihung. Mein Manuskript war bereits fertiggestellt; womöglich wäre ein anderes Buch daraus geworden, hätte die aktuelle Diskussion früher stattgefunden. Immerhin: Kendrick Lamar wurde gerade für seine Rap-Texte mit dem Pulitzer-Preis ausgezeichnet. Es gibt eben nicht nur die dunkle Seite des HipHop!

Als ich mit den Recherchen begann, wurde mir schlagartig bewusst, wie vielschichtig das Thema ist. Zum Glück traf ich rechtzeitig Achim »Waseem« Seger, einen Münchner Poetry Slammer und Rapper. Nicht nur hat er mich im Schnellverfahren in die Geheimnisse des Rap eingeführt, er hat mich vor allem unterstützt, indem er die Liedtexte im vorliegenden Roman geschrieben hat. Dafür bin ich ihm unendlich dankbar. Denn Rap braucht einen bestimmten Rhythmus, den zu lernen viel Zeit in Anspruch nimmt. Zeit, die ich nicht hatte. Alle inhaltlichen Fehler, die im Text bezüglich Rap zu finden sein sollten, gehen übrigens allein auf mein Konto!

Darüber hinaus danke ich Katrin, Christian und Tanja, die mich seit Jahren mit ihrer fundierten Kritik unterstützen. Außerdem meiner tollen Kollegin und Freundin Ina May, die mir immer wieder aufmunternde Worte schickt, wenn ich nicht mehr weiter weiß.

Bei den Recherchen kräftig unterstützt haben mich Bernd vom *Hirsch* in Nürnberg sowie Michael und Thomas vom *E-Werk* in Erlangen, vor allem aber Christina Mackedanz und ihr Team vom *Adina* Hotel in Nürnberg. Ich hoffe, sie verzeihen mir die kleinen baulichen Veränderungen im Buch, die für die Spannung unerlässlich waren!

Last, but not least danke ich meiner besseren Hälfte Manfred für die immerwährende Unterstützung, auch wenn mal wieder ein Wochenende fürs Schreiben statt für gemeinsame Unternehmungen draufging.

Mai 2018
Billie Rubin

P. S.: Der vorliegende Krimi spielt im Jahr 2017, Eminem war da tatsächlich für eine Weile von der Bildfläche verschwunden.